倒 影

冯华／著

山東文藝出版社

图书在版编目（CIP）数据

倒影 / 冯华著. —济南 ：山东文艺出版社，
2021.3

ISBN 978 -7 -5329 -6286 -0

Ⅰ.①倒… Ⅱ.①冯… Ⅲ.①长篇小说—中国—当代
Ⅳ.①I247.5

中国版本图书馆 CIP 数据核字(2021)第 018793 号

倒影

冯华 著

主管单位 山东出版传媒股份有限公司
出版发行 山东文艺出版社
社　　址 山东省济南市英雄山路 189 号
邮　　编 250002
网　　址 www.sdwypress.com

读者服务 0531 -82098776(总编室)
0531 -82098775(市场营销部)
电子邮箱 sdwy@sdpress.com.cn

印　　刷 山东新华印务有限公司
开　　本 710 毫米×1000 毫米 1/16
印　　张 20
字　　数 205 千
版　　次 2021 年 3 月第 1 版
印　　次 2021 年 3 月第 1 次印刷
书　　号 ISBN 978 -7 -5329 -6286 -0
定　　价 52.00 元

目 录
contents

引子　一个凶手 …………………………………………… 1

第一章　一个 LOSER ……………………………………… 1
第二章　一张画像 ……………………………………… 49
第三章　一个父亲 ……………………………………… 147
第四章　一个女儿 ……………………………………… 221

尾声 ……………………………………………………… 301

引子

扫一扫
听本节

一个凶手

人类和动物之间究竟有什么区别?

房门打开的一瞬间，这个问题自动跳入余明白的脑海。

达尔文以闪电般的速度扑过来。没等余明白反应过来，达尔文已经蹿上余明白的肩头，哼哼叽叽地舔着他，用湿软的舌头抹了他一脸的口水。

余明白很感动。虽然达尔文把他踩疼了，还散发着热烘烘的体臭。

“你还认得我？这么久了还认得我?”余明白一连问了好几遍。

达尔文继续舔他，用狗的方式做出回答。

“没想到达尔文还认得我，都快两年没见了。”余明白说。

达尔文是条串串狗，说不清品种。上次见面的时候，达尔文才半岁多，现在长足了，体重最少翻了一倍，踩在肩上沉甸甸的。

“真是条好狗，有情有义。”余明白继续说。

“你当它认得你？它是认得鸭肝。”开门的邱妍语气和表情一样冷淡。她站在门口，扫了一眼余明白拎着的小纸箱，似乎没有关门的打算。“其实不该给它们吃鸭肝，对身体不好。”

从进门起就像在自言自语，直到此时，余明白才得到人类的回应。

余明白假装没听懂邱妍的话外之音，把小纸箱递给邱妍。

“放冰箱吧。这两天热，冰有些化了。”

“冰箱满了，没地方放。”邱妍没接余明白递过来的纸箱，“要不你带回去自己吃吧。”

“达尔文和老大都喜欢鸭肝……”余明白继续装糊涂，四下张望着寻找另一条狗，“老大呢？”

想和养狗的人交流，打着狗的幌子最有效。

果然。

“里屋趴着呢。前阵子尿结石刚折腾完，最近听力又不行了，谁进门都听不见。”

提到老大，邱妍有些刹不住。

老大是邱妍养的另一条狗，至少十五岁了，身体的毛病越来越多。邱妍一口气说了半天。余明白见她脸上的冷淡渐渐退去，趁势关上房门，再次把手里那箱鸭肝递给她。这次，邱妍接在手里。

达尔文一溜烟从余明白肩头下去了，绕着邱妍开始打转摇尾巴。

“我就说它是认得鸭肝吧。”

邱妍似乎被达尔文的现实提醒了，又恢复了起初的冷淡。何止冷淡，简直尖刻残忍。

余明白忍着。他在心里发愁，在这样的气氛中，该怎么切入主题？

毕竟这才是克服自尊来找邱妍的主要目的。

几次要开口，一再被打断。

邱妍的手机响个不停。她当着余明白的面接了两个电话，又回了一串信息。那箱鸭肝被扔在门口地上，冰化了，水从纸箱里渗出来。

纸箱开始变得软烂。像余明白的尊严，快要支撑不下去。

等待的过程中，不知是因为紧张还是低血糖，余明白感觉心里越来越慌，手也有些发抖。他犹豫着，是否该立刻离开这里。

达尔文比女主人念旧情，跑到余明白身边，摇头摆尾蹭起余明白的腿，帮他挽回了一丝尊严。

余明白几乎是带着感激，用充分的爱抚回报达尔文。

好不容易等邱妍忙活完，余明白决定还是从鸭肝切入话题。

“鸭肝快化了……”余明白赔着笑脸，俯身去拿纸箱，看见纸箱旁放着一个千斤顶，不知为什么会放在这里。“我帮你放冰箱……”

“省省吧，老余！”邱妍一副不想再浪费时间的表情，“你就直说，到底有什么事情找我？我挺忙的，不像你那么……快活。”

快活？

这个词对此时的余明白来说，绝对是莫大的讽刺。

邱妍说出这个词之前那小小的停顿，也透露了她内心对他的鄙夷。

她怎么能这样？

余明白感觉耳朵里开始轰轰作响，手抖得更厉害了。

再努力一次。最后一次。再不行就掉头离开。

余明白心一横，深吸一口气。

“能不能……把我那十万块钱还我？”他尽量让自己的语气听起来不像在哀求，“最近确实周转不过来，又有急用，要不然……我也开不了这个口。”

邱妍愣了一下，轻蔑地笑了。

“不会吧，老余？一把年纪了，怎么越混越惨……”邱妍笑着说，“居然来讹女人的钱！”

这是邱妍留给余明白最后的清晰记忆。

之后的所有对话、所有情节、所有画面，对余明白来说，都不能算是记忆。

更像是做了一个噩梦。梦中的疼痛、羞辱和愤怒，无论多么真切，只要醒来，都变得恍惚，颠三倒四，不合现实的逻辑。

按照现实的逻辑，余明白怎么可能身处如此境地？

邱妍躺在血泊中，就在余明白面前一米处。

血迹是从邱妍头部扩散开的，已经凝固，边缘离余明白的脚只有 0.1 厘米的距离。在不知何时暗下的天色中，看不出血迹的颜色，却能感受到那浓稠的质地。

邱妍仰着头，眼睛半睁半闭，一动不动，专注地看向身体斜前方。仿佛那里有件东西，值得她长久地观察研究。

那是一个千斤顶。个头不大，拎在手里沉甸甸的。究竟有多沉，余明白说不清。

说不清的事情还有很多。

比如：和邱妍的争执是如何升级的？

比如：余明白心底的屈辱是何时转化为愤怒的？

比如：促使余明白拎起那个千斤顶砸向邱妍的，到底是愤怒、疯狂还是绝望？

余明白真的说不清。

余明白甚至都说不清此时自己内心的感觉。

所有那些描述心情的词汇，恐惧、懊恼、悔恨、迷茫、无措……对于此时的他来说，都太简单、太浅薄。

说起来简直可笑。一个女人的尸体横在余明白面前，余明白却在呆呆地坐着，思考自己究竟是什么心情，忘记了时间，忘记了地点。

直到一个熟悉的声音响起。

是手机的微信提示音。

余明白本能地掏出自己的手机看了看，随即意识到，那声音来自邱妍的手机。

手机又响了一下。

余明白从地上跳起来。手机并不在邱妍手里。房间里的光线已经很暗，手机收到信息时唤起的屏幕光成为黑暗中的指引，余明白一下子看见门口柜子上的手机。他扑过去抓起手机，同时感觉脚下的鞋底黏糊糊的，像踩了胶水或者油漆。

昏暗中，邱妍的手机屏幕上显示有新的微信消息提醒。信息内容不可见。

屏幕刚暗下来，又一条消息提醒，手机屏幕再次亮起。

余明白看见手机屏幕上清晰地显示着此时此刻的时间：2016 年 6 月 15 日，星期三，19 点 27 分。

在这一刹那，余明白同时想到两件事情。

这是现实，不是梦境。

鞋底黏糊糊的不是胶水，也不是油漆，那是邱妍的血。

第一章
一个 LOSER

扫一扫
听本节

1

马一路走进派出所时，正碰见江小流从所里出来。

马一路有些不敢相信自己的眼睛。

江小流怀里抱着个巨大的布娃娃，粉色的，最可爱的那种。

江小流？布娃娃？不对头。

布娃娃太大，挡住了江小流的视线，导致她没看见马一路。

马一路横到江小流面前，布娃娃撞到马一路身上，又软又萌。

江小流抬头看见马一路和他脸上的惊讶。

“谁的娃娃？”马一路问。

江小流直接把布娃娃往马一路怀里一塞，仿佛这是再自然不过的事情。

“送你了。”

说完，江小流不再看马一路和他怀里的布娃娃，径直往前走。

一米八几的马一路，身穿警服，抱着粉红色的布娃娃，站在派出所门口手足无措。

“我要这玩意儿……合适吗？”

“不合适就扔了。”

江小流没回头，过马路走远了。

马一路知道一定发生了什么。正如江小流常说的那样，他虽然反应慢，只要给他时间，总能想明白。

马一路还没来得及想，手机先响了。是所长彭大勇，上来就问马一路人在哪儿。

“正回所里，在门口碰见……”

“江小流?”彭大勇没等马一路说完就插话，说明马一路的感觉是对的，一定是发生了什么。“和布娃娃?”

“对呀，您也觉得奇怪吧？刚才我第一眼差点儿以为认错人了……”

马一路善用微表情，身体语言丰富，一激动就拍大腿，结果拍到布娃娃的肚子，软乎乎的，吓他一跳。他赶紧换个姿势，把布娃娃扛在肩上，没意识到这画面比刚才更不忍直视。

正想继续和所长探讨这个话题，又一次被截住。

“到我办公室来。”彭大勇说，“立刻，马上!”

马一路肩扛巨大的粉色布娃娃跑步来到所长办公室，一路收获了不少关注和问候。

彭大勇正等他，见马一路跑着进来，倒吸一口凉气。

“没让周到看见吧?”彭大勇含蓄地问。

周到是所里的老刑侦，这一幕要是落在他眼里，至少得调侃马一路一年半载。

“我也不想这样……”马一路听懂了彭大勇的言外之意，赶紧为自己洗白，“我就问了江小流一句谁的娃娃，她二话不说直接送给我了!”

“送给你，你就收着吧。”彭大勇似笑非笑，“人家江小流一片深情厚谊，可不能辜负。”

“彭所，您这就不对了吧？啥事儿都能拿来开玩笑，江小流的事情谁敢开玩笑?”马一路的表情和语气都表明了他的郑重态度，“反正我不敢。”

“我哪句话让你认为我拿江小流开玩笑了?”彭大勇盯着马一路问。

马一路认真回忆了一下，努力模仿刚才彭大勇的表情和语气，尽可能还原彭大勇所说的一字一句。

“送给你，你就收着吧。人家江小流一片深情厚谊，可不能辜负。”

“还行，大差不差。”彭大勇不带一丝表扬意味地“表扬”马一路，

“可惜你马一路就是马一路，人家江小流就是江小流。你俩之间的区别，相当于……算了，不打击你了。总而言之，江小流的记忆力那是神级的，以后你换点儿别的内容学，这个就别费劲了。”

“古人说了，水滴石穿，我天天跟江小流学，我就不信……”

直到此时，马一路才想起布娃娃还扛在他肩上，赶紧找个椅子安顿好。

是安顿，不是放。仔细调整了好几个姿势，直到布娃娃“感觉”舒服为止。

“布娃娃的事情，彭所是不是有什么线索？”

马一路喜欢在言谈中有意无意地用上一些刑侦术语，使自己看上去更像一个刑警，而非整天和日常琐碎相伴的社区民警。

彭大勇太了解马一路了，毫不留情地戳破了真相。

“说人话，少装模作样，干刑侦不靠这个！”

“我没、没、没装……”马一路一心虚就结巴，他的另一个优点是知错就改。“彭所，江小流怎么会抱个布娃娃？这不符合她的个性。”

“是江小流私下托我买的。”

“啊？为什么？”

“考你一下，大前天是什么日子？”

“大前天……”马一路为了日期准确，赶紧看了一下手机上的日历，“2018 年 5 月 13 日。”

“星期几？”

“星期天。”

“五月的第几个星期天？”

马一路茫然地看着彭大勇。彭大勇则放弃了诱导式提问。

“你是不是‘90 后’？连我都知道五月第二个星期天是母亲节，你居然一脸茫然！”

“母亲节呀！”马一路恍然大悟，“难怪那天我妈在我们家族微信群里转了好多关于感恩的文章链接！”

“那你感恩了没？”

“那天我在所里值班，一共处理了五六起社区纠纷，头都炸了，哪想得起这个……让您这一说我才回过味儿来，这两天我妈都没怎么理我，肯定是生我气了。”马一路解开了一个困惑，却更困惑了，“可母亲节和江小流有什么关系？她妈妈……”

江小流的母亲五年前在一起海上事故中去世。事故中江小流平安活了下来，父亲成了植物人，至今还躺在医院靠鼻饲维持生命。

“江小流托我买布娃娃，确实和母亲节有关，”彭大勇看似卖关子，其实是希望马一路靠自己解开谜底。“但和她自己的母亲无关。”

马一路思索片刻。他忽然觉得自己真的很笨，居然到现在才转过这个弯。

“是为了李雪吧？”

“还行，反应速度有所提升。”

“我可真笨！刚才看见布娃娃的第一眼就应该想明白的。”

“你对自己要求太高了。别说你，江小流托我买的时候我都没反应过来。”

“她是不是让你以豆豆的名义送给李雪的？”

“小看你了，这回脑子比我转得还快！”

“布娃娃和豆豆差不多高……”马一路转脸看着刚才他安顿在椅子上的布娃娃。布娃娃坐在椅子上，身体前倾，双臂放在办公桌上，像一个听话乖巧的小学生，正在课堂上认真听讲。“江小流托您买的时候，肯定提出了尺寸要求吧？”

“这么说吧，具体到身高、体重、性别……而且特别强调，头发和眼睛必须是黑色。”

“体重都规定了？”

“江小流是规定了，我也实事求是地表态，这个真做不到……你猜怎么着？”

“江小流的心思，我哪能猜得着？”

“人家把体重换成了三围。”

彭大勇摆出一副冷眼打量着马一路的姿态，像用目光切割一架塑胶人体模特。马一路立刻明白，彭大勇也在努力效仿江小流，全方位还原当时的所有信息。

只是他的水平和马一路不相上下，距江小流差了十万八千里。

“然后告诉我，按我的三围对半开就差不多了。”彭大勇面无表情地说。

马一路扫了一眼椅子上坐着的布娃娃，又看看彭大勇略显肥胖的腰身。

“少废话，我能找到现在这个已经算超额完成任务了！”彭大勇读懂了马一路的微表情，有些没好气，“我就纳闷，这麻烦事儿江小流怎么不交给你办？”

“布娃娃应该送李雪呀，怎么到我手里了？”马一路答非所问。

“你说送李雪就送李雪了？开玩笑！”

“我知道李雪在看守所，可既然您知道，为什么又答应江小流？”

“她让我买娃娃的时候可没说是要送给李雪。她要说了，我能这么糊涂答应她？”

“既然答应了，言出必行的您，总得想办法完成任务吧？”

“我试过了。不止一次。”彭大勇说完这话，也没那么理直气壮了，转脸看向别处，视线自然而然落在那个布娃娃身上，“被拒了，差点儿挨批。”

马一路沉默了。

他俩一起看着那个小学生般乖巧的布娃娃，无法不回忆起曾经的那一幕。

为了抓住最后的时机，突破嫌疑人李雪的心理防线，他们利用了李雪的女儿豆豆。

那是当时李雪暴露出的唯一软肋。

他们成功了。

虽然身为警察，却都没能体会到太多成功的喜悦，反而有隐隐的痛心和愧疚。

“还是普克好，”彭大勇试图打破这种复杂的沉默，“睡一觉，什么都忘了，不用为这种事情平白难受。”

“您把布娃娃还给江小流的时候，她怎么说?”马一路最关心的始终是江小流。

“你还不了解她?”彭大勇说，“就一个字：哦。啥表情也没有，抱起娃娃就走了。”

“哦。”

“你说，江小流会不会生气了？嫌我办事不力?”彭大勇罕见地有点儿心虚，“好歹我也是个派出所所长，多年的老刑侦。”

“您忘了？江小流不会生气。”

彭大勇一愣。他确实忘了。除了江小流，谁还不会忘事儿?

“不过我觉得吧……”马一路犹豫了一下，还是说了，“也不一定。”

“把话说完整。”

“刚才您问我，这件麻烦事儿江小流怎么不交给我办……”马一路忽然凑近彭大勇，压低声音，像是怕被那个布娃娃听见，“我觉得她可能就是生我气了。”

“江小流要是生你气，早被气死了。”彭大勇倒不是有意贬低马一路，从某种程度来说，这确实也是个事实。“退一步说，她如果会生你气，你也立不下704的功劳，更别提李雪的案子……还有，也不存在什么三人小组了。”

马一路从认识江小流那天起，就知道江小流除了拥有超常的记忆力、难以超越的模仿再现能力之外，还有另一个特点：无法感受情绪。

也正因为江小流这些特质，才有了704碎尸案的侦破，有了三人小组，最终有了李雪父女共谋杀死并分尸李雪丈夫的案子的侦破。

但马一路没告诉过彭大勇，李雪案侦破之后，他与江小流之间有过一次对话。

关于李雪案，仅有的一次。

李雪父女系列杀人案的侦破源于江小流。

江小流发现李雪对她撒谎，找马一路报案，想证明李雪在撒谎，最后却证明李雪和她父亲杀了人。被杀的是个人渣。李雪那样做，很重要的原因是想保护女儿豆豆，结果李雪不仅失去了深爱她的父亲，也失去了她深爱的女儿。

事后，江小流曾对马一路说，早知如此，就不该找马一路报案。

马一路清楚地记得那段对话。

“你后悔了？”

“后悔也没用，对吧？”

于是马一路不可控制地问出了那个深藏心底、极为敏感的问题。

“江小流，能不能说一下，那年在海上，到底出了什么事？”

江小流在17岁那年，和父母一起在海上出了事故，一年后江小流从大学退学回家，变成后来的样子。除了江小流和她已成为植物人的父亲，没人知道当年到底发生了什么。马一路和江小流接触越久，越觉得那个事故非同一般，而不知江小流有意无意，从不提及。

面对马一路的提问，江小流回答得干脆迅速，像是早就准备好了这样的答案。

“不能。”

马一路明知不可为而为之，追问江小流为什么不能说。

“因为我忘了。”江小流这样回答。

江小流已经无数次用事实证明：她是一个想忘也忘不了的人。她也很清楚马一路知道这一点。

因此马一路明白，江小流对他说的其实是另一句话。

“我在撒谎。你来证明。”

马一路正在心里评估他与江小流之间的这段对话是否过于隐私，拿不准是否可以告诉彭大勇时，他的手机响了。一看来电显示，正是江小流。

马一路顿时感到一种被抓现行的慌张，赶紧接起电话。

“喂，江小流，我在彭所这儿呢，我、我、我……”马一路实在做不到对江小流撒谎，最简单的方法就是老实交代，“我和彭所正在猜你是不是生气了。”

彭大勇听了气得冲马一路挥舞拳头。马一路索性转过身，眼不见为净。

“没生气。”江小流在电话里言简意赅地说，“你过来一趟，有警情。”

马一路当初认识江小流，就是因为江小流给他打电话来。江小流也是这样言简意赅地说有警情，后来帮他破了704的碎尸案。704后来也成为三人小组的办公场所以及普克的康复中心。

“你在哪儿？”马一路回过神，问道。

“704。普克也在，”江小流顿了一下，补充道，“还有报案人。”

扫一扫
听本节

2

所谓的报案人，名叫陈奇峰。

之所以说“所谓”，是因为陈奇峰并不承认自己当时是在报案。

马一路匆匆赶到明月花园9栋704时，当然没有随身携带那个巨大的粉红布娃娃。

毕竟身上穿着警服。

毕竟江小流明确说了“有警情”。

江小流和普克都在客厅，此外还有江小流电话里所说的“报案人”。

这个陌生男人，看上去三十出头，皮肤白净，更衬出两个黑眼圈的黑。穿一件中规中矩的条纹衬衫，手腕上戴了块浪琴表，一看就是坐办公室的。坐在椅子上，两手交握放在膝盖上，显得有些拘谨。客厅里很安静，主客并没有在交谈。

看见马一路进来，客人立刻站起来，视线扫过马一路身上的警服，神情明显变得紧张了。

马一路看出来了，主动和他打招呼。

“你好，”马一路用客气的态度问他，“你就是报案人?”

“不、不、不，我不是报案，就是……给你们提供些……信息。”对方这样回答。

马一路看看江小流和普克，知道江小流会给他做出解释。

江小流起身走到客厅门口，按下可视监控门铃的按钮，门铃声响起。

马一路知道江小流要用她最擅长的方式还原事情的原委，来客却看得一脸茫然。

在门铃声中，江小流仿佛变身为三个人：她自己、门铃屏幕中的人、普克。

江小流盯着屏幕，拿起对讲话筒，等着按门铃的人开口。

屏幕上的人一脸紧张，看看监控探头，赶紧又把脸转开。

“看见你了。”江小流用她一贯的平淡语气问，“你找谁?”

屏幕中的人转脸看了一下探头，没说话，然后转身离开，脚步有些慌乱。

江小流面无表情地准备放下话筒，这时，普克从房间出来。

“我好像听见门铃响。”普克说。

“一个不认识的人来找咱们，没说话就走了，”江小流说，“应该还会来。”

话音刚落，门铃又响了。

江小流看看门铃屏幕，发现刚才那个一脸紧张的人又回来了。

江小流又拿起对讲话筒，既不生气，也不好奇。

“再不说话我就挂了。”江小流说。

“对不起，对不起……”这次屏幕中的人终于开口了，像是下定了决心，“请问是704吗?”

“对。”

“我想……我想和你们谈谈。”

“谈什么?”

“能不能……先让我进去?”

“不能。我又不认识你。”

屏幕提示对讲时间已到，自动断掉了。

江小流站在原处不动。片刻，门铃再次响起。

这次不等江小流开口，楼下按门铃的人便主动说话了。

“我不是坏人，我叫陈奇峰……”按门铃的陈奇峰急促而诚恳地说，“我有非常重要的事情想……想向你们求助!”

“我们不是居委会。”江小流的回答和表情一样冷漠无情。

“我知道，我知道你们是警察……”陈奇峰更急迫了，声音都有些发颤，“我花了很大力气找你们……”

江小流盯着屏幕看了两秒钟后，伸手按了开门键，陈奇峰从屏幕上消失了。

“这人要找咱们报案。”江小流对普克说。

“何以见得?”普克问，“他虽然知道咱们是警察，但只说有重要的事情想求助。”

“他应该不知道，我在派出所门口就看见他了，”江小流说，“而且是在昨天。他在派出所门口转了半天。”

普克想了想，然后点头。

“说明他虽然想找警察帮忙，但却放弃去派出所报案。”普克说，“他还知道咱们是警察，又花力气找咱们……你说的对，看来是要找咱们报案，只是案子比较特殊，不便正式报警。”

有人敲门。江小流打开房门，看见陈奇峰迟疑地站在门口打量着里面的人。

“请进，”普克明显比江小流客气，“既来之，则安之，不用怕。”

陈奇峰吃惊地看看普克，想说什么，又咽回去，动作拘谨地走进来。

“你好……二位好。”陈奇峰虽然看上去有些拘谨，但不失礼貌。

“你好，陈奇峰，”普克回答，“我叫普克，她是……”

“江小流，对不对？”陈奇峰抢先说，“就是那个记忆力超强的女孩儿！”

“你还打听到了什么？”江小流毫不意外，“704 碎尸案？”

陈奇峰一呆。

“这不就是 704 吗？”他四下张望着，脸上浮起一丝惊恐，表明之前他并不知道这个房间曾发生过命案，“难道这里也……出过事儿？”

“听说是。”普克微笑，笑容有些复杂，“如果你打听得足够细，应该知道除了记忆力超强的江小流，还有一个每天醒来就会忘记昨天的警察吧？就是我。”

“你看上去不太像个警察……”陈奇峰等于承认了普克的推测，“但听说你很厉害。”

“确实，”普克和陈奇峰开起了玩笑，“忘性超级厉害！”

一句简单的玩笑，似乎让陈奇峰放松了情绪。他又看看江小流。

“你看上去更不像警察，”陈奇峰用一种本能的、对年轻异性带有一丝取悦的态度对江小流说，“要不是事先了解过，我肯定以为你是个只知道追星的邻家妹子……”

说到这里，陈奇峰被江小流打断了。

“第一，我不是什么邻家妹子。第二，我从来不追星。第三，我是光明路派出所正式签了合同的协警。第四，你是不是觉得自己很擅长搭讪异性？”江小流的话听上去很不客气，其实并不带什么情绪，“到我们这里可以免了这一套。”

“不好意思，不好意思……”陈奇峰大窘。

“言归正传，你大费周折找到这里，说说你想求助的内容。”普克给陈奇峰解围，“看你的黑眼圈，估计你这两天压力太大没睡好。”

陈奇峰第一时间接过普克递来的救命稻草。短短几分钟，他已经不太敢直视江小流了。

“那我就不兜圈子了，”陈奇峰一副豁出去的表情，“我怀疑……我怀疑我的一位女性朋友被害了！”

“女性朋友？”

江小流怀着疑问重复着陈奇峰的话，同时将眼睛扫向陈奇峰的左手无名指，那上面戴着一枚戒指。

陈奇峰闭上眼睛，不知是因为这样就不用再面对江小流那冷冷的审视，还是因为内心的恐惧。

“我承认……”陈奇峰依然闭着眼睛，眉头紧锁，两手下意识地紧握成拳，“她是我的情人。我现在非常、非常、非常担心……”

陈奇峰突然停下，像是不敢说下去。

“担心她有生命危险？”普克问。

“如果那样倒简单了，”陈奇峰低下头深吸一口气，普克看不到他的脸，但能看到他在颤抖，“比那个更可怕。”

普克思忖片刻。

“我纠正一下自己的说法，”普克说，“你怀疑你的情人已经不在人世。你并不指望能救她，因为她被害已经是过去时。出于你的职业、家庭和你们的隐秘关系，你不能报警，但你又有较大的把握支持自己的猜测，不能听之任之。你可能从某种渠道听说了我们办过的案子，认为和你遭遇的事情有相似之处，所以想方设法找到这里。你并不是个行事莽撞的人，我想，也许你带来了某些你认为会引起我们重视的线索或证据。如果我判断错了，请如实告诉我。”

陈奇峰震惊地看着普克，好一会儿才能开口。

“一个字都没说错。”看得出来，普克这番话令他彻底折服，放下了最后一丝戒备，“我找对人了。”

说完，陈奇峰从怀里掏出一样东西，递给普克。

“这个录音笔，可能就是证据。”

“录音笔？这么小巧精致。”普克接过录音笔，看看旁边的江小流，“我记得我也有一个，但比这个粗笨多了。”

“回头给你买个新的。”江小流对普克说完，又问陈奇峰，“为什么说可能是证据？”

“我认为是，但还得请你们判断到底是不是。”陈奇峰不安地说，“这需要时间。录音很长，一共有40多个小时……”

“你等一下，”江小流拿出手机，开始拨电话，“我们还有个搭档，我叫他过来。”

接下来的内容，就是马一路亲历的部分了。

“喂，江小流，我在彭所这儿呢，我、我、我……我和彭所正在猜你是不是生气了。”

“没生气。你过来一趟，有警情。”

“你在哪儿？”

“704。普克也在，还有报案人。”

江小流挂断手机。

“我们是三人小组，”江小流走到椅子前坐下，像在自言自语，“等人到齐了再说。”

然后，江小流陷入沉默。

客厅里一片安静，马一路看看普克，又看看陈奇峰。他们脸上都写着惊讶，但程度有所不同。普克除了惊讶，更多的是惊喜。

“结束了？”马一路问江小流，听上去有些没头没脑的。

江小流点点头，从椅子上起身走回他们面前。

直到此时，马一路总算可以有意无意地露出一丝得意，用新闻发言人的语气向普克和陈奇峰做出宣告。

“你们应该看出来了吧？”马一路说，“她在模拟还原事情经过。”

“看出来了，简直是一场一人分饰所有角色的小剧场演出，惟妙惟肖。”普克不知道，其实这样的“演出”，自他认识江小流之后，几乎每天都有机会欣赏，只是第二天他就忘了，“台词、表情、声音、语调……无不精准。我算是从头到尾的观众，我可以作证。”

“我的天!”陈奇峰难以置信地看着江小流，“怪不得他们说你是执法记录仪!”

“执法记录仪也没她厉害。”马一路的自豪溢于言表，仿佛被夸赞的是他自己，“她还能还原事件发生时的气味、温度、PM2.5 指数……执法记录仪行吗?”

陈奇峰忽然向江小流做了个拱手的姿势，看上去莫名的滑稽可笑。大概是实在不知如何表达自己的钦仰之情。

接着陈奇峰又把拱手礼送给了普克。

“你也很厉害。刚才我在门口，你说既来之，则安之，不用怕，我就纳闷你怎么知道我在怕，想问没敢问……”陈奇峰心悦诚服地说，“后来再听到你对我的情况的分析，我就明白，找你们是对的，你们肯定行!”

说到这儿，陈奇峰又把现成的拱手礼送给马一路。

虽略显随意，但胜在动作幅度更大。

马一路喜滋滋地心领了。

“现在我能说了吗?”陈奇峰看着江小流问道。

“人齐了。说吧。”江小流简单地回答他，并没有因为被钦仰而产生任何情绪波动。

“那我就直说了，不管你们怎么看我。”陈奇峰不再顾虑重重，直入主题，“我觉得我的情人已经被杀了，还被分尸了。录音笔里就有证据。”

“为什么不报警?”马一路抢先问，“人命关天，就算不想暴露你和情人的地下关系，起码可以把录音笔匿名交给警察。”

“我想过。但录音笔里有 40 多个小时的录音，而且大部分都是没用的。就算是作为证据的那部分，不特别说明也很难被理解。”陈奇峰解释，“说了你们可能不信，这段录音在我手里快两年了，我也是前几天才听完，这才发现……那件可怕的事情。”

“快两年了？”普克问，“你是指你得到录音笔的时间，还是指录音笔录下你所说的证据的时间？”

“录音笔是我自己的，三年前买的。我说的快两年，指的是录下证据的时间。”

陈奇峰拿出自己的手机，打开触屏，调出备忘录，查看过里面一个文件后，这才非常确定地继续他的讲述。

“具体说，是在2016年6月15号晚上11点多，我将录音笔放到情人那里并开始录的，一直到2016年6月17号晚上9点多，我取回录音笔并停止录音。前后录了将近两整天，差不多46个小时。我所说的证据部分，分散在这差不多46个小时的录音里。而且有些细节，只有听到那段关键的内容，才能把事情联系起来……”

普克打断陈奇峰。

“关键的内容，指的是杀人还是分尸？”

陈奇峰非常明显地打了个哆嗦。

“分尸。”他眼神充满惊恐，但语气坚定，“断断续续地分了几个小时。”

“录音是没有画面的，你当然不能亲眼看见，只能是根据录音判断是分尸，对吗？”

“对。但我绝对不是胡乱猜测……”陈奇峰有点儿着急。

“我明白你的意思，我只是尽可能客观地分析你不报警的合理性。”普克解释。

“说白了，我们该不该浪费时间听你讲这个故事？”江小流突然冒出一句。

“虽然这件事听上去很离奇，但我以人格发誓，绝对没有一丝编造！”陈奇峰说。

“我们自己会判断。”江小流淡淡地说。

马一路听得很专注。他也很想参与到这种对话中，只是大脑的反应速度不允许，只能用目光催促普克继续阐述他的分析。

“你能通过录音判断是分尸，是因为建立在你了解背景信息的基础上，换了别人就不一定能做到。”普克接着问陈奇峰。

“对！”

“所以你担心，如果把录音笔匿名交给警方，在没有具体说明的情况下，警方即使负责地打开录音，也不太可能完整地听完并获取有效信息。”

“太对了！”陈奇峰说，“我就是这么想的。连我自己都放了快两年才听完，怎么能要求警察一口气听完而且全听明白？”

“那不一定，”马一路有些不以为然，“你太小看我们警察了。”

“让他说完。”江小流瞥了马一路一眼，不带感情色彩地说。

马一路立刻意识到，自己有些不必要地感情用事了。

“你继续。”马一路讪讪地对陈奇峰说，“反正我们仨也是警察。”

陈奇峰感激地看看江小流，又收回目光，低着头翻来覆去地看自己的手，没有选择立刻往下说，似乎是在整理思路。

好一会儿才开口。

“有好多话想说，但脑子里太乱了……”

“从头开始。”普克说话的方式有种能令人安静下来的奇特力量，“先告诉我们，你所认为的受害人姓名，便于你讲述。”

陈奇峰呆呆地看着自己的手，沉默片刻。

“邱妍。”陈奇峰轻声说，“她的名字叫邱妍。”

扫一扫
听本节

3

按照陈奇峰的讲述，他和邱妍的情人关系开始于大约三年前。

他们在一次饭局上相识。

陈奇峰一眼就捕捉到了邱妍眼里的孤独。

饭局后他们一起去了酒吧。这印证了陈奇峰的猜测。

邱妍那年三十四岁，曾有过一段创业史，后来失败破产。

因破产后落下一些债务，男友提出分手，最终邱妍回归单身。

陈奇峰比邱妍小五岁，结婚三年。两人认识的时候，陈奇峰的妻子刚刚怀孕。

很快，他们开始了秘密的情人关系。

具体多快，陈奇峰没有给出明确的描述。

陈奇峰在一家事业单位就职。工作稳定，不算太忙，这给陈奇峰与邱妍的约会制造了便利。

约会地点基本是在邱妍家。

说是家，其实是临时居所。邱妍创业失败后，为降低生活成本，在一个城乡接合部的老旧小区租下一套便宜的两居室的房子。之所以没租更便宜的一居室，是因为邱妍需要地方堆放创业时囤积的货物。

此外，邱妍还养了两条狗。都是邱妍捡回家的流浪狗。

一条叫老大，已经很老了。

另一条很聪明，邱妍给它起了个神气的名字，叫达尔文。每次陈奇峰听了都想笑。

达尔文确实很聪明，见过陈奇峰一次，第二次就认识了，会亲切地扑过去打招呼。

陈奇峰每周都会去邱妍那里约会，有时一次，有时两次，频率稳定。

大部分都是在晚上下班后，以单位加班或参加饭局的名义。偶尔也会在白天，工作比较闲的时候。

每次约会，陈奇峰待的时候都不会太长，毕竟他是有家庭的男人。

约会前，两人总是用微信确定好时间，之后，陈奇峰会立刻把他与邱妍的所有对话删除，以免给他带来不必要的麻烦。

陈奇峰的谨慎，使他与邱妍的关系一直保持得很隐秘和安全。

邱妍的房子在二楼，老旧小区没有电梯。

陈奇峰每次出入都很小心，好在邱妍也只是临时租住此处，时间不长，和周围邻居并不熟悉，从未引起注意。

陈奇峰没有邱妍住所的钥匙。邱妍曾有意无意地问过陈奇峰一次，是否要给他配把钥匙，被陈奇峰委婉地谢绝了，邱妍也就没再提起。

陈奇峰的想法是，反正每次见面，邱妍肯定都在住处等他。对他而言，身上多一把钥匙，便会多一分泄密的危险。

邱妍心里怎么想，陈奇峰没问过。这种容易引火烧身的问题，还是不问为妙。

介绍完自己与邱妍的关系背景之后，陈奇峰正式切入主题。

也就是那支录音笔的由来。

2016 年 6 月 15 日，天气很热。

下午三四点的时候，陈奇峰给邱妍发微信，问她在哪儿。

邱妍回信息说在家，问陈奇峰怎么了。

陈奇峰说没什么，又问邱妍在忙什么。

他们前一天刚见过面。一般见面之后的几天，陈奇峰都不会联系邱妍，直到下一次见面前，陈奇峰才会再发信息跟邱妍约时间。

陈奇峰不发信息，邱妍也很少主动联系他，显得很“懂事”。

这也是陈奇峰欣赏邱妍的原因之一。

那天下午陈奇峰给邱妍发信息，是因为他忽然发现自己与邱妍见过面的第二天，居然很想念邱妍。

从两人建立关系开始，陈奇峰就很确定他和邱妍不会有未来。他的事业、婚姻、性格、社会形象都决定了这一点。

他只是不确定两人的关系何时会结束，将以什么方式结束。

基于此，陈奇峰平时与邱妍之间很少谈论情爱，即使在床上。

陈奇峰不谈，邱妍也不要求。这让陈奇峰很轻松。

因此，那天下午陈奇峰意识到自己在想念刚见过面的邱妍时，心里隐隐感到有些意外。

过了好一会儿，邱妍才回复信息，说在处理事情。

陈奇峰追问处理什么事情，还半开玩笑地问需不需要他帮忙。

邱妍回复说不需要，她能搞定。

这几条信息令陈奇峰觉得有些奇怪。他没忍住，跑到单位的洗手间给邱妍拨了个电话。

第一次，邱妍手机正在通话中。

隔一会儿，陈奇峰又拨了一次，这次邱妍迅速接了电话，但语气中稍有些烦躁。

陈奇峰记不清当时和邱妍在电话里具体怎么交流的，只能说个大概。他问邱妍是否一切正常，邱妍说正常，又说她在处理事情，回头再联系。

简单说了几句，电话就挂了。

就在这短短的通话过程中，陈奇峰听到达尔文的声音。

不是吠叫，是被人宠爱抚摸时发出的享受的哼叽声。

陈奇峰每次去邱妍那里，只要抚摸达尔文，达尔文都会发出这种声音。

陈奇峰很确定，他与邱妍通话时，抚摸达尔文的肯定不是邱妍。达尔文哼叽的声音，与邱妍隔着一点距离。

回到办公室，陈奇峰得出结论：一定有另外的人在邱妍的住所。

那人没发出声音，不知是男是女，但和邱妍一定不是陌生的关系。

通话时，邱妍也没告诉陈奇峰还有别人在场，而这本来是很自然的事情。除非……

陈奇峰被这个“除非”弄得心神不宁。

当晚十点左右，陈奇峰对怀孕的妻子编了个谎话，便出了门。他先开车到办公室，从抽屉里取出他的录音笔，然后又打车去了邱妍住的小区。

到小区时已经快11点了。

陈奇峰先去邱妍租的停车位看了一下。邱妍的车停在车位上。

陈奇峰又来到邱妍住的楼下。从北阳台的窗户看到里面透出很暗的灯光。陈奇峰知道，那是客厅里的夜灯。邱妍曾对他说过，一个人在家睡觉也会开着客厅的夜灯，一来安全，二来起夜方便。

陈奇峰又绕到南边，看到邱妍的卧室没开灯，窗帘紧闭。

然后，陈奇峰沿着楼梯上楼，来到二楼邱妍住所门外。在黑暗中贴着门听了听，里面没有声音。如果两条狗在，至少达尔文一定会跑到门口察看情况，陌生人经过它会吠叫，熟人来它会在门口迎接。

陈奇峰判断，邱妍应该是下楼遛狗去了。

这也符合邱妍平时的习惯，总会在睡前遛一次狗，免得两条狗夜里憋尿的时间太长。

于是陈奇峰立刻下楼来到邱妍住所的北面。已经很晚了，外面没有人。陈奇峰爬上邱妍住所的北阳台。他知道北阳台的门锁早就坏了，看上去锁好的阳台门，从外面一拽就能打开。

陈奇峰顺利地从阳台进了房间。

他做好心理准备，万一弄错了，邱妍和狗都在的话，他就告诉邱妍，他想她了。邱妍听了应该不会生气。

所以进房间后，陈奇峰还叫了两声邱妍的名字。

但如他猜测的那样，转了一圈，狗和人都不在，只有客厅的夜灯亮着。

陈奇峰抓紧时间摸黑进了邱妍的卧室，把那支录音笔打开，塞到床边一个堆货的纸箱里。纸箱里装满了邱妍破产前经营的家居用品，陈奇峰特地调整了录音笔的位置，既便于收录声音，又不易被人察觉。

之后陈奇峰又从阳台离开，以免在楼道碰到邱妍。

本来陈奇峰还想在小区里转转，看看邱妍是不是真的在遛狗，以及是不是独自遛狗。但他收到了妻子发来的信息，问他什么时候到家，陈奇峰这才放弃了这个念头，匆匆打车回家，甚至忘了去单位取车。第二天早晨想开车送妻子上班，才发现车没开回家，所幸反应快，应付过去了。

上班时间，陈奇峰给邱妍发信息，邱妍没回。连发几次都没回。

陈奇峰有些不安，担心自己放的录音笔会被邱妍发现了。

临下班前，陈奇峰没忍住，给邱妍打了个电话，发现邱妍的手机已关机。陈奇峰只得回家，当天没再和邱妍联系。

第三天，也就是2016年6月17日，星期五。

白天陈奇峰又给邱妍发信息，问她是否一切都好，过了几分钟，收到邱妍的回复，就三个字：都挺好。

陈奇峰看邱妍回复了信息，知道邱妍开机了，但拿不准邱妍对他的态度，决定打个电话试探一下。

邱妍的手机果然是开机状态，却没接听陈奇峰的电话。

陈奇峰实在忍不住，趁中午吃饭时间，开车去了邱妍的小区。

为了有个合理的解释，他在路上给邱妍买了份盒饭。

邱妍的车仍停在租用的车位上，但陈奇峰发现，车停得有些歪。

陈奇峰放录音笔的那个晚上，车停得很正，这说明这两天邱妍动过车。

邱妍住的小区离城区较远，交通不是很方便，她平时出门一般都会开车。此刻车在车位，邱妍应该没外出。

陈奇峰又给邱妍打电话，邱妍仍未接听。

陈奇峰在小区里找了个空位，停好自己的车，拎着买来的盒饭去邱妍的住处。在邱妍住处门口，他再次拨打邱妍手机，想核实邱妍是否在里面，手机却已经关机了。

陈奇峰贴在门上听，听见了达尔文跑到门口的脚步声。

车在车位，狗在房间，陈奇峰有很大的把握认定邱妍应该在家。于是陈奇峰敲门，还叫了邱妍的名字。但里面无人回应，连狗的声音也消失了。

这时楼下传来开门声，有人上楼走到楼梯转弯处，是个中年妇女，问陈奇峰找谁。陈奇峰灵机一动，说是给201的邱女士送外卖的，但敲门没人应。中年妇女说自己是楼下101的，上午听到201家里有动静，人应该在。

陈奇峰当着楼下邻居的面又敲了敲邱妍的门，还是没回应。邻居建议陈奇峰给201打电话核实，陈奇峰只得装模作样又打起邱妍的电话，仍是关机。

楼下邻居说也许中午她忙着做饭，没听见201又出门了，但她很确定地说上午201肯定有人在，脚步声很清楚。

陈奇峰不想再聊下去，敷衍了两句就拎着盒饭下楼离开，然后开车返回单位。

次日就是周末了，陈奇峰担心自己不方便出门，于是当晚九点多，他又开车前往邱妍的小区。

到达后，陈奇峰发现邱妍的车位是空的，判断邱妍应该开车出门了，于是将自己的车停在邱妍的车位，然后再次从邱妍住所的北阳台进入房间。

这次两条狗都在，客厅的夜灯却关着。

达尔文第一时间从里面出来，亲切地迎接陈奇峰。另一条狗，老大，因为年龄太大，视力、听力都不好，没反应，还是陈奇峰进卧室差点儿踢到它，才发现它缩在卧室角落的狗垫上。摸它，它也不太动，只是喘个不停。

陈奇峰没敢开卧室灯，他打开手电筒，在他放录音笔的纸箱里顺利找到了录音笔。

离开时，陈奇峰仍然走的是阳台，同时他注意到，上次来时留了一条缝儿的阳台窗户，这次被从里面关上了。

陈奇峰带着录音笔回到家时已经很晚了。接下来的两天是周末，陈奇峰一直没机会听录音，也没再尝试联系邱妍。周一陈奇峰带着录音笔去上班，刚到单位就接到妻子电话，得知妻子的羊水提前破了。陈奇峰赶紧把录音笔锁进抽屉，开车赶回家，送妻子去了医院。

妻子早产半个月，给陈奇峰生了个女儿。

女儿出生后有些小状况，在医院多住了半个月。陈奇峰向单位请了半个月假，为照顾妻子、女儿每天忙个不停。之前关于邱妍的那些困扰，压根都没时间思考。

陈奇峰在女儿恢复健康后，将她接回了家。

陈奇峰回单位上班后，仍旧忙忙碌碌，一直到女儿满月后，他才想起录音笔的事情。

录音笔是在6月15日晚上11点多被放进邱妍卧室，6月17日晚上9点多被取回，录下将近46个小时的内容。陈奇峰白天上班不方便听，晚上回家更不方便听，只能利用开车上下班的时间听，每次也听不了多久。

录音笔的质量不错，不仅续航时间长，收录声音也很细致。陈奇峰断断续续听了几个小时后，忽然产生了一种奇怪的感觉。

15日到17日，将近两天时间里，邱妍的住处一直有人，但听不到邱妍的声音。

陈奇峰放下录音笔并开始录音后，便走出卧室，翻阳台离开了邱妍住处。录音笔录下了这些声音。大约一刻钟后，有人开门，带着两条狗回到邱妍住处。录音笔也录下了声音。再之后，有人走进邱妍的卧室，狗也在卧室进进出出（主要是达尔文）。再之后，卫生间方向有水流的声音。再之后，除了有狗偶尔走动的声响，房间里变得很安静。

陈奇峰听了几个小时后，失去了耐性，忍不住把音频文件快进，跳着听。

没什么特别的收获。大部分时间里，听到的只有声音的空白。

陈奇峰想到一个比较有效率的办法。他记起自己取回录音笔那天曾去邱妍住处“送过外卖”，于是对照时间轴，在文件中查找相应时间，果然找到了。

虽然录音笔是放置在卧室，但还是录下了陈奇峰在外面敲门、叫邱妍名字的声音。甚至陈奇峰和楼下邻居在门外的对话也能隐约听见，只是清晰度略差。

引起陈奇峰强烈反应的却是另外一个声音。

当陈奇峰敲门后，达尔文从卧室冲到客厅门口。达尔文应该是听出了门外陈奇峰的声音，按它的习惯到门口迎接。在达尔文从卧室往外冲的那一刻，录音里出现了一个男人的声音。他压低声音叫了一声“达尔文”。

男人的话像是脱口而出。

陈奇峰听到这个声音后，脑子忽然就蒙了，像被按下了停止键。

陈奇峰不知道自己听这些录音有什么目的和意义。

邱妍对他本来就没有情感责任。他也从未给过邱妍任何承诺，哪怕只是空头支票。

他们之间也从来没有过利益往来。

对于邱妍来说，也许陈奇峰本来就是个打发寂寞单身时光的性伴侣。正如陈奇峰曾在心里想过的那样。

即使陈奇峰后来头脑发热，有过一些恋爱中的男女才有的情绪，那也是陈奇峰自己的事情，没资格要求邱妍负责。

何况，陈奇峰已从一个男人升级为父亲。

这样一想，陈奇峰觉得没必要再浪费时间去听那些录音了。

他本想删掉那个录音文件，不知怎的，临要删除又改了主意。

反正除了他，就算有人听了录音，也听不出什么名堂，大部分时间都是声音的空白。

不如留下，当作一段隐秘关系的隐秘纪念。

陈奇峰进而又想，既然已接受这种结果，不如大大方方去和邱妍当面说声再见，甚至可以跟她分享他初为人父的喜悦之情，并送上他对邱妍的祝福。

因此，陈奇峰又一次去了邱妍的住处找她。

令他意外的是，邱妍租住的201正在装修。

陈奇峰问了一下装修的工人，得知装修已经开始快一个月了，但付钱装修的业主并不姓邱。

正说着，业主来盯装修进度，是个四十来岁的男人。

陈奇峰装作随意地打听了几句，得知他是201的新房主，房子是他从原房主手里买来的学区房，准备明年孩子上学过来住。

陈奇峰不便多问。既然无法和邱妍当面告别，只能说明缘分真的尽了。

那支录音笔被陈奇峰锁进办公室的抽屉，一直没动过，直到几天前。

陈奇峰带妻子、女儿回岳父母家，一起给两位女性过母亲节。

虽然是洋节，凑外国人的热闹，但陈奇峰还是很识趣，为岳母准备了母亲节礼物，还以女儿的名义给妻子准备了礼物。

经历过产房外的等待，陈奇峰对一个问题有了更具体的了解。为什么总说母亲伟大，至少因为那个过程真的很疼。

一眨眼，女儿就快两岁了，继承了陈奇峰和妻子的优点，特别天真可爱。

在其乐融融的家庭气氛中，陈奇峰忽然想起了一个人。

邱妍。

陈奇峰觉得，是邱妍忽然退出他的生活，才使他得到现在的幸福宁静吧？

那一刻，陈奇峰对邱妍产生了强烈的感激之情。

以及淡淡的挂念。

陈奇峰早就把邱妍的手机号码从通讯录里删除了，但他发现那个号码依然存在他脑子里。

他又一次拨了那个号码，打算给邱妍一个朋友式的问候。

电脑语音提示陈奇峰，那个号码已经被注销了。

陈奇峰知道，邱妍从她开始用手机就没换过手机号，哪怕是在破产被人追债的日子里，也顶多就是关机。

母亲节的那个晚上，陈奇峰从一个噩梦中惊醒。

醒来躺在黑暗中想了一会儿，陈奇峰决心一定要和邱妍取得联系，哪怕是简单地通个电话，说一句“你好、再见”也行。

第二天，陈奇峰费了不少力气，打了不少电话，终于有了收获。

虽没找到邱妍，但联系到了邱妍的母亲。

和邱妍在一起的那段时间，邱妍很少谈及自己的过去。只有一次，陈奇峰问到邱妍的家人，才知道邱妍家就在宁江。父亲已经过世，母亲还在，一个人独居。当时陈奇峰随口说，既然经济状况不好，不如搬回去和母亲住，能省些生活成本，还可以顺便尽孝。

邱妍对陈奇峰说，这辈子她和母亲只有两种情况才可能见面，要么母亲死了，要么她死了。

陈奇峰没想到邱妍会这么恨母亲。邱妍对陈奇峰说出了原因。

“从小到大，我妈只对我做了一件事情：否定我。不管我做什么，她永远只会否定我。”说这话时邱妍的语气平静而坚决，“我就是穷死饿死，只要她在，我就不会回家。”

因此，陈奇峰是在试过所有的方式后，才尝试寻找邱妍母亲的。

邱妍父母的单位是宁江郊区一家老企业，邱妍父母都是从这个企业退休的。邱妍的母亲过去是企业的厂医。

陈奇峰打通邱妍母亲的电话时，原以为会听到一个粗暴的老女人的声音，没想到正好相反。

邱妍母亲的声音听上去几乎和邱妍的声音一模一样，这吓了陈奇峰一跳。再三核实后，确定她确实是邱妍的母亲而非邱妍。邱妍母亲的态度很温和，应该是有修养的人。

陈奇峰自称邱妍的老同学，准备搞同学聚会，却联系不到邱妍，问邱妍母亲是否有女儿的新号码。

邱妍母亲在电话里让陈奇峰等一等，她正好收到邱妍寄来的母亲节礼物。快递包装还在，上面可能有邱妍的电话。

陈奇峰听了这话一惊。邱妍给母亲寄母亲节礼物？

过了一会儿，邱妍母亲不无遗憾地告诉陈奇峰，快递上没留发件人电话，然后又用温和的语气说，不奇怪，邱妍从小就这么不可靠。

陈奇峰强忍内心不安，追问邱妍的母亲收到了什么节日礼物。

回答是永生花，以及一张母亲节贺卡。

邱妍的母亲对陈奇峰补充说，她最讨厌花了，不管是鲜花还是假花（估计她认为永生花是假花）。不过也不奇怪，邱妍从小这样，专门和她对着干。

挂断电话后，陈奇峰第一时间从抽屉里翻出了那支录音笔。

他特地到宾馆开了一间房，骗妻子自己要出差两天，又向单位请了两天病假，然后躲在宾馆房间，准备听完那支录音笔上将近46小时的录音。

戴着耳机听到半夜，陈奇峰躺在床上困得要命。耳机里传来的一系列声音，先是令他有些困惑，继而清醒，接着吓得他一骨碌从床上跳起来。

那一系列声音，离放置录音笔的位置很近，应该就发生在旁边的床上，特别清晰。

金属拆解肉体、骨骼、韧带……才可能发出这样的声音。

有点儿像在厨房后场。区别是，动静没有厨房后场那么放肆、张扬。

尤其是一些砍、剁的声音，明显被类似棉被之类的物品包裹着，力道大但强度低。

陈奇峰终于明白，邱妍为什么会忽然退出他的生活。

因为她死了。

有人杀了邱妍，然后在她卧室的床上将她分尸。

陈奇峰放置的那支录音笔，恰好记录了这个过程。

扫一扫
听本节

4

当然，以上所有内容，全部是陈奇峰个人的讲述。

讲述过程中，马一路和江小流都插过话，提过问题。

比如一开始，陈奇峰说他和邱妍成为情人时，他妻子刚怀孕。

“你明知道你老婆怀孕了，还和邱妍这样？”马一路忍不住问陈奇峰，“你怎么想的？”

陈奇峰呆呆地看着马一路，愣了一会儿。

“对男人来说这不是很……”说了一半，陈奇峰看看马一路身上的警服，显然意识到这样说不合适，改口说，“我知道我错了。”

马一路还想说什么，见江小流在旁边看了他一眼，马一路立刻醒悟，自己又感情用事了。

“实在没忍住。不问了。”马一路悻悻地说，“我又不是你老丈人。”

江小流也插过一次话。陈奇峰在描述他和邱妍的交往时，对邱妍用了“懂事”这个词。

“为什么说她懂事？”江小流语气平淡，看不出任何内心情绪，“她不主动联系你，也可能是因为对你没兴趣。”

陈奇峰呆呆地看着江小流，不知道该怎么回答。

面前这个年轻的姑娘，瘦高苍白，表情冷淡，看上去对一切都漠不关心。

江小流眼睛深邃，深不见底，令人不敢直视。

普克替陈奇峰解了围。

“从他前面说的情况看，邱妍对他应该是有好感的。”普克说，“以我的理解，他在讲述中加入个人情感的描述和分析，是为了给那将近46小时的录音梳理情感逻辑。”

开始江小流和马一路还不太理解普克这个解释的意思。随着讲述的推进，他们越来越明白了。

对于陈奇峰所经历的事情，如果没有一个情感逻辑作为参照，很难用日常的标准去判断。

只有接受了这样的逻辑，才能理解事情如何沿着这样的逻辑发生、发展，直到迎来最后的结果。

事实上，陈奇峰讲到后面，马一路已经可以帮他自动脑补那些没讲出来的内容了。

比如：邱妍的母亲在电话里告诉陈奇峰，她收到了邱妍送的母亲节礼物。

“不对呀，”马一路立刻指出问题所在，“这不符合你对邱妍的了解！”

“邱妍的母亲收到邱妍送的礼物，却批评邱妍和小时候一样不可靠，”江小流也发现了问题所在，“虽然这和邱妍之前对她们母女关系的定义相符，母亲永远在否定她，但是和邱妍送礼物的行为产生矛盾。”

“这就是逻辑的意义。”普克说。

普克很少打断陈奇峰的讲述，直到陈奇峰以那个骇人听闻的结论完成他的讲述。

“我终于明白邱妍为什么忽然退出我的生活了。她死了。有人杀了她，然后在她卧室的床上将她分尸。我放的那支录音笔记录了这个过程。”陈奇峰筋疲力尽地说，“我保证，今天我对你们说的全是事实。”

“结尾除外。”普克说，“这个部分只能说是你的猜测。”

“你们听完录音，就知道我不是信口开河。”

普克没再和陈奇峰争论。他能够理解陈奇峰的心情。

大家都看向那支录音笔。马一路实在没忍住好奇，问陈奇峰是怎么找到他们的。

他们，指的就是三人小组。

陈奇峰告诉他们，前不久他无意中在网上看到一条八卦新闻，讲的是李雪的案子。

那条新闻的重点在于李雪与健身教练的私情，文风清奇，情节支离破碎，但陈奇峰却敏感地捕捉到其中一个不引人注目的细节——此案的成功侦破源于一个年轻女孩儿的“捕风捉影”。

当陈奇峰在宾馆床上听到那段录音，认定邱妍已死并被分尸后，他在是否报警以及以何种方式报警这个问题上，进行了激烈的思想斗争。

陈奇峰很清楚，他所认定的事实，在外人眼里一定比影子还要虚无缥缈。

最后陈奇峰对自己说：如果能找到八卦里提到的那个“捕风捉影”的女孩儿，他一定会把自己知道的一切对她和盘托出。

“现代社会，你真想找到一个人，”陈奇峰意味深长地说，“只要这个人还活着，就一定能找到。”

陈奇峰果然找到了三人小组。

有一句潜台词，陈奇峰没说，但马一路他们都“听”出来了。

“但我再也不可能找到邱妍了。”

5

扫一扫
听本节

离开704前，陈奇峰站在门口低头犹豫了一会儿。

马一路觉得，陈奇峰已经快被内心的自责压垮了。虽然表面看起来，他还算镇定。

“现在自责也没用，”马一路想安慰一下陈奇峰，脱口而出的却是，“你也救不了她了。”

陈奇峰抬头看着马一路，那眼神相当复杂。

“拜托你们了。”陈奇峰说，“有任何需要我配合的，尽管告诉我。”

“你随叫随到？”马一路半开玩笑半认真地问。

陈奇峰的脸一下子涨红了。

马一路又有些后悔，拍拍陈奇峰的肩膀说：“慢走，不送。”

陈奇峰走了。

704的门一关，江小流就把刚才马一路和陈奇峰的对话还原了一遍。

“这段我没看懂，”每一个细节都演示还原完毕，江小流说，“谁能给我解释一下？”

“解铃还须系铃人。”普克把球踢给了马一路。

马一路有些暗自得意。难得也有江小流不懂、要向他请教的问题。

“哪里不懂？”马一路故作轻松，“一目了然嘛。”

“陈奇峰从头到尾没说过一句对不起邱妍的话，”江小流说，“你凭什么认为他会自责?”

“反正我就是这么感觉的。”马一路其实也说不清。

“你说完这话，陈奇峰看你的眼神是什么意思?你问是否随叫随到的时候，为什么是那种古怪语气?”江小流抛出一连串的问题，“陈奇峰为什么脸红?他脸一红，你为什么又要拍他肩膀?别跟我说全是感觉。”

让江小流这一问，马一路自己也有些蒙。

“有这么多信息?”马一路讪讪地笑，“我自己都不清楚。”

两人都转脸看向普克，普克笑了。

“看来这种任务归我?那我试试看。”普克边回忆边分析，“陈奇峰虽然从头到尾没说过一句愧对邱妍的话，但以他和邱妍的关系，花这么大力气找到咱们，承受着道德压力，事无巨细地讲述整个过程，他当然知道已经无法改变邱妍被害的事实，对我们也没提出任何诉求，所以驱动他的只有内心的自责。”

“说出了我的心声!”马一路急忙附和。

“马一路凭借直觉点破了陈奇峰的自责后，陈奇峰的眼神确实很微妙。”普克继续说，“没想到你也挺厉害。”

“那岂不是说，陈奇峰原本没把马一路放在眼里?”江小流问。

马一路脸一红。但他立刻给自己找到了自信的理由。

“说明我这人比较……耐琢磨!”

“这一点毫无疑问。”普克显然很欣赏马一路的自嘲精神，“接下来，陈奇峰表态会全力配合咱们后，马一路问是不是随叫随到，其实是带着点儿善意的嘲讽……”

“我确实没恶意，就是看他心情太沉重了，想调侃一下。”马一路有些后悔，“说完才意识到，这种情况下开这种玩笑，好像不太合适。”

江小流听他们说完，略想了想。

“嘲讽是因为陈奇峰有家有老婆，报案都不敢正式报，不可能随叫随到。陈奇峰脸红是因为听懂了嘲讽。马一路拍陈奇峰肩膀是因为发现自己开玩笑不合适，安慰一下陈奇峰，给自己找补。”江小流一口气说完，问道，“对不对？”

马一路本想辩解一下，话到嘴边，又收了回去。

“对。非常对！”

“人真会给自己找麻烦，”江小流说，“结果就是自作自受。”

马一路悄悄看看江小流，揣摩江小流的话里是否有更深的含意，但没成功。

江小流脸上仍是那副对世界漠不关心的表情。

普克把谈话拉回了正题。

“对于陈奇峰所说的事情，你们怎么看？”普克问。

“我觉得他应该没撒谎。”马一路说。

“没撒谎不代表说的就是真的。”江小流说。

“所以咱们才要查。”马一路又说。

“值得查才查。”江小流又回了一句。

马一路终于确定自己那种微妙的感觉不是空穴来风了。江小流不想管陈奇峰的事情，出于她没说出来的某种原因。

装糊涂？还是直接说穿？

马一路犹豫片刻，选择了容易把握的前者。

“我听普克的。”马一路把球踢给了普克，“普克怎么说就怎么办。”

普克并没有马上说话，而是走到客厅的茶几前，拿起陈奇峰留下的那支录音笔，仔细端详起来。

“没想到现在的录音笔这么小巧，却有这么大的内存。”普克对很多事物的认识都停留在12年前，“我记得我那支录音笔，充一次电最多录几个小时。”

马一路隐隐觉得普克不仅仅是想和他们讨论录音笔。

果然，普克继续往下说。

“这么一个小小的电子器件，我不知道它是怎么发明出来的，不知道它的工作原理，不知道它如何更新换代，不知道它的未来。”普克若有所思地看着手里的录音笔，“但我现在拿着它，知道里面可能藏着一个秘密，涉及一条非正常消亡的生命。我想弄清楚这个秘密，和其他事情都无关，因为我是个警察。”

马一路愣了一下，赶紧跟上普克的步伐。“我也是！”

江小流沉默了一下，说：“我只是个协警。”

普克对江小流微笑，“早上你给我‘洗脑’的时候告诉我，咱们是三人小组，你也是其中一员。”

“而且是最重要的一员！”马一路接着普克的话说，“没有你就没有三人小组，不信你去问彭所！”

江小流低头思索了几秒钟。

茶几上还有一个 U 盘，也是陈奇峰留给他们的，里面是他事先拷贝好的录音文件。

江小流走过去拿起那个 U 盘。

“录音太长了，咱们分头听吧。”江小流出门时经过马一路身旁，扔下一句话，“普克听不了那么久，你能听多少听多少。”

江小流拉开 704 的房门走了。

马一路侧耳倾听，确定江小流下楼了，才松一口气，然后崇拜地看着普克。

“你是怎么做到的？”

“做到什么？”

“江小流不想管陈奇峰这桩事情，这是摆明的！”

“这是你的感觉。我看到的不是这样。”

“那你看到的是什么？”

“我看到的是，江小流记忆力超强，这也意味着她脑海里会有海量的信息，她需要对信息进行选择……刚才我只是让她知道，选择信息的原则是什么。”

马一路努力地思索了好一会儿。

“原则是什么？”

“具体问题具体分析，”普克微笑着说，“每次遇到问题可能都不一样。”

马一路泄气了。他原以为普克有什么专治江小流的妙招，结果还是得拼修为、拼段位。

“不过有个好消息要提醒你。”普克看出了马一路的失落，试图安慰他。

“什么好消息？”

“其实当时你也看到了，”普克说，“陈奇峰想对我们讲述案情，江小流坚持要等你来了再讲，足以说明咱们各有所长。”

普克一句话，就成功地令马一路心花怒放。

扫一扫
听本节

6

接下来的三天，马一路一直没看见江小流。

除了充当江小流和普克的“保姆”，协助他俩办案，马一路更正式的职业其实是个片儿警。

从早到晚处理各种鸡毛蒜皮的纠纷，是马一路的工作日常。

马一路对录音笔事件态度积极，也许正因为，只有证实陈奇峰的故事并非编造，他才有参与侦办刑案的机会。

实现这个目标的基础，首先是要听完那将近46小时的录音。

这并不是个轻松的工作。

普克每天早晨醒来就会忘记昨天经历的一切。记忆退回到12年前。即使第一天从录音中有所收获，也无法留到第二天。

马一路只能利用派出所工作的间隙，断断续续地听。

如陈奇峰所说，那段录音里绝大多数时间都是声音的空白。

马一路的耐心很快在这些声音空白中消散。

直到三天后。

这个周末马一路不在所里值班，回了父母家，为上周漏过的母亲节给母亲赔罪。马一路对父母拍胸脯说，中午由他亲自下厨，虽然满汉全席做不了，但肯定能填饱父母的肚子。

母亲兴致勃勃地在厨房给马一路打下手，说是帮忙，其实是全程指导。

正忙着，江小流的电话来了。

“你在哪儿?”

“在家。”

“在忙?”

“没事儿。”

“我们在 704 等你。”

“好，”马一路连个思考的过程都没有给自己，直接说，“我马上到。”

挂断电话，马一路看见旁边母亲的脸色，这才反应过来。

“妈，我有急事儿，”马一路一边对母亲赔着笑脸，一边摘下身上的围裙，“去一下就回。”

到了 704，马一路发现江小流和普克都在他住的房间，房间里的电脑开着，屏幕上显示的是一个看上去很复杂的文件。

普克主动和马一路打招呼。马一路明白，江小流已经完成了对普克今天的“洗脑”，可以令他直接进入后面的程序。

“江小流听完了所有录音后，做了一个音频文件的时间轴说明。我刚听完她的介绍，”普克看看电脑上的时钟，“用了两个半小时。”

“光介绍就用了两个半小时?”马一路看一眼旁边的江小流，“那你做文件得做多久?”

“没多久，”江小流语气淡淡的，声音却有些哑，“比听录音好多了。”

“你希望重听一次介绍，”普克问马一路，“还是直接听结论?”

“听结论。”马一路当机立断。

“陈奇峰没撒谎。”江小流说，“这案子我们应该查。”

“好极了！”马一路兴奋地挥拳。随即意识到不妥，“我的意思是……意思是……”

“之前你是对的。”江小流简明扼要地化解了马一路的尴尬。

虽然马一路选择直接听结论，但江小流还是尽可能高效地做了解释说明。

江小流不仅听完了全部录音，还按时间轴对录音中所有声源都做了标记，标明声源的性质和内容，以及可能性的分析和推测。

比如在录音的第1分钟内，分别有呼吸声、物体摩擦碰撞声、脚步声。

江小流根据陈奇峰的讲述，分析这一系列声音分别与陈奇峰将录音笔放置于邱妍卧室、调整录音笔位置、离开卧室的行动线相符。

比如在录音的第16分钟，由远及近先后出现了开门声、关门声、人的脚步声、狗的脚步声；

之后的第18分钟是流水声、狗来回跑动的脚步声、狗的喘息声、细小物品与金属的碰撞声；

再之后的第19分钟是狗的哼叽声以及狗的进食声……

江小流推测这些声音来源于陈奇峰离开邱妍住处后，有人遛狗回来，开门、关门，打开水龙头洗手，狗狗四处跑动，有人给狗食盆倾倒狗粮，然后狗狗进食。

除了这一类在邱妍住所室内发出的声音，江小流还特别标记了某些节点具有参照意义的声音。

比如在录音的第11小时18分钟，出现了雷声。

江小流标记，那是在2016年6月17日上午10点12分，宁江开始了一场短暂雷阵雨。雷阵雨持续了将近20分钟，共响雷15次，次数与音量大小均和录音中的声源相符。

“这段比对了我自己的记忆，”江小流对马一路说，“担心不准确可以去气象局查资料核实。”

马一路当然没有这样的担心。

去气象局查资料，即使能查到当天的雷雨，却未必能查到每一次雷声响起的时间及音量强度。

完成这些背景介绍后，江小流切到之前陈奇峰所说的关键部分。

录音中被陈奇峰认定为分尸的内容。

在江小流听来，这个部分的持续时间比陈奇峰想象得要长。

根据江小流对录音声源的精细分析，分尸开始于 2016 年 6 月 16 日上午 9 点 35 分。

在这个时间点，第一次出现了金属锯子的声音。

声源离录音笔不超过一米，基本可以判断，锯子的工作地点就在卧室的床上。

不知为何，这个声音只持续了几分钟就停止了。

紧跟着的是有人努力克制呕吐的声音。

那人显然不愿自己呕吐在“工作现场”，捂住嘴冲出卧室，跑到相邻的卫生间。

远远的、持续的呕吐声，马桶冲水声，水龙头的冲洗声。

这个过程中，有一条狗反复进出卧室，后来跳上床，持续走动，之后传来接连不断的尖锐声响，声音有些类似短促的鸽哨。

之后，有一个沉重的声音数次响起。仿佛有物品不断从高处跌落，伴随着沉重的喘息声。又有类似鸽哨声，仔细分辨，可确定来自不同的声源。两股声音纠缠在一起，听上去明显有令人悲伤的气息。

接着传来动物舔食的声音。与此同时，类似鸽哨的声音骤然加大，近乎刺耳。

很快，人类的脚步声从外面回到卧室，接着是一串含糊混杂的声响，夹杂着几声尖锐的、清晰的狗叫。

混乱之后，脚步声往返进出卧室。关门之后，卧室里安静下来。卧室门外仍反复出现几次“鸽哨”声，伴有类似敲门声，后来慢慢消失。

安静中，隐隐能听到窗外传来的汽车鸣笛声、飘忽的布谷鸟叫声、含糊不清的交谈声。

离录音笔很近的位置，忽然传来一个新的声音，十分清晰。

声音复杂，很难准确形容。

像小动物受伤后的哀鸣声。像被毛巾捂住嘴的尖叫声。像垂死挣扎时的求救声。像……一个男性极力压抑却无法克制的哭泣声。

这个声音持续了将近半小时，时高时低，从激烈到衰竭。

最后以一声低低的、筋疲力尽的叹息结束。

短暂的安静后，被陈奇峰认定的分尸才算正式开始。

锯、砍、剁、切割、包装。

从 2016 年 6 月 16 日上午开始，持续进行了几乎整个白天，至傍晚时分停止。

中间只开过一次卧室门。走出卧室，关上门。几分钟后，又开门回到卧室。在卧室门打开又被关上的间隙，能听到卫生间抽水马桶抽水的声音。

至此，江小流对以上这一系列声音做了一个综合的分析总结。

“2016 年 6 月 16 日上午 9 点 35 分，一个男性在邱妍卧室的床上开始分尸。”江小流说，“刚动手就想吐，便捂着嘴跑出卧室，去卫生间呕吐。卧室里有两条狗。一条狗先跳上床，另一条经过多次努力才上了床。它们对主人的状态感到奇怪，想叫醒主人。卫生间里的人听到卧室的声音后，跑回卧室，发现狗在舔舐着主人。他上前制止并把狗赶出卧室，关上门后哭了。平静后继续开始分尸，直到傍晚结束。”

江小流开始这段总结时，马一路就高高地举起手，像课堂上想要发言的小学生。

江小流没理马一路，一口气说完后，这才回应马一路。

“我知道你想问什么。”江小流替马一路说出他的困惑，“分尸的人一直没说过话，我为什么认定是男性？”

马一路多少有些无奈地点点头。

预先准备好的子弹直接被对方接住，会削弱一个男人的力量感。

“有两个原因。”江小流说，“第一，你忘了，我听完了全部录音。和陈奇峰说的一样，2016年6月17日中午1点02分，陈奇峰到邱妍住处敲门，一条狗从卧室冲出去，有个男人叫了一声‘达尔文’，然后跟着追出去，这个声音很确凿。第二，要感谢你。”

马一路一愣：“感谢我？”

“听到那段哭泣的声音，我有一种感觉，”江小流说话时的表情，倒是让人看不出任何情绪，“哭声就是男性的。我找不到理由，所以说感谢你。”

三人小组成立之初有明确分工，江小流负责记忆，马一路负责感觉，普克负责推理。

现在江小流为自己的“感觉”向马一路道谢，令马一路感觉不太踏实。

“这算是夸我还是损我？”马一路问。

“随你怎么理解。”江小流回答。

普克问马一路：“这段录音你听了吗？”

“还没顾上，”马一路本能地为自己辩解，“天天在所里忙……”

“我也没听，”普克说，“也可能前两天听了，但今天还没听。总之我对这段录音内容没有自己的理解。但从刚才江小流的讲述和分析看，我认为符合生活常识和逻辑。”

马一路笑了。

“在我的生活常识里，卧室的床是用来睡觉的，不是用来分尸的。”

对于陈奇峰的离奇故事，马一路是首先表达相信并主张调查的。现在江小流改变态度，接受了之前马一路的看法。按说马一路不该说这话，听上去像唱反调。

江小流看一眼马一路。马一路还在想如何对普克解释之前的复杂背景时，江小流已经解决了难题。

“你应该已经忘了，”江小流对普克说，“三天前陈奇峰来找咱们，我不相信他的故事，马一路信。是你说服了我，咱们才开始查的。”

普克一下子听懂了江小流的解释。

“这么说，你不仅善于感觉，还善于通过质疑印证感觉的可靠性，”普克赞许地对马一路说，“了不起！”

马一路顿时像听到自己中了五百万的彩票一样，既兴奋又不敢相信这是事实。

江小流又抢在马一路想出合适的谦辞之前开口：“普克表扬你，你就收下，这不影响你继续进步。”

于是马一路坦然收下了这份高规格的赞美。

“另外，我要从自己的角度，呈现你刚才所说的那种‘感觉’之下的逻辑。”普克对江小流说，“首先，你已经听完了所有录音，将录音中的内容与陈奇峰讲述的相关部分进行过比对，并证实相符。其次，你用自己关于天气的记忆与录音进行比对，也证实相符。第三，录音中真实存在的那一句‘达尔文’，与陈奇峰的背景讲述自然相符。这三点其实是一条隐藏的逻辑链，环环相扣。通过这条逻辑链，足以得到一个推论，那个哭泣的声音来自一个男性。这个思考过程非常短暂，以至于你自己都以为那只是一种感觉。”

江小流听完，想了想：“原来如此。”

马一路目瞪口呆地听完普克的分析，暗自思忖，自己是不是应该退回刚才那份言过其实的赞美，或者直接转赠江小流。

江小流却没有这样的闲情逸致。

“这么说，我的另一个‘感觉’，其实也是逻辑链。”

“什么感觉？”马一路忙收回思绪。

“这个案子不难破。”江小流说。

“说来听听。”普克说。

“第一，这个男人和邱妍认识，可能还很熟。他知道狗的名字，狗也认识他。第二，这人在邱妍死后遛过狗，在小区里露过面。第三，录音开始的时候邱妍可能已经死了。不知道他是如何杀的人，但从整个过程的声音推测，分尸不是预谋，只是事后处理手段。第四……”

说到这里，江小流忽然停下，像是在感觉，又像是在思索。

最后她选择了一种不同于以往的描述风格。

“第四，他的哭泣和克制哭泣，都说明他很痛苦。”

马一路等了一会儿，才意识到江小流已经说完了她的“逻辑链”。

“前三条我能理解，熟人作案，露过脸，非预谋，这些对破案都有帮助。最后一条，痛苦……跟破案有什么关系？”马一路问。

“痛苦意味着在情感上对自己行为的彻底否定。”普克替江小流回答马一路，“和残酷冷血的反社会人格相比，一个痛苦的凶手在人群中确实更容易辨认。”

扫一扫
听本节

7

“累坏了吧？”

“还好。”

“辛苦你们了。”

“应该的。”

“来，喝杯茶，休息一会儿。”

“不用，先把活干完。”

“看你脸色不太好，还是先坐下休息一会儿……”

余明白还想坚持，和他搭档的小李已经从女主人手中接过了茶杯，走到旁边的椅子上去喝茶了。

余明白只得接受女主人的善意，从她手里接过另一杯茶。

他低头看看椅子，椅子上铺着干净漂亮的布质椅垫。白色蕾丝花边，精致的刺绣。

余明白没坐，站着抿了一口茶。

淡淡的豆香。龙井的特有气息。是今年的新茶。

多久没喝过这样的好茶了？

又抿一口。感觉体内一股暖流汩汩而下。

“坐呀。”

女主人笑着说。她的笑容很亲切。但余明白只是垂着眼睛，盯着手里的茶杯。

“谢谢，不坐了。”余明白说，“裤子脏。”

他们在给女主人家更换新的阳台窗。

先拆掉原来的旧窗和框架，再按之前订制的尺寸，将新的窗框安上。女主人家在16楼，阳台面积很大，新窗框是整体结构，无法从电梯运上来。他们必须用绳子从阳台吊上楼，然后再安装新窗框。

又脏又累又危险。不是个轻松活。

“这有什么？椅垫脏了可以洗的。坐下歇口气。”

女主人笑容可掬，几乎要伸手按住余明白的肩膀了。余明白赶紧退后一步，避开与女主人的接触。他把椅垫的绑带解开一根，挪开垫子，让出椅面一角，歪着身子坐下。

女主人又给他们端来了切好的西瓜。看上去很新鲜，鲜红多汁。

小李毫不客气地吃一块，拿一块，吃得汁水滴嗒。

“现在西瓜很贵的，好几块一斤。”小李的嘴角挂着鲜红的西瓜汁，“老余你不尝尝？真甜！”

余明白很想帮小李擦掉嘴角的汁水。但他只是摇摇头，喝了一口茶。

女主人看老余不碰西瓜，亲手拿了一块送到余明白面前。

“你怎么不吃？刚切开，很新鲜的。”

余明白稍稍偏开身子：“不用客气，我喜欢喝茶。”

虽然已经很久没喝过了。

好茶舍不得，赖茶不想喝。

平时更不会有客户像女主人这样，拿出上好的新鲜龙井，泡给两个干粗活的工人喝。

“吃一块吧。”女主人的亲切热情，让人觉得简直不像是在对待她雇来换窗的工人，甚至让人听出一丝撒娇的意味，“我亲手切的呢。”

“我们这位余师傅不吃水果的。”小李边吃边笑着告诉女主人，“越是汁水多的水果，他越不吃！”

女主人惊讶地看着余明白，“真的？为什么？”

“不光水果，肉也不吃，啥肉都不吃。”小李继续“爆料”。

余明白看出来，如果不回答女主人的问题，她是不会罢休的。

“不为什么，”余明白说，“就是习惯。”

“不吃肉的人挺多的，”女主人笑起来，“吃素的人又不吃水果，这搭配挺稀奇。”

“天下之大，无奇不有。”余明白脱口说。

女主人听了这话，上下打量起余明白。动作虽不显眼，但被余明白察觉到了。

刚才这话说得有些文绉绉，不太符合他现在的身份。

余明白暗自后悔，提醒自己不要继续逞能。

余明白默默低头喝茶。女主人却并不打算就此放过他。

“余师傅今年多大了？”

女主人的目光掠过余明白花白的头发，礼貌中藏着一丝同情。余明白不想回答她这个问题，但女主人的态度，又让人觉得不能不回答。

“不小了。”他只能含糊地说。

小李在那边哈哈地笑出了声。这个小李不好好吃他的西瓜，老爱插话。

“老余还挺谦虚！不小了，哈哈哈……”小李毫不留情地出卖了余明白，“他 52 了，比我爸大一岁。”

“看不出来，我还以为余师傅……不到五十呢，”女主人善意地安慰余明白。

这善意令余明白有几分感动。他沉默片刻，友好地对女主人笑笑：

“老了。”

“52算什么老呀?”女主人犹豫一下,还是婉转地说出来了,“不过……这个工作又苦又累,我以为都是年轻人干呢。”

“挣钱多。”余明白说。

女主人做恍然大悟状。不知怎么,余明白越不想多话,她却越对余明白有兴趣。

“是不是家里负担重?”她追问余明白。

余明白犹豫了一下。旁边小李又越俎代庖了。

“老余光棍一根,有啥负担?挣的钱又舍不得花,也不知道攒着干啥……”

余明白忍无可忍,从椅子上站起来,扭头挖了小李一眼。

“歇够了吧?干活!”

说完想把茶杯放下,一下子找不到地方放,只好递给女主人。

女主人没立刻接过茶杯:“不着急,喝完这杯再……”

余明白只好把茶杯放在窗台上,低头说了一句“谢谢”,径直走回阳台,拿起工具继续干活。

直到傍晚,所有的工程结束,余明白都没再说过一句话。

开始,女主人还时不时到阳台查看一下工程质量和进度,后来彻底放心了。

再后来,几次让余明白休息、上厕所,余明白总是摇头,继续干活。

小李被余明白拖着也没办法休息,几次发牢骚,余明白都置之不理。

这些,女主人显然都看在眼里。

收工前,女主人给他们叫了外卖盒饭,比一般雇主家点的丰盛,甚至还准备了几瓶啤酒。

“两位师傅辛苦了。活也干完了,喝瓶啤酒放松一下。”

女主人还善解人意地告诉他们,今天换窗,家里乱,她让丈夫下班后带女儿到公婆家吃晚饭。他们可以慢慢吃,慢慢喝。

小李趁女主人去厨房时，悄悄对着余明白嘀咕。

“这女的，人真不赖！男人找着这种老婆，真有福气。你猜她多大?”

“少废话，”余明白低声说，“我收拾垃圾，你赶紧吃饭，酒别喝了。”

“假正经。”小李撇撇嘴，“凭啥不喝？这活干了好几年，头一回有人好酒好菜招待，而且还是好女人……”

余明白试图阻止小李说这种话。他觉得这是对女主人的冒犯。

“有点儿出息行不行?”余明白声音更低了，“人家尊重咱们，咱们更得自重。”

“嘁!”小李回他一句，“自己活成这个熊样儿，说这些屁话!”

余明白火往上冒。但此时女主人过来招呼他们吃饭，他只能硬把火压下去，简单地告诉女主人他不饿，然后一个人去了阳台，默默清理工程垃圾。

女主人几次来劝余明白吃饭都没用，余明白后来连客气话都不回了，只是闷头干活。

余明白收拾完工程垃圾，顺手又把阳台原来的陈年旧垢也清理掉。发现阳台升降晒衣杆坏了，也帮着修好了。

女主人最后一次到阳台，发现阳台已经焕然一新，再三向余明白道谢。

余明白提醒女主人，升降晒衣架上还少了个专用螺丝，他用手头的配件临时替代，让她别忘了去买一个换上，价格很便宜。

女主人答应了。回头查看一下，小李仍在餐厅喝得高兴。

女主人放轻了声音。

“余师傅，你真是单身?”

余明白一愣，看看女主人。

“不知怎么，感觉你应该是有家有牵挂的人。”女主人认真地解释，“你们开始干活前，看你帮我收拾孩子的玩具，我就有这种感觉。”

女人果然比男人更敏感，靠直觉观察世界。

余明白沉默了几秒钟。面对这样的善意猜测，他无法撒谎。

“我有家。”停了停，苦笑一下，又补充道，“有过。”

女主人笑了。“我就说嘛。让我猜猜，你是不是也有个女儿?”

这次轮到余明白面露惊讶之色了。女主人观察着他的表情，有些得意。

“没猜错吧?”

“对，”余明白承认，“我家也是女儿。”

“在上学还是……”

“已经工作了。”

“在本地?”

余明白没有马上回答这个问题，下意识地看一眼女主人。

“我听你口音不像本地人，觉得你应该是为了女儿才到这儿工作的……”

女主人的解释被打断了。她的丈夫带着女儿回来了，女儿第一时间冲到阳台。

是个十来岁的小姑娘。看到换了样子的阳台，显得很兴奋。拉着妈妈到各个角度看风景，不停地发表内心感受，以及对未来的憧憬。

“好漂亮的阳台!”

“全是落地窗!”

“妈妈，快看那边的湖!”

“咱家现在是豪华景观房啦!”

“阳台可以种花啦！种好多盆花！天天都能晒到太阳……”

叽叽喳喳，小鸟一般快乐的女儿。

一览无余的快乐瞬间令外面暗下来的天色都有了光亮。

余明白呆呆地看着她们说笑，完全忘了身在何处。

直到男主人也走进阳台。

“哟，旧貌换新颜呀。”男主人笑着走到妻子面前，伸手轻拂着女主人的头发，“老婆辛苦了，真能干!”

“干活的又不是我，”女主人笑着指指一旁的余明白，“辛苦的是余师傅。”

男主人客气地对余明白点头道谢。虽然客气，却是那种“主次分明”的客气。

余明白熟悉这种感觉。他一下子回到了现实，开始低头收拾工具。

男主人带着女儿离开了阳台。阳台又重回安静。

女主人走近余明白，悄悄往余明白手里塞了什么。

“余师傅别声张，这是单独给你的……”

余明白没反应过来，低头一看，是几张百元大钞。

他像被烫到一样缩回手。钱掉在地上。

“不用、不用……”余明白低声说，“公司会给我们结账。”

女主人从地上捡起钱，又往余明白手里塞。

“我知道，这是另外给的。今天多亏你，不然现在肯定完不了工！”女主人真诚地说，“何况余师傅还帮我收拾得这么干净。”

“真不用，都是顺手小活，不值什么。”余明白还是不肯接。

女主人索性伸手拉住余明白的手，柔软的手指碰触到余明白粗硬的茧子。

余明白一颤。女主人趁机硬把钱塞到余明白手里。

“拿着吧，”女主人不容余明白拒绝，“感觉你心里挺苦的，也帮不上什么忙。一点点小心意，再推就不好了。”

余明白忽然鼻子一酸。

多久没感受这样的温柔对待了？

余明白没再推让。

离开女主人家时，外面已经彻底黑了，衬得室内灯火雪亮。

干了一整天活的余明白，穿过客厅时，第一次认认真真地观察着这个别人的家。

房子面积很大，看上去住了至少十年，生活的痕迹很明显。

但也因此比新房更有家的味道。

客厅有一面照片墙，上面贴满各式各样的照片。一看就知道，女主人有个幸福的三口之家。

刚才阳台上那个小鸟般叽叽喳喳的女孩儿，在所有的照片里，都在肆无忌惮地欢笑。

男主人和女儿的交谈声，从里面一个房间传出。白天干活间隙，余明白去卫生间的时候，曾看见那个房间放着一架钢琴。

“爸爸，求你了……”女儿在向父亲撒娇。

“求也没用。”仿佛可以看见父亲板着脸严肃的表情。

“今天不练了行不行？作业还没做完呢。”女儿继续撒娇，像快化掉的糯米糖。

“练完再做，爸爸陪你。”父亲有原则有底线，后面藏着温柔的呵护。

“爸爸，你好烦啊。”只有在爱中长大的孩子，才有这样的有恃无恐。

接下来响起断断续续的钢琴声。

那声音尚不成章法，在余明白耳中却如此美妙。

余明白怀着珍惜的心情，将他看到的那些画面、听到的那些声音刻入脑海。

和小李一起下楼时，刚走出楼洞，余明白借口忘带工具，趁单元门还没锁闭，又返回楼洞。

一楼楼道里有几排上锁的邮箱，上面贴着各家的房号。

余明白找到女主人家的房号，掏出那几张百元大钞，塞回邮箱。

他在邮箱前默默站了一会儿，才依依不舍地转身离开。

第二章
一张画像

扫一扫
听本节

1

彭大勇很后悔，在赶到704之前，应该先把晚饭解决。

谁让给他打电话的是普克呢。

“大勇，你能不能来704一趟？”

彭大勇坐在餐桌前，一手拿着手机，另一只手抓着一只麻辣小龙虾……他只能咽下口水，放下小龙虾，匆匆赶去明月花园9栋704。

到了之后，三人小组成员都在，看上去像是有事儿。

三人小组也不给彭大勇介绍一下背景，直接让他听了一段录音。

吱吱啦啦。砰砰砰。窸窸窣窣。各种声响。

三个人一起盯着彭大勇，问他能不能听出录音里是什么声音。

“能不能提示一下背景？”彭大勇怀疑三人小组有考他的意思，试着讨价还价。

“不能！”三人小组异口同声地严词拒绝。

彭大勇只能放飞思绪。肚子却咕噜噜地叫起来。

此时，本来应该在吃麻辣小龙虾了。

“谁做饭呢？”彭大勇听从了身体的本能，“又是切又是剁的。”

说完又觉得不对。又侧耳倾听。

“好像又没在案板上，听着声音有点儿闷。”

三人小组互相看看。马一路脸上满是那种夸张的“微”表情，想让彭大勇看出他的意味深长。

“到底是彭所，姜还是老的辣!”马一路话锋一转，“回答错误，扣十分。”

接着又让彭大勇听另一段录音。没头没脑的，彭大勇更迷糊了，肚子也更饿了。

“猜不出来。”彭大勇轻易地投降了，“公布谜底吧。”

“不是让你猜，”江小流纠正道，“是让你听。”

“边听边分析，大勇，你能做到的。”普克给他鼓劲。

“你们吃晚饭没?”彭大勇采取了迂回战术。

“别说晚饭，中饭都没吃。一整天了，就垫了两包饼干!”马一路委屈地回答。

“要不我请你们吃小龙虾?”彭大勇为解决自己的晚饭，循循善诱，“咱们边吃边聊?”

“那对你不公平。”江小流说。

“为什么?”

江小流扭脸看看普克：“彭所真饿了，智商不在线，直接告诉他吧。”

“就是，他猜不出来的，”马一路赞同江小流的意见，“我也饿了，说完咱们好吃饭。”

“不许说!”彭大勇一声断喝。

江小流评价他智商不在线，他勉强能忍。马一路也表达同样的意思，彭大勇绝对不能忍。

彭大勇忍饥挨饿，重听了两段三人小组挑出来的录音。然后分别盯着普克、马一路，仔细研读他们的表情。

他选择直接跳过江小流。因为那张脸提供不了可研读的内容。

马一路被彭大勇刀子似的眼神逼得受不了，想让他转移视线。

“我们可是三人小组，不能厚此薄彼，您这眼神也得给江小流匀匀……”

话没说完，就看见彭大勇倒吸一口凉气。

“又有碎尸案?”

三个人互相看看。普克第一个鼓掌，马一路随即跟上。

“刚才那句‘姜还是老的辣’，现在说很恰当。”普克由衷赞叹。

“我早说嘛，录音笔交给我们警察，分分钟搞定！”马一路的吹捧有些走偏。

“吹牛，”江小流直言不讳地点破，又看向彭大勇，“没想到彭所听力比我还好，这么快就明白了。”

“等等，等等！”彭大勇没顾得上享受这些赞美，“你们的意思是，你们真的又发现一起碎尸案？”

于是江小流把前因后果告诉了彭大勇。彭大勇越听脸色越沉重。

听完，即便他是彭大勇，也没法再开玩笑了。

“我怎么知道是在碎尸的？”彭大勇自己揭开谜底，“不是听出来的，是根据你们三个人的表现，结合我对你们的了解，按照逻辑分析出来的。没想到真猜对了！”

“现在下结论还为时过早，”普克说，“但碎尸是重案，必须尽早和你商议，看看接下来怎么办。”

彭大勇沉思了好一会儿才开口，显得相当谨慎。

“你们说，那段录音有40多个小时？”

“45个小时57分23秒，差不多46个小时。”江小流说。

“全听过了？”

“我全听完了，”江小流说，“普克和马一路听了一部分。但我把全部音频文件做了整理，相关部分今天都给他们听过了。”

“那个叫陈奇峰的，你们核实过他的身份吗？”

“他就怕我们怀疑他报假警，特地给我们留了他的身份证信息，”马一路说，“我查过了，这人身份没问题，不至于冒险报假警。”

“我们也找不到他编故事报假警的动机和意义。”普克补充，“这是我们决定听录音的前提。”

“录音我只听了你们给我听的一小部分，”涉及刑事案件，尤其还是碎尸重案，彭大勇又自然表现出曾经的职业习惯，说话滴水不漏。“我也解释了我认为是碎尸的理由。但实际上，就凭这些，我还没法认可这个结论。”

“那当然。”普克太了解过去的老搭档了，哪怕他们中间隔着12年的记忆空缺，“目前我们得到的是一个碎尸案的背景故事，一段将近46个小时的录音，一个身份确凿的严肃报案人。证据链中最重要的环节其实都没有。但我个人还是觉得值得一查，哪怕最终证实这只是个笑话，也是好事。”

“你们别误会，”彭大勇说，“一桩疑似碎尸案摆在这儿，我不可能阻止你们查。但该提醒的困难，我必须得提醒。”

“比如？”江小流问。

“比如，就凭眼下这些所谓的证据，根本立不了案。”

“确实，”马一路以内行的态度向江小流证实彭大勇的话，“不够立案条件。既没有尸体，也没有现场，报案人都不敢正式露脸。”

“还有呢？”江小流继续问彭大勇。

“还有，这录音是啥时候的来着？”彭大勇反问。

“2016年6月15日到17日之间。”

“今天是哪年哪月哪日？”彭大勇故意问，顺便瞥了普克一眼。

普克明白彭大勇的意思，接过彭大勇的问题答道：“今天是2018年5月16日，星期六……不是2006年夏天那个星期六。”

2006年夏天那个星期六，是普克记忆的分水岭，也是彭大勇用来检测普克记忆状态的快捷键。

显然，今天普克已经完成了他的“洗脑”。

彭大勇一箭双雕，满意地点点头。

“也就是说，就算你们怀疑的这个案子真发生了，那也是在差不多两年前。”彭大勇问江小流，“你知道命案侦破的黄金时间是几天？”

“警察不管陈年旧案？”江小流模仿彭大勇的腔调反问他。

“调查取证就是一道关！”

“一道关太少，没劲。”江小流继续以彭大勇的语气说话。

“按你们的说法，报案人的情人……”彭大勇假装听不出来。

“报案的叫陈奇峰，受害人叫邱妍。”

“陈奇峰取回录音后没几天，邱妍住的地方就换业主了。新业主还把房子重新装修了。”

“听上去是不是很可疑？”

“我是想提醒你，如果那房子是作案现场，技术取证的可能性已经很小了。”

“但不等于零。”马一路小心地插话。

“我相信马一路。”江小流说。

“技术取证当然很重要，”普克也加入他们，“但不是唯一的途径。”

“普克你不知道，这些年刑侦手段变化很大，”彭大勇对普克解释，“对图侦、技侦的依赖已经到了让我们老刑侦伤心的地步，要不然我舍得放弃刑侦转去派出所？”

“不管到什么地步，逻辑推理都有用。”普克说。

“刚才彭所还用逻辑推导出碎尸案呢。”马一路对彭大勇咧嘴笑，“是吧，彭所？”

“马一路说过，我就是执法记录仪，总得发挥作用。”江小流说，“反正闲着也是闲着。”

彭大勇看着他们三个，举起双手。

“这可不是投降，”彭大勇露出一丝狡猾的笑容，“是表示我举双手支持你们三人小组。”

马一路立刻捕捉到他最关心的信息。

“彭所的意思是，我可以暂停片儿警工作，全身心投入这个案子的调查？”

马一路不是不热爱本职，但必须承认，干刑侦，当神探，那才是他心心念念的梦想。

彭大勇瞪了他一眼：“案子还没立，查空气？”

江小流立刻还原了刚才彭大勇的原话，包括原音原表情：“比如，就凭眼下这些所谓的证据，根本立不了案。”

彭大勇当然明白，江小流又在用她的方式回护马一路。他不动声色，继续对马一路说话，态度却明显变了。

“你看你，一有案子就兴奋了吧？一兴奋就冲昏头脑了吧？”彭大勇和蔼可亲地看着马一路，“刑案不够立，失踪人口总可以查吧？”

彭大勇的提醒很有效。马一路反应过来了。

“对呀，陈奇峰报邱妍失踪快两年了，当然可以查！”

调查思路就这么确定了。

扫一扫
听本节

2

调查邱妍的失踪，要从证实邱妍的存在开始。

没想到，光这个过程就用了好几天。

原因很简单：陈奇峰自称和邱妍维持了近一年的情人关系，却对邱妍的真实信息几乎一无所知。

为了保护陈奇峰的个人隐私，马一路给陈奇峰打电话了解情况时，特地挑了陈奇峰的上班时间，避开最敏感的地点。

“说话方便吗？”马一路还很体贴地考虑了陈奇峰的职业身份。

“你等一下……一会儿我打给你。”

陈奇峰支支吾吾的态度，远没有那天他到 704 求助时那么坦率。

马一路等了将近一个小时才接到陈奇峰打来的电话。

“不好意思，刚才单位领导同事都在……不好意思啊。”地点换了，陈奇峰说话直接多了，“你们查出来了吗？”

马一路哭笑不得。

“查案子又不是打游戏，”对马一路来说，打游戏其实也没那么容易，

“我们连你报失踪的人口是否属实还不知道呢。”

“当然属实！我告诉过你们她叫邱妍。”

“身份证号报一下。”

“身份证号？邱妍的身份证号？”

“对。你的身份证号我们已经有了。”

“我没她的身份证号。我只有她的手机号，但已经被销号了，不知道还有没有用。”

“有用没用都告诉我。除了这个，所有你了解的和她相关的信息都告诉我。”

陈奇峰把那个已经销号的手机号码报给了马一路。如他所说，确实还记在脑子里。

除此之外，陈奇峰能提供的有关邱妍的信息实在不多了。

“我还知道她母亲家的电话，费了好大力气查到的。”陈奇峰说，“有了电话你们就方便查了吧？毕竟你们是警察。”

陈奇峰对于警察的高看，本来值得身为警察的马一路自豪一下，但他隐约感觉现在不是恰当的时间。

“除了这两个电话号码，邱妍的照片你总能提供吧？”

“不好意思，我没她照片。”

“手机上的自拍照或者你俩的合影都行。”

“都没有。你知道我的情况……”陈奇峰含蓄地提醒马一路，“小心驶得万年船。”

这句话，令马一路想起了那天不愉快的感觉。

陈奇峰到704找他们求助，对他们讲述自己的故事，曾坦然地告诉三人小组，他和邱妍成为情人时，妻子刚刚怀孕。

马一路当时忍不住质疑这一点时，陈奇峰对马一路的质疑反而感到意外。

似乎一个男人在妻子怀孕的时候展开一段婚外情，是任何男人都能够、甚至应该理解的人之常情。

这让马一路产生了本能的反感。虽然他也是个男人。

马一路克制着自己的情绪。但那种反感很快再次冒了出来。

马一路忍不住质问陈奇峰："你是驶得万年船了，邱妍呢？"

电话那头沉默了。看得出，马一路这句话戳中了陈奇峰的要害。

陈奇峰沉默了好一会儿。马一路拿着电话也不催他，就这么安静地等着。

如果陈奇峰在承受一种折磨，那是他应得的。马一路甚至有意无意地拉长时间，让陈奇峰体会更多的痛苦。

马一路脑海中忽然闪过普克说过的一句话。

"痛苦意味着在情感上对自己行为的彻底否定。"

马一路忽然心软了。

陈奇峰终于开口。

"我知道，你和那个小……"陈奇峰说了一半，心有余悸地纠正自己对那个"邻家迷妹"的称呼，"你和江小流都不喜欢我。但我还是想真心实意地谢谢你们，谢谢你们帮我……"

"你弄错了，"马一路打断陈奇峰，同时提醒自己不要偏离方向，"我们不是为了帮你，是为了……不说这些了。我再确认一下，除了刚才你说的两个电话号码，关于邱妍，你再也提供不了别的信息，是不是？"

"是。"

马一路又想到一条线索。

"你说你和邱妍主要通过微信联系，她的朋友圈你总能看到吧？朋友圈里总有她的照片吧？"

"邱妍从来不发朋友圈。她的相册内容是空的。"

"会不会是分组屏蔽你了？"

"不是。我俩在一起的时候，我也好奇问过她。她说她的生活没什么可炫耀的。"

马一路拿着手机愣了一会儿。这让陈奇峰差点儿以为手机断线了。

“喂？喂？马警官，你还在吗？”

“在，”马一路实在忍不住，“还得问你一个隐私问题，你也可以不回答。”

“对你们，我知无不言，只要我知道答案。”

“你和邱妍在一起是为了什么我不管，我就想知道，邱妍为什么和你在一起？”马一路担心自己的语句产生歧义，又斟酌了一下，进一步解释，“我是说，按你的描述，邱妍和你在一起，得不到感情，得不到金钱，更得不到未来……她到底图你什么？”

“她……”陈奇峰语塞。

“难道……”马一路一咬牙才说出来，“就为了性？”

“那倒不是。”这次陈奇峰回答得很快，像是对这个答案很确定，“我俩在一起，其实那个也……也一般。”

“那到底是为了什么？”马一路对这个问题紧咬不放，既不是出于对八卦的热爱，更不是想获取知识。他只是想听从自己的“感觉”。而普克说过，“感觉”其实建立在隐藏的逻辑链之上。“与其和你这样不清不白浪费感情，邱妍不如认真谈个恋爱，你说是不是？”

说完，马一路意识到，陈奇峰无论如何没法回答这个问题。

出乎马一路预料，陈奇峰居然回答了！

“不瞒你说，我也有过和你一样的想法，”陈奇峰说，“后来我有点儿明白了。”

“明白什么？”

“是因为她的性格。邱妍的性格，用一个现在流行的词描述，不知道合不合适。佛系。”

“啥系？”

“就好像是，你给她，她就要。你不给，她不取。一切可有可无，听天由命的意思。”

马一路只得放弃对这个问题的探讨。说实话，他并不认为陈奇峰在用“佛系”搪塞他，却也并不相信这是正确的答案。到目前为止，马一路对于邱妍的印象，全部来自陈奇峰的讲述。但听得越多，越令他茫然。

当务之急，就是尽快通过已有的线索，去核实邱妍究竟是一个幻象，还是真实的存在。

或者说，曾经真实的存在。

陈奇峰虽然只提供了两个电话号码，但还是起到了作用。

邱妍的手机号码确实已被销号，查不到什么有价值的信息。

另一个电话号码，是陈奇峰通过个人渠道获取的。陈奇峰声称是邱妍母亲家的固定电话，并与邱妍母亲通过电话。通话就发生在前几天，很容易核实。

结果证实了三件事。

一是陈奇峰没撒谎，他确实在他所说的时间与他提供的号码通过电话；二是陈奇峰颇具侦探潜能，他找到的确实是邱妍的母亲；三是通过邱妍的母亲，马一路查到了邱妍本人的身份信息。

邱妍的户口还落在父母家的户口本上，始终没迁出。马一路据此调出邱妍的身份证号，立刻将身份证上的照片拍照，发给陈奇峰。

“是不是她?”

“像。”

“是？还是像?”

“是。”

陈奇峰特地打电话给马一路，说明他之所以第一眼无法确定的原因。身份证照片上的邱妍比他认识时年轻，发型也不同，而且毕竟他们也快两年没见了……后来陈奇峰从照片中右耳耳垂上的痣确认，这就是他所说的邱妍。

“那颗痣我很熟悉，”陈奇峰的语气有些惆怅，马一路情不自禁地猜测，不知陈奇峰脑海里浮现了什么画面，“……不会认错。”

马一路本来想问陈奇峰一个关于痣的问题，后来觉得太残酷，把话咽了回去。

江小流却猜出来了。

“你是不是想问陈奇峰，如果让他单独从某个部位认那颗痣，他能不能认出来?”

对邱妍身份的查找核实，马一路没有要求江小流和普克参与。

一来他觉得自己能搞定，二来江小流一连几天都在听录音，睡眠时间太少。他有些心疼江小流，想让江小流补补觉。

至于普克，因为每天都需要更新信息，马一路认为还没到最需要普克发挥作用的时候。

直到确认邱妍是个真实的存在，马一路才把自己的调查进展如实告诉了两位搭档。

他刚说完，江小流就问了刚刚这句话。

马一路张口结舌，不知怎么回答江小流。

普克观察了一下马一路的表情，点点头：“看来当时你真想问这个问题。”

“算陈奇峰走运，”江小流说，“要是我在，他必须回答这个问题。”

马一路犹豫了一下。他心里有隐隐的担忧。

普克看出来了。

“我有个建议，”普克说，“为了降低智力成本，咱们尽可能把想法说出来讨论。推理的工作留给案件。”

马一路只得说出自己的担忧。

“不知怎么，我跟陈奇峰交流的时候，老想撑他。”马一路说，“心里也提醒自己，别太感情用事，太不成熟……过一会儿又撑上了。”

江小流看看马一路，没吭声。

“不奇怪。如果你早认识彭所十几年，你们肯定会惺惺相惜。”普克说。

“真的?”马一路半信半疑，“彭所动不动批评我感情用事，难道他自己也有这毛病?”

“感情用事并不是毛病，”普克说，“在我看来，越是出色的刑警，越是感情充沛。感情和理智有机地结合，才可能造就一个好警察、好侦探。”

马一路顿时感觉眼前一亮，情不自禁露出笑容。

“另外，还有一个品质也必不可少。”普克说。

“什么品质？”马一路急切地追问。

“就是像你这样，”普克笑起来，“给点儿阳光就灿烂。”

马一路咧嘴笑了。普克每天都会失去新的记忆，但马一路似乎每天都能从普克这里获得鼓励和肯定。这对马一路来说，岂止是一点儿阳光？

“我明白了！”马一路忽然嚷着说，“这里面是有逻辑的！”

“什么逻辑？”普克问。

“陈奇峰说的对，我和江小流都不喜欢他。”马一路说，“可为什么我从开始就特别想查这案子？一边撑他，一边更想往下查！”

“为什么？”江小流问。

“只有查下去，证实这个案子真的发生了，才能证明陈奇峰因为他犯的错误将承受一辈子的痛苦！”

“就算邱妍被杀，也不可能是陈奇峰杀的。”江小流还没想通。

“但陈奇峰是因为出轨才承受这样的结果。他老老实实在家待着，就用不着受这样的折磨了。”马一路说，“我以为自己感情用事，自相矛盾，现在发现感情下面其实藏着逻辑。原来我也是可以讲逻辑的！”

马一路的兴奋溢于言表，像发现了新大陆一样。

普克笑了：“只要经过学习和训练，人人都可以讲逻辑，生活中到处都是逻辑。”

“我也明白了。”江小流忽然说。

“明白我也是可以讲逻辑的，是不是？”马一路还沉浸在自我发现的喜悦中。

“不是。”江小流淡淡地吐出两个字，却就此结束了这个话题，接着转向另一个话题，“这案子接下来怎么查？”

“证实一个人失踪，要先证实这个人最后的存在。”普克说。

江小流开始发挥她那神奇的作用。

“陈奇峰说，他最后一次和邱妍联系是在2016年6月17日。他给邱妍发信息，邱妍回复了信息。具体是几点钟，陈奇峰记不清了。根据他后面所说的内容，他是中午去邱妍住处敲门的，发信息时应该是当天上午。”江小流如同照着脑海里的文稿直接念出来一般流畅。

“邱妍给陈奇峰回复信息的内容，陈奇峰有没有告诉咱们?”普克问。

“告诉了。陈奇峰问邱妍是否一切都好，邱妍回复都挺好。”江小流说。

“陈奇峰为什么会问邱妍是否一切都好？听上去似乎有前因。”

“因为从6月15日下午陈奇峰和邱妍联系过之后，一直到17日，陈奇峰都没联系上邱妍。而且在15日下午陈奇峰和邱妍通电话的时候，感觉邱妍身边有别人，所以陈奇峰才在晚上10点多去邱妍那里放了录音笔。”

“15日下午陈奇峰和邱妍通过电话?”

“对。先发信息，后来通了电话。”

“几点通的电话?”

“陈奇峰说是下午三四点钟，具体时间他记不清了。”

马一路一直努力跟紧普克和江小流的对话节奏，这时他才能插上话。

“6月17日陈奇峰和邱妍联系，与15日的情况有区别。要是我没记错，17日邱妍回复了陈奇峰发的信息，因此陈奇峰确认邱妍手机开机了，于是打邱妍电话。手机虽然开机，但邱妍一直没接。”

“你没记错。”江小流认可马一路的说法，“但这重要吗?”

“我觉得挺重要，”马一路很认真，“说明6月15日邱妍还活着，17日就不一定了。”

“马一路很细心，这是个非常重要的细节。”普克说。

“15日失踪还是17日失踪，就两天的差别。”江小流说。

“但对杀人分尸来说，意味着作案时间的确定。”普克说。

“17日陈奇峰只收到了邱妍手机发来的信息。这信息有可能是别人用邱妍的手机回复的，也意味着回复信息的人可能就是凶手。”马一路说。

江小流思索片刻。

“我同意。”江小流说，“有一个信息，之前和所有信息混在一起，我没特别注意，听你们一说，我觉得可能有用。”

“什么信息？”马一路和普克同时问。

“我听完了整段录音。所有这些声音里，只有分尸，没有杀人。”

“你是指没听到杀人的声响？”普克问。

“对。”

“杀人也可以很安静。比如毒杀。”普克说，“还有很多不发出声音的杀人方法。”

江小流一愣：“理论上是可以，但我还是觉得杀人过程没被录到。”

“观点你有了，现在需要证据。”普克不紧不慢地说。

“你别急，慢慢想，”马一路在旁边给江小流打气，“我也觉得你说的有道理，咱们一起想！”

江小流仔细梳理记忆。

“录音笔是从6月15日晚上11点左右开始录的，录下了陈奇峰离开的声音。一刻钟之后，有人遛狗回来。16日凌晨3点32分有人出门，上午9点11分回来。接下来就是在9点35分开始分尸。你们说，遛狗的人是谁？”

“可能是邱妍，也可能是凶手。”普克说。

“如果遛狗的是邱妍，那凌晨3点32分出门的是谁？”

“仍然可能是邱妍，也可能是凶手。”

“那么上午9点11分回来的人，也仍然可能是邱妍，还有可能是凶手，对吗？”

“不可能是邱妍！”马一路隐隐意识到什么，“9点35分就开始分尸了，分尸的时候凶手总得在场吧？”

“注意，分尸的时候，凶手必须在场，邱妍也必须在场。”

“……是这个道理。”

“所以不可能存在凌晨3点32分邱妍出去，上午9点11分凶手回来的情况。”普克接上江小流的话，“前提是你能从声音确定，每次进出只有一个人。”

“能确定。”江小流说，“我保证。”

“也就是说凌晨出去的人肯定也是凶手……”马一路绞尽脑汁，“但这能说明什么？并不能排除遛狗的人是邱妍呀。”

“如果遛狗的是邱妍，那意味着陈奇峰放录音笔的时候，凶手也在房间。”普克说。

马一路倒吸一口凉气。

“这可能性……也不是完全不存在。”马一路说，“没准凶手特别淡定呢？再说陈奇峰也说了，当时他没开灯，就是摸黑到卧室里放的录音笔，没看见凶手也正常。”

“再给你们补充一个信息，”江小流说，“录音笔的位置就在床边，分尸就在床上，所以床上发出的任何动静都特别清楚。”

普克这时渐渐明白了江小流的意思。

“录音里有没有出现过人上床，或把尸体搬上床的声音？”普克问。

“没有。”江小流说，“举个例子，刚分尸的时候凶手跑出去吐了，两条狗上过床。录音里一清二楚。”

“那就可以充分说明，录音开始的时候，邱妍已经被杀了。后面一系列的声音，都来自凶手。”普克说，“邱妍的遇害时间可以缩小到2016年6月15日下午她与陈奇峰通电话之后，到当晚陈奇峰放置录音笔之间的几小时内。”

“确定了作案时间，该轮到作案地点了。”这场头脑风暴似乎激发了马一路的战斗力，他摩拳擦掌，“可能性最大的当然就是邱妍住所，但有没有可能是在其他地方杀了，再转移到后来的地点分尸的？”

“陈奇峰下午和邱妍通电话时，听到电话里有人在逗达尔文，”江小流说，“邱妍住的是老旧小区的二楼，而且没电梯。”

“那就意味着，如果凶手是在别处杀了邱妍，不仅要求当时邱妍带着狗，还要求杀人后，凶手要带着死去的邱妍和活着的狗返回邱妍住处，”普克说，“并且要赶在天黑之后、陈奇峰放录音笔之前顺利完成转移。”

“这可能性几乎为零。”马一路说。

“但思路正确。几乎为零，不意味着就是零。”普克仍旧鼓励马一路，“这个想法我们仍然要保留。”

“如果我早告诉你们录音中没有搬尸体上床的声音，作案时间开始就能确定，也用不着绕那么大圈子。”江小流说。

“恰好相反，”普克说，“那一圈绕得相当有价值。让我们开始了解凶手的性格。”

马一路和江小流面面相觑，显然，他们并没看到普克所说的价值。

“江小流是说过，她听完录音，觉得分尸的人很痛苦，”马一路说，“别的……我真没什么感觉了。”

“马一路都没感觉，我更不可能有。”江小流脸上是她一贯的表情，很难判断她是不是在调侃。

普克特地放慢了语速，以使江小流和马一路都能跟上他的思路。

“通过刚才反复的追问和推敲，我看到了这样的场景。先按最大的可能性，假定第一现场就是邱妍的住处。

“一个男人来到邱妍的住处拜访。他们是旧相识，即使不是朋友，彼此也没有敌意。客人对邱妍的狗很友善，狗也认识这位客人。

“他们交谈过程中，邱妍的手机不断响起。邱妍还当着客人的面接听了情人的电话。电话时间不长，这个短暂的过程中，客人亲昵地抚摸邱妍的狗，狗也享受这种抚摸。说明客人性格温和，也比较有涵养。

“邱妍结束电话时，并没有和客人发生冲突。但几个小时后，邱妍已经变成一具尸体。这中间的空白，我们暂且空下，过后再回来填补。

“邱妍被害的具体时间，一定是在 15 日晚上 11 点之前。11 点之前，客人不仅杀死了本没有敌意的旧相识，而且将尸体安置在床上。

“客人是如何杀死邱妍的？是预谋还是临时起意？从录音内容看，临时起意的可能性更大。一个预谋杀死旧相识的凶手，通常会制定更稳妥的方案，尽可能排除一切干扰，比如邱妍的狗。

“在冲突中临时起意杀人，可选的方式基本只有两类。第一现场在邱妍家中，随手抓起一件重物，或者一把菜刀甚至水果刀；也可以掐住邱妍的脖子，或用绳子、电线造成邱妍窒息身亡。

“用第一类方式杀死邱妍，通常会带来大量血迹；用第二类方式虽然不流血，但人在死亡时的大小便失禁，仍然会使现场一片狼藉。

“同时，一个本来没有敌意的旧相识，变成眼前一具尸体，对一个并无杀人故意的普通人来说，也会带来强烈的心理冲击。

“几个小时内，客人克服心理不适，处理了现场，将邱妍的尸体移到床上。这个时候，他应该已经冷静下来，明确了处理尸体的思路，并且首先去遛了邱妍的狗。

“面临如此重大危机时，没有慌张地扔下一切逃走，而是选择冷静地善后。凶手温和的性格下，藏着理性和冷酷。

“16 日凌晨时凶手离开邱妍住处，没有转移或试图转移邱妍的尸体，他出门的目的是去准备分尸工具。

“九点多他又回来了，这次他带来了工具，几乎没有耽搁时间，立刻开始分尸。他温和的性格下，除了藏着理性和冷酷，还透出明显的决断，具有很强的行动力。

“他高估了自己的冷酷。分尸进行得不顺利，障碍来自内心的痛苦。一个貌似强大但韧性不足的人，往往会在这个阶段放弃分尸，凶手却在心理调适后，将分尸进行到底。他的冷酷决断之下，还有更深一层的坚忍执着。

“我们还能看到凶手什么特质？

“15 日他已经杀死了邱妍，16 日将邱妍分尸。17 日陈奇峰给邱妍的手机发来信息，问邱妍是否一切都好，凶手假冒邱妍回复信息，告诉陈奇峰都挺好。

“凶手为什么回复信息？尸体已经被分割包装完毕，但还没被运走。他要稳住陈奇峰。为什么要用‘稳住’这个词？因为他从‘是否一切都好’这句话中，读出了陈奇峰内心隐藏的担忧。

“凶手不仅狡猾，还非常细心，甚至具备较高的文字修养，能够准确地捕捉看似平常的文字中暗藏的信息。他应该接受过较好的文化教育，如果没有，则一定热爱学习……目前我能分析到的关于凶手的性格，就这么多。”

普克一口气说到这里。马一路和江小流都没有立刻开口。

“我的记忆有缺失，只能做到这一步，”普克说，“欢迎你们纠正和补充。”

马一路连叹几声“厉害”，想发表些有见地的观点，却发现自己的脑海已经被普克的描述占据了。

“我无话可说，”马一路表情复杂，“感觉被你洗脑了，像看到了凶手本人，目击了整个过程。”

“这样不好，”普克摇头，“我所说的一切仍只是假设，需要你们帮我查找逻辑的矛盾和漏洞，这样才能得到更准确的分析。”

“可我真没发现什么矛盾和漏洞，”马一路转向江小流，“你呢？”

“我也没什么发现，但我有一些信息要补充。”江小流说，“凶手开始分尸时，自己受不了，跑出卧室呕吐。当时两条狗都在卧室，先后跳上床。录音里记录下了舔东西的声音……”

马一路克制自己内心的惊恐和恶心，似乎想为邱妍的狗辩解：“它们肯定不明白主人怎么了，想叫醒主人，不是想……”

马一路实在说不出后面的内容，但普克听懂了。

“狗有可能是想唤醒主人，”普克平静地说，“也有可能是出于本能而舔食血液。”

“狗干什么我不知道，凶手肯定知道。”江小流说，“他回到卧室看见这一幕，马上冲过去把狗撵下床，关到卧室门外，然后他自己就哭了。”

“凶手哭了？”普克对这个信息很敏感。

“对。哭了。不是那种放声大哭，是想哭又不敢哭出声，忍也忍不住的那种哭。”江小流模仿了一小段声音，非常真切。

普克思索片刻。脸上掠过一丝迟疑。

“后来呢？凶手哭过之后。”

“哭了一会儿，便平静了。继续分尸。”

“狗呢?”

“一直被关在卧室外面。中间凶手去过一次卫生间，进出都会把门赶紧带上。”

“奇怪。”普克自言自语。

“什么奇怪?”江小流问。

“这个信息说明凶手有悲悯心，”普克第一次显得不太确定，“这种悲悯甚至超越了人类和动物的界限，是真正的悲悯。”

“悲悯?”马一路笑了，甚至怀疑普克是不是在开玩笑，“我怎么觉得这是一边吃肉一边念经。”

“这种问题我不懂。”江小流说，“不过听上去有些矛盾。”

“坦白说，我也觉得有些矛盾。即使凶手不是故意杀人，但杀人之后能够如此冷静地分尸，很难想象他的内心还能充满悲悯。”普克说，“当然，关于人性的矛盾的例子也不少见。我们可以先记下这个矛盾，以后说不定会发现其中的特别意义。”

“我记住了。”江小流说。

三个人沉默了一会儿，都有些说不出的倦意。

马一路为了抵御这种倦意，勉强打起精神。

“除了陈奇峰这条线，是不是还需要从别的角度再核实一下邱妍最后露面的时间?”马一路说，“比如邱妍的母亲、邱妍的左邻右舍，特别是楼下 101 的邻居。”

“这就是接下来我们要做的工作。”普克认可马一路的提议，“所有和邱妍有关的社会关系，都要尽可能梳理。”

马一路和江小流同时说：“人的本质是一切社会关系的总和。”

这是三人小组成立以来，普克多次告诉他们的重要理论，“是马克思说的”。他们曾借此破了李雪的案子，都牢记在心。

大家正在商议工作方案，马一路忽然走神了。江小流立刻发现了，夸张地呆着一张脸在马一路面前晃悠，神似马一路。

马一路被江小流“惊醒”了。

“太夸张了。”马一路讪讪地笑着说，“影后的表演有些过火。”

“想到什么了？”江小流问，“普克才提醒过，咱们的想法都要说出来讨论。”

“我是怕说出来有点儿……”马一路犹豫一下，还是决定坦白，“刚才我忽然想到一个问题。陈奇峰放录音笔的时候，邱妍已经死了，而且就在床上？”

江小流想了一秒钟，语气确定：“对。”

马一路闭上眼睛，想象了一下那个画面，赶紧又把眼睛睁开：“真可怕。”

“陈奇峰有没有对咱们描述过他放录音笔的详细过程？”普克没有忽视马一路这种感觉，问道。

“陈奇峰说，他从阳台进去的时候，还叫了邱妍的名字，以防邱妍在家。”江小流告诉普克，“转了一圈，发现邱妍和狗都不在，他就摸黑进了卧室，把录音笔放在床边的纸箱里。”

“摸黑意味着卧室没有亮灯，其他地方呢？”普克追问。

“客厅的夜灯亮着，”江小流说，“陈奇峰在楼下就能看见。”

“我记得陈奇峰说，他放录音笔的时候，特地调整了一下录音笔的位置，”马一路注意到另一个细节，“既便于收录声音，又不至于被人发现。如果卧室漆黑一片，换了是我，肯定要用手机照个光。”

“他就在床边，又有亮光，难道没看见床上的邱妍？”江小流有些怀疑。

“不是没有可能。当注意力集中在某件事情上时，就有可能忽略另外一件事，”普克说，“哪怕另外的事情更重要。”

“我不相信。”江小流直言不讳，“反正我不可能。”

“不仅有这种可能，甚至还有另外一种可能：视而不见。”普克说，“他看见了床上的人，却没意识到那个一动不动的人就是邱妍，因为他脑子里认定邱妍不在。”

马一路情不自禁打了个哆嗦。江小流则略想了想。

“就像我脑子里那些信息，我什么都能记住，但只有经过筛选的才有价值。”江小流说。

“对，人类的大脑很强大，但不是万能的。”普克说。

“打个电话问问陈奇峰，”江小流说，“他放录音笔的时候有没有看一眼卧室的床？”

“可以问问陈奇峰。”普克也赞成。

马一路拿出手机，调出陈奇峰的电话，正准备拨号，看看手机上的时间，不知不觉已经是夜里九点了。马一路又把手机收起来。

“等明天吧。”

“才九点，”江小流说，“他不会这么早睡觉。”

“这会儿他应该在家，和家人在一起。”马一路脸上露出一丝复杂的表情。“问他这么残酷的问题，感觉有点儿……还是等明天上班以后我再打给他吧。”

江小流看看马一路，冒出一句：“你的感觉比我的记忆还多。”

“刚才我们说到悲悯，”普克微笑地看着马一路，“这就是悲悯。”

他们沉默了一会儿。

江小流站起来，并不看他们，只低头看着地面。

“今天马一路发现他是可以讲逻辑的，其实我也有个发现。”江小流平静地说，“我发现一开始我不想查陈奇峰的事情，是因为我爸爸也出过轨。”

江小流走到客厅门口，打开房门。楼道没开灯，衬得她瘦削的身形如同剪影。

“晚安。”

江小流走到外面的黑暗中，关上了704的房门。

扫一扫
听本节

3

马一路整夜没睡好。

这一晚他仍没回家，选择睡在704他的“宿舍”。

而楼下同一房间的同一位置，就是江小流的床。

两个念头反复占领马一路的脑海，此起彼伏。

一个念头是安静的画面。黑暗中陈奇峰蹑手蹑脚从一张床边经过，床上静静地躺着情人的尸体。

另一个念头正相反，只有声音没有画面。江小流用她惯常的平淡语气，一遍遍说“我爸爸也出过轨”。

马一路不明白，自己的大脑为什么要将这两件事情放在一起折磨他。

陈奇峰是陈奇峰，江小流的爸爸是江小流的爸爸。

又不是同一回事，更不是同一个案件……

案件！

马一路不得不从床上弹坐起来，制止自己的荒唐思路。

江小流家曾在海上发生过事故，江小流活了下来，妈妈死了。爸爸成了植物人，现在还躺在脑科医院的康复病房。

这应该是事故。

但今晚江小流那一句“我爸爸也出过轨”，将“事故”变成了“故事”。

每一个案件深处，往往都藏着一个故事。

为什么“我爸爸也出过轨”，就“不想查陈奇峰的事情”？

江小流真的彻底失去了情感吗？

如果真失去了情感，江小流为什么要在母亲节替李雪的女儿给李雪送那个布娃娃？

为什么在得知陈奇峰在妻子怀孕时出轨后，江小流会因爸爸同样出过轨而拒绝调查？

在情感充沛的马一路看来，这都是情感充沛的证据。

一个情感充沛的女孩子，为什么要隐藏这种充沛？

为了隐藏某种真相？

…………

马一路不得不再次弹坐起来，制止自己越来越荒唐的思路。

直到天亮。

筋疲力尽的马一路，迷迷糊糊中被敲门声惊醒。

马一路望着天花板，一时想不起自己是在哪儿。

轻轻的敲门声继续着。

马一路彻底醒了。他挣扎着下床去开门，同时意识到敲门的应该是普克，开门后他必须给失去前一天记忆的普克完成“洗脑”，帮普克认识今天的世界。

果然是普克，一副神清气爽的样子。看来已经洗漱过了。

马一路揉着眼睛，还没来得及理顺思路。普克上下打量他一眼，抢先开口。

“早上好，马一路。”

“早上好，普……”马一路顺嘴说了一半，愣了，“你……你认识我？你知道我是马一路？”

普克看上去比马一路更惊讶。

“三人小组成立不少日子了，难道我不该知道你就是马一路？”

“可……可你……”马一路有些蒙，忽然念头一转，“我知道了，昨晚你没睡觉！或者跟我一样压根没睡着！”

“我像一夜没睡的样子吗？”普克精神十足，表情严肃，“你昨晚没睡好我相信，因为我是在你的翻腾声中睡着的，但你说压根没睡着就不客观了，刚才我敲门前，还听见里面鼾声如雷。”

马一路又呆了几秒钟，突然想明白了。激动地上前一步，紧紧拥抱着普克。

“太好了！太好了！”

“什么太好了？”普克被马一路抱得太紧，骨头都咯咯响。

“你的记忆终于恢复了！我就知道会有这一天！”马一路无法克制突如其来的喜悦，那是一种发自内心的喜悦，“彭所知道不得高兴疯了？”

提到彭大勇，马一路回过神来，赶紧放开普克，转身去找手机。

“我马上给彭所打电话，告诉他，你终于找回记忆了……他等这一天等了太久了！”

普克急忙上前拉住马一路，停止了他小小的“恶作剧”。

“对不起，和你开了个小玩笑，”普克的表情从严肃变为歉疚，又透出一丝喜悦，“也算是个自我测试。严格说来，还意外收获了对新搭档的进一步认识。”

“什么意思？”马一路一下子没反应过来。

“我的记忆并没有恢复，早上醒来仍然以为今天是2006年夏天那个星期六，”普克说，“但今天我尝试由自己完成对自己的‘洗脑’，看来还算成功。”

“你是说……你刚才是假装认识我？”

“准确地说，我认出你是马一路，并非记得你是马一路。”普克仔细解释给马一路听，“你发现我认出你，很惊讶，一连问了我两个问题，我是不是认识你，我是不是知道你是马一路。这两个问题其实是有差别的。”

马一路努力回想了一下，这才发现问题所在。

“三人小组成立不少日子了，难道我不该知道你就是马一路？”马一路重复普克刚才的原话，“你故意把两个问题混为一谈，然后用一个反问来回答我。”

“其实我回答的既不是你的第一个问题，也不是第二个问题，”普克笑起来，“所以我既干扰了你的判断，又没有当面撒谎。”

马一路目瞪口呆：“没想到你除了推理厉害，还是个文字高手。”

“这只是语言的基本功，”普克说，“听你重复我刚才的原话，才发现我的基本功不够扎实，文字中存在漏洞。”

“漏洞在哪儿？我怎么觉得自己像睁眼瞎。”

“难道我不该知道你就是马一路……”普克放慢语速，重复刚才自己那句反问，并增强语气，“‘就’这个字就是漏洞。”

马一路还是很茫然。

“说明我下意识地将眼前的你，和我目标中的你进行了比对，确认是同一个人。这和大脑本能的记忆过程不一样。”

马一路眨巴着眼睛，苦苦思索了好一会儿。

“你这么一解释，好像它真是个漏洞。”

“幸好刚才没被你抓住。”普克笑了。

“我的语文肯定不是体育老师教的，主要是我自己太笨没学好。”马一路说，“以后除了跟你学推理，我一定也好好学语文。可你得赶紧告诉我，你是怎么给自己‘洗脑’的？”

普克从裤兜里摸出一件东西，递给马一路。一眼可知是个电子器件，长度和手掌差不多，两指宽，颇厚实，拿在手里沉甸甸的。

“这是什么？”马一路问完，忽然想起来，“是录音笔？”

陈奇峰送来录音笔那天，普克曾提过一句，他以前也有一支录音笔，只是比陈奇峰带来的那支粗笨得多。

“对，我的古董录音笔，”普克笑着说，“你们彭所帮我找到了。”

说完，普克从马一路手里拿回录音笔，调出一段录音，播放。

录音笔里传来普克的声音。音质清晰，情绪平稳。

“今天是2018年5月24日，星期四。你一定听出了我的声音。对，我就是你，普克。普通的通，克服的克……”

“你用录音笔给自己洗脑！”马一路顿时醒悟，“绝了！”

普克按下录音笔的暂停键。

“你总觉得自己笨，其实一点儿都不笨，听了一句就明白了。”

“我总觉得自己笨……”刚才普克对“就”字的分析显然有了效果，马一路学以致用，认真琢磨这句话的深层内容，尝试着分析，“一个‘总’字，说明你不止一次听到我说自己笨。”

“很好，进步很快。”

马一路来劲了。

“你是昨天录的音，应该是昨晚咱们开完会后录的。那时候你对我已经有了具体的印象。你把这种印象录下来，这样就不用每天再花时间重新认识我。”

“非常正确。”

“你也用这个办法认识江小流？”

“对。”

“可这是对性格的描述，怎么能保证和真人对上号？”

“要感谢你们为我配备的智能手机，还有你们为我精心设计制作的‘洗脑’视频。”

那是三人小组刚成立时，针对普克的遗忘症，共同商议出的方案。利用一部智能手机以及彭大勇对普克的了解，实现每天早晨对普克的“洗脑”。虽然有效，但无法独立完成。

而今天，普克独立“唤醒”了自己的记忆。

“你太聪明了！”

“是你和江小流聪明，并拯救了我的记忆。”

“不、不、不，我必须纠正你，”马一路直摆手，“不能把我和江小流相提并论。她是绝顶聪明，我……你有没有在录音里告诉自己，我其实算是你俩的……保姆？”

普克没有直接回答马一路，他翻看了一下录音笔中的文件名，找出其中一条，按下播放键，仍是他的声音。

“介绍一下你的新搭档。光明路派出所社区民警马一路，27 岁，男，身高 183 厘米，中等体格。浓眉大眼，两颗虎牙，身体语言丰富，关注微表情。总觉得自己笨，其实有超常的感受力，内心悲悯，热爱刑侦，梦想成为……”

“打住，打住！”马一路面红耳赤，有种在普克面前裸体的感觉，“我……我还是不听了，怪难为情的。”

普克立刻停止播放，似乎完全能够理解马一路的感受。

马一路又有些后悔。被人当面赞美，难免担心对方只是嘴上客套。当面听到他人背后对自己的赞美，除了相信其真诚，还有什么更好的选择？

但已经说过“打住”，总不好意思再央求普克，“请让我继续暗爽一下”。

只得作罢。

“前几天你看见陈奇峰的录音笔，就有这个想法了吧？”马一路问普克，“江小流要给你买个新的，你又不肯要。”

“新的功能当然更强大，但我的记忆没法识别它。”普克解释，“旧的就不一样了，它在我的记忆里。睁眼看见它，不用任何人提醒，自然而然就可以打开。”

“这办法真是太好了！不光可以用来给自己‘洗脑’，还可以用来记录每天的信息。”

“其实最初我就是这样想的。每天靠你和江小流……”

“主要是江小流。”马一路插话。

“你和她思维方式不同，视角不同，缺一不可。”普克说，“现在加上我自己的记忆，会让三人小组的效率更高。”

“没想到陈奇峰给咱们帮了个大忙！”马一路发自内心地说，“我忽然没那么讨厌他了。”

“讨厌陈奇峰？”普克露出一丝惊讶，“为什么？”

“你不是有录音笔吗？”马一路问，“录音里没记这个？”

“录音笔只记录每天的信息要点。如果所有的信息都记下来，反而没效率了。”

“明白了。就像你对江小流说过的那样，不经筛选的记忆等于没有记忆。”

“我对江小流说过这样的话？”普克笑了，“还好她不像普通姑娘那么易感，不用担心冒犯她。”

马一路心里忽然涌起强烈的好奇。

普克是如何“认识”江小流的？录音里，他会如何记录他对江小流的真实印象？

马一路费了很大力气，才打消那个明知不妥的念头。

刚才普克播放的那段他对马一路印象的录音，令马一路觉得自己“被裸体”。

马一路当然不可能把江小流置于这样的境地。

“你可得把你的录音笔保管好，”为转移注意力，马一路对普克说，“要是被别人拿到，岂不是等于直接进入你的大脑了？”

普克微微一怔。他认真地想了一会儿，颇有些忧虑。

“你提醒得对，尤其涉及案件内容，安全保密很重要。”普克说，“以后要想办法解决这个问题。”

马一路顺便给普克介绍了当下社会电子产品如何想方设法保护个人隐私，犯罪分子又如何无孔不入地窃取人们隐私的相关信息。

普克听得津津有味，仿佛刚从十二年前穿越到今天。

“真是道高一尺，魔高一丈。”普克很感慨。

“有时候真不知道，到底谁是道，谁是魔。”马一路说。

“魔可以成为道，道也可以成为魔。”普克说，“魔道之间没有绝对的界限，就像人性没有绝对的善恶。”

马一路忽然走神了，心里默念了好几次“阿弥陀佛”。

不是因为他悟道了，而是刚才关于大脑隐私的讨论令他后怕。

幸亏脑子里的念头不会被外人看到。

否则，以后还怎么和江小流搭档？

扫一扫
听本节

4

得知普克自己解决了“洗脑”难题，彭大勇自然喜出望外。

连带对陈奇峰的报案也更重视了，私下对马一路拍胸脯说，别管道和魔，有解决不了的难处，还有他彭大勇这个坚强后盾。

有了彭所这句承诺，马一路心里踏实多了。

江小流听说这个消息时的反应，倒让马一路和普克都有些意外。

“是吗？”江小流淡淡地说，“真可惜。”

“为什么说可惜？”普克问。

“每天帮你‘洗脑’，强迫自己完成一次信息筛选的练习，”江小流说，“还可以锻炼逻辑思维能力，多好。”

普克悄悄和马一路交换了一个眼神。马一路读懂了。

虽然不清楚普克在录音里是如何“认识”江小流的，但马一路知道，江小流用实际行动印证了普克对她的认识。

按商量好的方案，调查的起点是邱妍的住处。

这是陈奇峰最后见到邱妍的地点，按录音笔中的记录，邱妍也在这里被人分尸。

邱妍曾经租住的小区，和陈奇峰描述的一样，位于主城外，曾经的城乡接合部。

小区相当老旧，勉强有围墙，门口也有个保安室，门卫在里面喝茶，对进出人员懒得看一眼。可想而知小区的安保状况有多差。

大门上方的高处有摄像头。普克观察了一下，发现线都没连接，算是个假监控。

“也好，”马一路习惯性地发挥他的乐观主义精神，“就算是真监控，记录撑死了保留三个月，大部分十天半个月。两年前的肯定没戏。”

虽说不抱希望，但还是得去物业尝试一下。不出所料，听说他们要了解近两年前的小区信息，工作人员发出连连冷笑。

“知道这小区的物业费一平方米多少钱吗？两毛。”

“知道有多少业主按时交物业费吗？没几个。”

“知道我们一个月拿多少工资吗？说了丢人。”

“你们是什么人？要是记者暗访，正好帮我们呼吁呼吁，不交物业费就别指望能有物业管理！”

“别说两年前，你问我两天前的事情也只能送你们三个字：不！知！道！”

“除非你们是警察，除非小区里发生了杀人案……真那样就好了，小区业主就知道交了物业费才有钱请保安，有保安才不会发生杀人案！”

…………

江小流是被马一路拉出物业办公室的。她对此很不解。

“我没想和他吵架，只想让他亲耳听听他逻辑里的漏洞而已。”

“我知道，我就是……”马一路赔着笑脸，“你那么精彩的演出，他又没掏钱买票，咱不能让他白看是不是？”

普克笑着说：“嘴真甜。”

马一路赶紧凑近普克身边，低声说：“这个就别录了。”

既然小区的安保形同虚设，三个人倒不用担心遭人盘问、暴露警察身份了。

暂时隐瞒警察身份是马一路的主张。

作为社区民警，他很熟悉类似环境中八卦的传播速度。房子已经有了新业主，不管最后结果如何，马一路不希望因此给新业主的生活带来负面影响，更不希望引起整个小区的不安。

马一路的警惕，普克不仅赞成，而且相当赞许。江小流有过李雪案的调查经验，对此也没有异议。

按陈奇峰提供的地址，他们找到了邱妍租住过的 3 栋 201 室。

从楼下看，一眼可知 201 近两年装修过，门窗远比楼体新。

“陈奇峰说自己是从阳台进入房间的，”有了录音笔的普克，果然提高了工作效率，不必再每条信息都向他们求证，“看上去难度确实不大。”

马一路摩拳擦掌，跃跃欲试。

“要不要我亲自爬一趟试试？”

“不如先核实一下新业主在不在家，”普克说，“免得警察变成了白日闯。”

“要上门问，咱们还是得分分工吧？”江小流问。

“看来咱们以前就这样合作过，”普克一听就明白了，“上次扮演的是什么角色？”

“保险公司业务员、经理和司机，”江小流分别指着自己、普克和马一路，“最后穿帮了。责任在我。”

“我也有责任……”马一路忙说。

“这有什么可揽责的，”江小流不让马一路说完，“我又不会受伤。”

“那么这次咱们表演个难度低一些的？”普克问马一路，“只要能进去看看，而且理由充分。”

“看房子！”马一路提议，“就说想买房，看到网上挂了这个房源。”

“你想买，人家没想卖怎么办？”江小流立刻指出问题，“那就不会让咱们进去看。”

“有道理，”普克说，“何况新业主买房还不到两年，又重新装修过，卖的可能性不大。”

马一路不吭声。低头原地绕了十来圈。

“还是说从网上看到这个房源，但不是201，是101或者楼上哪户，随便编一户就行。”马一路不慌不忙，看上去颇有把握，“就说看小区环境不太好，有些犹豫，所以先从侧面了解一下，顺便打听一下价格，看看内部房型啥的。”

“那更不可能让咱们看了。”江小流说。

“为什么？”马一路问。

“自己的房子没想卖，怎么可能为别人的房子操心？”江小流说，“逻辑上不通。”

“自己的房子没打算卖，还真有可能为别人的房子操心。”马一路笑着说，“这种事情不能全看逻辑。”

“那看什么？”

“看……”马一路想不出合适的词，只好选了个最简单的，“感觉。”

“又是感觉。”江小流有些不以为然。

“别忘了，普克说过，感觉也可以建立在逻辑之上。”马一路拉大旗作虎皮，拉上了普克做他的后盾。

两个人都转脸看向普克，等普克表态。

“你的感觉不会凭空而来，”普克问马一路，“是不是有过类似的经验?”

马一路得到普克的鼓励，定定神。

“我也不知道算不算一回事儿。”马一路说，“去社区解决纠纷，都是公说公有理，婆说婆有理，不能只听当事双方的说法，最好听听邻里的声音。试过几次我就发现，左邻右舍提供的信息不仅比想象的多，而且个个态度积极，经常能起到关键作用。”

“我还是不相信这个方法可行。”江小流说，“但我相信马一路。”

“这个超出了我的个人经验，”普克想了想说，“没有更好的方案，我觉得可以试试。”

于是决定按马一路的方案来。接下来就是角色分配。

“别让我演房屋中介就行，”江小流说，“上次就是砸在我这个业务员身上。”

“如果201新业主没打算卖房，根本不会搭理中介。就算201新业主碰巧想卖房，也不会信任主动找上门的中介。”马一路看上去胸有成竹，“我建议放弃中介的角色，咱们就演想买房的一家人。”

“我没买过房，更没买过二手房。”如果对江小流不了解，马一路肯定会认为江小流是在炫富，哪怕江小流轻描淡写说出的都是实情。“我名下的房子都是我爸妈买的，我只负责去签字。”

马一路看看普克，又看看江小流，心里默默估算了一下。

“按咱们的年龄，普克演哥哥，我演弟弟，江小流只能演妹妹了。”

“这样年龄虽然说得过去，但不太符合现实。”普克摇头说，“现在就算是演一个家庭的三兄妹，咱们三个看上去也不太像。”

“可以是兄弟俩，”江小流说，“我是马一路的女朋友。”

“这样很合适。”普克立刻赞同，“弟弟准备和女朋友结婚，我这个当哥哥的陪你们找房子。以你们的年纪，看二手房合乎情理。”

“可……”马一路又有些结巴了，“可……”

“你不想演我男朋友?”江小流问。

“不是不想演，我怕演不像……”马一路壮着胆子说出心里话，却不敢对着江小流说，而是看着普克。“不是怕我演不像，是怕……江小流不像。”

“我有过男朋友。”江小流若无其事地说，“我能演。”

马一路心里很想骂人。

江小流的前男友是个不折不扣的人渣，专对未成年女孩儿下手。但此时不是声讨人渣的合适时机。何况这是江小流的个人隐私，普克并不知晓。

马一路换了个托词。

“演情侣，最主要的是在于情绪。”这是江小流的弱项，这样解释，江小流应该能够理解。“咱俩这状态，一看就是……工作关系，比保险公司业务员还容易穿帮!”

“你说了不算，观众说才算。”江小流坚持。

“毕竟咱们要面对的不是观众……”马一路也坚持。

江小流忽然上前拉住马一路的手。想想还不够，把马一路的胳膊拉紧，抱在怀里。然后微微歪着头，想和马一路脸贴脸。发现两人身高略有差距，江小流又换了方式，踮起脚，将扬起的下巴搁到马一路肩上。

她的尖下巴硌着马一路的肩窝，马一路像被点了穴。

“普克看，我们像不像情侣?”江小流问。

马一路浑身僵硬，一动不敢动。又下意识地配合江小流，脸上挤出“幸福的”笑容。

普克认真端详了一下，表情有些复杂。

“像……闹别扭的小情侣。”

“那也是情侣。”江小流下巴仍搁在马一路肩上，呼出的热气弄得马一路痒痒的。“哪对情侣不闹别扭？不闹才像假的。”

马一路还有什么可说的？

确定了上门需扮演的角色，又商议敲门后可能遇到的种种情况。

马一路滔滔不绝说了半天，忽然发现江小流和普克都在默默地看着他。

“是不是哪儿说错了？”马一路心里有些发毛，“说错了你们尽管指出来。”

“说得很细致，考虑很周到，”普克笑着说，“在你身上我隐约看见一个熟人的影子，所以有些恍惚，并不是在质疑。”

“哪个熟人？”马一路松了一口气，随口问道。

江小流抢在普克之前说：“彭所。”

“你也看出来了？”普克问江小流。

“我猜的。”江小流说，“你能记住的熟人应该不多。”

马一路怕江小流的实话会引起普克的情绪波动，一边悄悄给江小流使眼色，一边问：“那你又为什么含情脉脉地盯着我？”

话一出口，马一路的脸腾地红了。

本想用开玩笑的方式转移普克的注意力，说完却意识到严重不妥。流露了内心的期待，简直像被捉了现行。

“我没有含情脉脉。”江小流说。停了停，又盯着马一路问，“我含情脉脉了吗？”

马一路尴尬得不知所措，幸亏普克给他解了围。

“你应该含情脉脉，”普克认真地说，“这才符合小情侣的人物设定。”

江小流歪头看看马一路，嘴角露出一丝笑容，表情天真。

“这样对不对？”

那一丝笑容如此自然。马一路难以辨别究竟是江小流对记忆的重现，还是她此刻的真实流露。

马一路夸张地做摩拳擦掌状，借此隐藏情绪波动。

“都觉得没问题就上阵吧。”

上阵结果出人意料的顺利。

虽然是上班时间，但201家里有人。是位六七十岁的老太太。

重新装修过的201有两道门，老太太开了里面的门，隔着铁栅栏门狐疑地打量三个陌生人。没有明显的敌意，但也谈不上友善。

马一路只用了三分钟，就令老太太主动打开两道门，将他们请进了201室。

五分钟后，三个人已经挤坐在客厅窄小的双人沙发上，并喝到了老太太端上来的茶水。

又过了五分钟，马一路成功地将话题引向了他们所需的目标。

201室是老太太的女儿女婿为儿子上中学买的学区房。

房屋交易合同的签署日期是2016年6月20日，过户手续在两个月后完成。

交易日期获知得如此准确具体，是因为老太太亲自找出了交易合同来给马一路过目。

房屋的事实交割发生在合同签署当天。老太太清楚地记得，合同就是在201室签的。

签完合同，老太太的女儿用手机给卖家转了定金，卖家便将房屋钥匙交给了新的房主。老太太当时是陪女儿过来的，所以也在现场。

房屋交易合同上面清楚地显示着交易价格。对这个价格，最震惊的是普克。他对房价的认识还停留在十二年前。

老太太一眼看出了普克的震惊。

“贵吧？没办法，现在学区房比新房贵多了！”老太太用深谙世事的语气暗示普克，“所以你这个当哥哥的，要多帮帮弟弟。”

老太太还告诉他们，本来这个小区又老又破还没有物业，谁也瞧不上眼。可在2016年，附近新建一所重点中学的分校。小区一下就变成了学区房，价格连连飙升，而且房源抢手。女儿女婿为了抢这套房子，咬牙多加了十万现金，才从原房主手里拿下。

“难怪这房子交易那么快，”普克顺水推舟接过话，“刚才听您说，是当天签合同，当天就交钥匙了。”

“还不是怕卖家变卦?”老太太说起来仍是恨恨的，“本来不用这么急的。卖家把房子租出去了，还有两个月才到期，说好到期再办手续。可突然又有人愿意加价买这套房，所以卖家趁机两头抬价，坏得很!”

普克敏感地捕捉到老太太话里隐藏的信息。

“房子租期还没到，卖家就算要提前卖，也要等租约期满才能让租客搬走。”普克问，“签合同那天，原来的租客已经搬走了吗?”

“别提了！人走了，东西都在。”提及往事，老太太满脸不高兴，“满坑满谷的破烂，害得我们收拾好几天!”

“破烂?”普克笑着问，“原来的租客是收废品的?”

“那倒不是。听卖家说，是个做小生意的，做不下去了，货也没地方放，就扔在这儿了。还跟我们说值点儿钱，让我们自己处理。”老太太撇撇嘴，“值啥钱呀? 都是些没用的玩意儿。我们直接找收废品的搬走了，没要他钱，我们也省点儿力气。”

普克停下，瞥了一眼旁边的江小流和马一路。

江小流一时没领悟普克的意思，马一路却明白了，接过普克的接力棒。

“卖家真没眼力！阿姨家是那种贪小利的人吗? 还在乎他那个顺水人情。”马一路笑着对老太太说。

这话正中靶心，说到了老太太心坎里。

“就是呀，舍得花那么多钱买这个破房子，谁在乎那一点儿东西！我们在城里有大房子，要不是为了孩子上个好学校，谁愿意住这儿?”老太太满肚子的苦水像是被马一路引出来了，“说实话，要不是我女儿求我陪外孙，我才不住这种破地方！可我不住就苦了外孙，只好我这个外婆受委屈了。”

马一路从对面沙发上起身，在老太太身边蹲下，拉住老太太的手。

简直就是老太太的亲孙子。

“阿姨，要不是您看上去更年轻，您真让我想起我奶奶了，”马一路虽然有套近乎的意思，但感情却很真挚。“小时候我在奶奶家住了好几年，现在我做梦还经常梦见她……”

趁马一路和老太太手拉手说亲热话时，普克悄悄凑近江小流。

“陈奇峰是不是17号拿回录音笔的？”普克低声问。

“对。”

“他再过来是哪天？”

“具体日期没说。估计最少是一个月后了，当时装修工人说装修快一个月了。”

普克点点头，看看马一路。

马一路拉着老太太的手，正与她轻言细语。不知道聊到什么话题，都有些眼泪汪汪。

普克悄悄给马一路使眼色。马一路沉浸在情绪中，没注意到。江小流忍不住提醒他。

“奶奶，我能不能看看你家的房子？”

老太太被江小流打断，相当不悦。

“小姑娘，你男朋友叫我阿姨，你怎么能叫我奶奶？辈分不对呀。”

马一路赶紧转身背对老太太，拼命冲江小流挤眼睛。

江小流总算没像从前一样，一听别人叫她小姑娘就发作。

“不好意思，阿……阿姨，”江小流勉强改口，“我不太懂这些辈分，我……”

马一路怕江小流言多必失，赶紧插话：“我女朋友是独生女，家里也没什么亲戚，她还以为辈分叫得越高越尊重呢，阿姨别见怪。”

简单一句话，老太太又被马一路哄得开心了，拉着马一路的手不放。

“这有什么见怪的？现在的年轻人，像你这么懂事的可不多了！”老太太冲江小流挥挥手，“就两间房，也没啥可介绍的，你自己随便看。”

江小流趁机走开，按商量好的分工，行使她的“记录仪”功能。

普克借着马一路创造的良好氛围，客气地问老太太：“阿姨，您这房子是从什么时候开始装修的?”

好的氛围是成功交流的一半。接下来，老太太对普克有问必答。

“一收拾好就开始装了。”

“您的意思是，把原来租客的东西处理掉就开始了?”

“是啊，一天都没耽搁。”

“为什么那么急呢?”

“孩子9月开学，装修最少得两个月，装好总得空几天，吹吹风透透气。就这样，住进来头半年还有气味呢。”

“我看您这房子，装修风格挺简洁的，面积又不大，居然也要两个月?”

“别提了，说到这个，我又是一肚子气。现在的人啊，素质太差!”

“您是指……”

“以前的房客呗。走的时候，东西塞得满满的就罢了，乱七八糟也罢了，到处洒的油漆，简直不像个样子!”

“油漆?什么颜色的油漆?”

“红的绿的，五颜六色，地上墙上，哪儿哪儿都是!”

“不是说房间里塞得满满的，怎么又到处是油漆呢?”

“东西上也洒的都是，墙上地上也是，感觉像存心乱洒似的。”

“会不会是以前的房主弄的?”

“签合同那天我们也跟他抱怨，他赌咒发誓说原来房子不是这样。想想也不该，自己把房子弄成这样，脑子有病啊?肯定是租客干的，然后一拍屁股走了。反正又不是自己的房子。”

“那你们没问原来的房主是怎么回事儿?”

“当然问了。”

“他怎么解释?”

“也没怎么解释，就说房客也跟他道歉了，说是不小心把油漆弄洒了。”

“他有没有说房客是个什么样的人?”

“那倒没说……我看他是咬准了有人抢着买房，根本也没当回事儿，随便敷衍我们两句。”

“房子被弄成那样，必须重新装修了。”

“可不！本来这房子买来就打算住三年。外孙这学校只有初中，没高中，过三年还得换学校。三年嘛，随便凑合过去，然后就卖掉。想着最多刷刷墙，打扫干净就行了。没想到糟蹋成那样，只好重装了。”

“我看地砖像是新铺的，原来也是地砖吗?”

“要是地砖就不用换了。原来的房主铺的复合木地板，一弄上油漆，非换不可了!”

普克停下来，若有所思。

这时，江小流转了一圈走过来，想和老太太说话，又犹豫了一下，靠近马一路身边，拉住马一路的胳膊，看上去像个对男朋友充满依赖的女孩儿。

马一路没有心理准备，吓得哆嗦了一下。还好立刻醒悟，假装淡定。

“参观过了？感……”本想问江小流感觉如何，又怕直言不讳的江小流说出真话，赶紧换个说法，“没挑出什么毛病吧?”

说完又怕得罪房主老太太，便对老太太笑着解释：“不是说您这房子不好啊。我这女朋友，什么都好，就是眼光特别高!”

“眼光高才挑到你呀，”老太太笑着说，看上去完全发自内心，“挑到你这么好的男朋友，能保护她一辈子，多好!”

江小流正要说话，被马一路从背后轻轻掐了一下，抬起头瞪了他一眼。

“我不会乱说话的，我就想问……阿姨一个问题。”江小流说话怯怯的，看上去有些小鸟依人。

“有什么就问什么，”老太太笑容满面地看着眼前这一对“小情侣”，“你们年轻人买房不容易，多问问是应该的。”

江小流仰脸看着马一路，就像个乖巧的小女生，眼神里充满了对男朋友的崇拜之情：“我可以问了吗?”

马一路好容易才装出大男人应有的姿态："问吧问吧，就你问题多！"

江小流这才转向老太太。

"阿姨，卧室窗外原来是不是有棵大树？"

"咦？你怎么知道？"

"外面有一排树，都差不多高，就您家外面的这棵个头最矮，上面枝叶又很少，像是新挪来的。"

老太太没有立刻答话，先转脸看向马一路，笑着说："你女朋友眼睛真尖，以后可别想蒙她！"然后才回答江小流，"本来那儿有棵大杨树，去年宁江不是把杨树都砍了吗？那棵树也砍了，换了现在这棵半大不小的。"

这件事情马一路很清楚。杨树春天吐杨絮，已经成为宁江的公害。去年开始更新行道树种，把大部分杨树都换掉了。

不过马一路没领悟到江小流要问这个问题的原因。

"原来那棵树是不是特别大？"江小流继续问。

"是啊，好几十年的树就那么被砍了，看着挺心疼的。"

"树上是不是有个鸟窝？"

"哎呀，这你都能看出来？"

"我……猜的。"

"原来有个喜鹊窝，搬进来的那年孵了一窝小喜鹊，可热闹了。第二年又是一窝，砍树的时候，小喜鹊还不会飞，连窝掉到地上，大喜鹊绕着飞啊飞，哭了好几天呢。"

"那棵树的树枝是不是都伸到您家窗户边儿了？"江小流追问，"风大的时候是不是会刮到您家的窗户？"

这次老太太没回答江小流的问题，吃惊地看看江小流，又转脸看看马一路。

马一路意识到不好，又有穿帮的危险，一时间却想不出应对办法。

普克及时接上来。

"女孩子的想法就是浪漫，"普克笑着替江小流打圆场，"喜鹊又不是松鼠。就算有树枝伸到阿姨家的窗户，小喜鹊也不可能爬进来的。"

“哦。”江小流说。

普克补了一句：“可怜的喜鹊。”

老太太愣了一会儿，看样子是相信了普克的补救，也跟着叹气。

“是啊，怪可怜的，可也没办法。”老太太说，“喜鹊要是懂这个，那就不是喜鹊，成鹊精了！”

扫一扫
听本节

5

三人从小区出来走到路边，找到江小流那辆特斯拉。

车门还没打开，忽然有个中年男人冒出来，吓马一路一跳。

明明路边一个人都没有，不知中年男人是从哪儿钻出来的。

中年男人胳膊上戴了个黄袖章，手里拿着巴掌大的一叠纸，看上去像是停车费收据。眼皮耷拉着，面无表情地冲马一路伸出手。

“三十。”

普克四下看看，此处并没有停车标志，也不止一辆汽车停在路边。

“三十元?”普克问。

“废话!”对方仍然耷拉着眼皮。

“这里没有禁停标志，也没有收费停车提示。”普克客气地问，“我们停车时也没看到人，请问这三十元是什么费用?”

中年男人抬起眼皮扫了普克一眼，没理普克，把手中的那叠纸朝马一路晃晃。

“停车费，三十!”

马一路正要理论，江小流已经拿出了手机。

“手机支付行不行?”江小流问。

对方立刻从兜里掏出一张二维码的卡片。江小流打开手机正准备扫码，被马一路拦住。

“给你五块，算你辛苦费。”马一路对中年男人严肃地说，“再没完我马上打交管局电话，看你手里那叠票是真的还是假的。”

中年男人微微一惊，盯着马一路看了两秒钟，嘴里嘟囔一句，“刚才要不是我看着，还有人想划你们的车呢。”

“五块。要不要？”马一路板着脸。

中年男人不再和马一路讲价，把二维码亮给江小流，“五块就五块。”

江小流却不肯扫码了，回头问马一路，“这人是骗子？那为什么要纵容他？”

“谁是骗子？”中年男人下意识地退后一步，嘴上仍硬撑着，“别血口喷人！”

江小流立刻把一分钟前普克与中年男人的对话原样重复，声音、表情、语气，无一走样。中年男人看完，下意识地又往后退了一步。

“你……”

“我虽然是协警，但他俩是正牌警察。”江小流轻描淡写地问，“你信不信？”

中年男人没再犹豫，撒腿就跑。一眨眼就没影了，和他出现时一样神奇。

马一路好气又好笑：“何苦呢？本来能挣五块的。”

“知道他是骗子还要付钱，你是不是警察？”江小流直接问马一路。

“说骗子也太严重了，”马一路有些尴尬，“毕竟……毕竟咱们没证据。”

“那是你不想要证据。”江小流一针见血。

江小流脸上仍是那种熟悉的平淡表情，但在马一路眼里，却明摆着是谴责和失望。

马一路愣了一会儿，决定以他一贯的态度面对江小流，不敷衍，不回避。

“我承认，我一眼就看出他是假收费员。”马一路说，“我不认识他，不了解他是个什么样的人。可这种人我见过很多，说实话，对他们谈不上讨厌。都是些失意的人，要不然也不至于这么糟蹋自己。可能因为我是个社区民警吧，不想给他们的生活雪上加霜。”

“我能理解马一路，”普克看出马一路的窘迫，安慰他，“警察眼里的世界也不是非黑即白的。”

江小流看看马一路，没再说话。打开后排车门，上车坐下。

马一路暗松一口气，也和普克上了车。马一路照例是司机，普克则坐在副驾驶座。

“你怎么知道他不是真的收费员？”江小流还没忘记刚才的茬。但她没再用“骗子”一词，态度显然有了变化，“我就没看出来。”

“你没看出来很正常，”马一路知道江小流“放过”他了，轻松了许多，“你又不食人间烟火。”

“什么意思？”

“这种地段，就算正规收费也不可能收三十，顶多十块到十五块。”

“就这么简单？”

“就这么简单。”

江小流不吭声了。马一路从后视镜里看看她，自动脑补出不服气的画面。

“说简单也不简单，”普克笑着说，“这算是一种生活智慧。就像刚才到 201，马一路从头到尾都在展现他的生活智慧，真让人刮目相看。”

马一路又高兴又难为情：“我有那么优秀？我自己怎么没觉得。”

“有。”江小流说，“我正想问你，你怎么能把 201 的老太太哄得团团转？她连买房合同都拿给你看。你问她银行密码，说不定她也会告诉你。”

“我也没怎么使劲呀，”马一路半开玩笑半认真地说，“可能还是因为平时在社区里和那些阿姨、老太太交道打得多，积攒了经验吧。”

一提到“阿姨、老太太”，江小流又想起另一个问题。

“今天我看 201 明明是老太太，你为什么要叫阿姨？”

“咱们不知道她的具体年龄，看她在家也穿得齐齐整整，肯定比较在意自己形象。现在城里女性又在意形象的，都希望自己显得年轻，宁可往小了叫，别往大里叫。”

“那你拉着她的手说想起自己奶奶，她眼泪汪汪动感情。我叫了句奶奶，她就批评我乱辈分。”

“这个细节我也注意到了。马一路那句话是有前提的。”普克笑着插话。

“阿姨，要不是您看上去更年轻……”江小流翻书一样翻看脑海中的记忆。

“当时老太太正谈外孙，形成了心理学上的投射，马一路自然而然成了她的孙子。”

“老太太真傻，马一路真狡猾。”江小流说。

“说我狡猾我没意见，”马一路替素不相识的老人辩解，“老太太给咱们提供了那么多信息，咱们得有点儿感恩之心。”

“而且老太太并不傻，再多待一会儿就能识破咱们的表演。”普克说。

“是不是喜鹊那部分？”江小流问，“我看出老太太有点儿起疑，可我不知道为什么。”

“老太太说，小喜鹊连窝落到地上，大喜鹊绕着窝飞，哭了好几天，”普克提醒江小流，“一个哭字，透露了内心情感。”

“你就‘哦’了一声，太冷漠。”马一路说完，又赶紧补充，“这不怪你，她不了解你的……特色。”

江小流歪头想了想。

“这些事情太复杂，”江小流说，“还是做个执法记录仪更适合我。”

“你问老太太关于树的问题，是不是在求证和录音有关的内容？”普克问。

这一点马一路也想到了。心里暗自遗憾，没抢在普克前面问出来。

“对，”江小流说，“我听录音的时候，有些声音明白是怎么回事儿，有些不明白。比如6月17上午10点多的那场雷阵雨，可以听到打雷声、下雨声，同时还有敲玻璃的声音，一会儿出现，一会儿消失。”

“是那棵被砍掉的大杨树！”这次马一路抢先说出来了。

“按老太太的说法，应该是。”江小流说，“原来那棵树的枝叶一直伸到201的卧室窗口，风一吹树叶有响动。窗户关着是一种声音，大风大雨是另一种声音。现在窗外的那棵树不可能发出这些声音。有了老太太的解释，录音就合理了。”

“我就知道，你不会平白无故跑来提那些怪问题！”马一路像洗清了自己的冤屈似的。

“还有，陈奇峰到卧室放下录音笔，开始录音。然后离开卧室，穿过客厅，从阳台下楼。我在201按这个步骤重走了一下，时间和录音基本符合。”江小流继续说，“我还听出录音里有个细节，回头可以向陈奇峰求证。”

“什么细节？”普克问。

“陈奇峰放好录音笔，经过床时，忽然停了一下……”

“哎呀，忙了大半天，”马一路一拍脑袋，“忘了给陈奇峰打电话问那件事情了！”

“哪件事情？”这是昨天的事情，普克真忘了。

“待会儿再跟你解释，先听江小流说完。”马一路对江小流说，“不好意思，不是故意打断你，你继续。”

“陈奇峰为什么停下？之前我反复听那段录音，听不明白。今天我知道了。当时窗户开着，风吹动树叶发出声音，听上去像脚步声。陈奇峰误以为有人，停下来观察。那声音又不见了，陈奇峰这才离开。”江小流说，“还可以确定一件事，那时候卧室的窗户是开着的，大约半小时后，窗户被关上，树叶发出的声音几乎听不清了。一直到17号那场雷阵雨，声音又变得不一样。所有这些声音，因为那棵被砍掉的杨树，都变合理了。”

普克听完，对江小流说：“你可以成为执法记录仪，但执法记录仪无法成为你。因为你除了记录，还会逻辑分析。”

江小流点点头说：“我和马一路，都在和你学逻辑。”

“是啊是啊，”马一路忙对普克说，“刚才在201，你也有收获吧？”

普克确实有所收获。

之前通过对录音的分析，普克曾为录音中那个被怀疑为凶手的男人做了一个性格画像。

今天在201，通过与老太太的交流，普克脑海中那个画像变得更加清晰、具体。

“还是按照之前的推测，凶手并非预谋杀人，而是在临时冲突中杀死了邱妍。他对尸体的处理过程我们已做过分析，短暂的慌乱失措后，体现的是温和表象下的理性和冷酷，超强的行动力，不达目的誓不罢休的执着，以及良好的文字修养。

“而今天我们又看到了他性格中的另一个重要部分：社会属性。

“从我对老太太提的那些问题，你们可能已经看出，我试图求证201成为邱妍被害及碎尸的第一现场后，凶手如何不留痕迹地撤离。

“在现代社会，这本该是一件最难的事情，甚至超过杀人和分尸。

“处理尸体固然很难，但还可以归结为一个人的战斗。撤离，则是一场个人面对群体的混战。

“在这样一个人群聚居的小区，能不留痕迹地撤离，在近两年时间内不被人发现，绝不能简单地解释为靠运气。

“当然他的运气并不算好，碰到了陈奇峰。

“他的运气其实很差。他去找邱妍时，并没想杀死邱妍，事情却意外走向了另一面。无论对谁而言，这都是很糟糕的局面。

“但这种糟糕的局面，没有夺走他原本的能力，反而激发出更多的‘潜能’。这种‘潜能’使他游刃有余地处理了所有的危机。

“用更具体的方式描述，可能更容易理解我对他的认识。

“凶手杀死邱妍，经历一段心理慌乱期后，决定冷静下来处理这糟糕的局面。他清楚地想好了处理尸体的手段，同时也想到，仅仅将尸体处理掉，并不能使他真正脱离危机，更重要的是，邱妍是一个社会人，必须合理地切割邱妍与这个社会的关联，否则用不了多久就会暴露。

“凶手与邱妍是旧相识。从目前情况看，他应该知道这房子是邱妍租的，甚至知道房子租期将到，也知道房东准备卖房。他是通过什么方式知道的，目前不得而知。但从他泼洒油漆的动作推测，他是想通过这种方式迫使后面入住的人重新装修房屋，在不知不觉中帮助他销毁第一现场的犯罪痕迹。

“陈奇峰在邱妍已经死后，仍收到通过邱妍手机号发来的回复信息，说明凶手不仅冒充邱妍安抚陈奇峰，很可能同样以邱妍的名义，与邱妍的房东有过联系。

“房东之前已与现房主谈好卖房事宜，只等租约到期后办理交易手续。但学区调整使得这套房子价格上涨，有人愿意加价买房。也许是房东主动与邱妍协商，也许是凶手得知这个信息后，主动与房东协商。

“总之，凶手掌握了房东急于加价卖房的心理，看出房东重利，于是利用这一点，以邱妍的名义提前解除与房东的租约。对房东来说，这恰是瞌睡遇到了枕头，何乐而不为？于是双方一拍即合。

“凶手以邱妍名义与房东沟通，只能通过手机信息。从之前对凶手的分析，他有较强的文字敏感，以及不错的文字驾驭能力。除此之外，能够看穿房东的心态，利用这种心态安排实施他的计划，充分体现了他对社会和人性的认知水平。

“凭借这种认知，凶手玩了一个漂亮的金蝉脱壳，把一个杀人分尸的第一现场，巧妙传递给新的房主。

“凶手一定知道这是冒险，但处于他的险境，也只有险中求胜一条路。这说明了凶手性格中具有一种赌性，极端状况下，有勇气‘置之死地而后生’。

“如果不是陈奇峰，也许老太太家在 201 住满三年后，又将房子卖给下一任房主。不会有人知道这套房子里曾发生过那样的惨案，邱妍就这样悄无声息地从人间蒸发。

“根本不会有人报警。警方当然不会进入 201 进行技术取证。

“即便警方现在进入 201 取证，也基本不可能取到有价值的痕迹。凶手应该对刑侦知识有所了解，才会想方设法，借助他人的力量，将现场进行如此彻底的破坏……”

普克说到这里，被江小流打断了。

“凶手会不会是个警察?”

“不可能!”马一路大惊失色。

“为什么不可能?”江小流说，“全天下的警察都是好人?”

“这话我不敢说，可……”马一路支吾了半天，寻求普克的支持，“普克并没说凶手是警察，只是认为凶手具有较强的反侦查能力，对不对?”

“对，马一路的理解更准确，不过……”普克似乎被提醒了，犹豫了一下，“江小流倒是提醒了我，一个具有反侦查能力的凶手，为什么不可能是个警察?”

马一路抱住脑袋，发出一声叹息。江小流看了马一路一眼。

“普克又没说凶手就是警察。反侦查能力强的，除了警察，还有可能是惯犯。”江小流淡淡地安慰马一路。

“对啊，”马一路立刻被安慰到了，打起精神，“惯犯的可能性更大!”

“凶手是警察还是惯犯，现在谈都为时过早。”普克说，“刚才所有的分析都建立在猜测和推理的基础上，接下来要做的就是寻找证据，证实这些猜测及推理。”

“可证据不是全被毁了吗?”马一路一时没反应过来。

“找房东。”江小流说，“按普克的分析，凶手和房东肯定有过交流，一问就知道。”

“我怎么没想到?”马一路有些懊恼，随即又找到兴致，“找房东容易，交给我了。”

“你看，咱们每个人都有自己的长项，”普克对马一路说，“事实上，今天你发挥的作用更大。如果不是你……”

江小流忽然打断普克：“冒牌货又来了。”

马一路和普克沿着江小流的视线一看，刚才那个收停车费的中年男人正赶过来。

马一路一愣，随即解开早就系好的安全带，恨恨地准备开门下车。

“这家伙，不给他点儿教训不行……”

“他是来自首的。”普克说。

“我不信。”江小流说。

马一路犹豫了一下，又坐回座位，“看看你俩谁猜得对。”

片刻之后，中年男人来到他们的车前，手里拎着一个花花绿绿的塑料袋。迟疑地绕着车转了一圈，探头探脑地向车里张望，最后停在驾驶座旁的窗外，伸手轻轻叩窗。

马一路板着脸，打开车窗，正要开口，中年男人把塑料袋往窗户里一塞，吓了马一路一跳。

“不好意思，全在这儿，以后我不干了。”

说完中年男人撒腿就跑。和之前那次一样，转眼就不见了踪影。

塑料袋里是几叠捆扎整齐的零钞。显然，这都是假冒收费员的“非法所得”。

马一路看着那袋零钞，喃喃地说：“真是来自首的……”

江小流从后排探过身，问普克：“你看见的我都看见了，为什么我没猜出他是来自首的?”

普克瞥了一眼马一路，表情意味深长：“我还猜出，刚才马一路看起来是要下车教训他，其实是想再给他一次改过的机会。”

马一路目瞪口呆地看着普克。显然普克说对了。

“神了。”江小流说，“这是什么逻辑?”

“人性的逻辑。”普克说，“了解了人性，就会觉得很平常。”

“怎么才能了解人性?”江小流追问。

“我个人的经验，试错是了解人性最有效率的办法。”

“试错?”马一路也很好奇。

“一个人不该做的事情做了，不该犯的错误犯了，这样的过程最容易呈现真实的人性。”普克说，“人生就是在一次次试错中，从起点走向终点。”

回程的路上，三个人想着各自的心事，都有些沉默。

普克忽然开口，打破了这种沉默。

“小马，其实你很适合当一名社区民警，”普克很真诚，“你干得很优秀。”

“我也这么觉得。”江小流说。

马一路没有立刻回答，默默地开着车过了好一会儿。

“可我就是想当刑警，”马一路说，“这才是我的梦想。”

扫一扫
听本节

6

201 原来的房主，马一路很快就找到了。

房产交易记录上留的是一个男性的姓名，和 201 老太太给他们看的合同上卖家姓名相符。

签合同那天老太太陪着女儿见到了卖家，从交谈中得知不少关于卖家的信息。因此拿到联系电话后，马一路采用了最有效率的方式，打通了房东的电话。

“你好，我是光明路派出所的民警，我叫马……”

没说完，电话就被挂断了。

马一路哭笑不得，知道自己被当成骗子或广告推销员。

信任已经成为这个时代最稀缺的产品。

直到第三次拨通电话，马一路才正式和房东对上话。

马一路开门见山，直接告诉对方，他卖掉的房子有一些问题需要当面核实，见面地点由房东决定，可以选在光明路派出所，或者房东的工作单位。

“为什么不选在 704 见面？”电话挂断后江小流问马一路。

“经验加逻辑。”普克替马一路回答，“第一次拨通电话后，马一路刚报出身份就被挂断了，说明对方戒备心很强。第二次，同一个来电号码，对方没接就直接按掉，说明性格里存在‘宁可错过一千，不能放过一个’的一面。”

“第三次他怎么又接了?”江小流追问。

“同样的号码连打三次，大概率不是骗子，”普克说，“而第一次马一路已经做了自我介绍说是警察。警察要了解已售房屋的事情，对方不得不加以重视。”

马一路对于普克能够准确说出他的心理活动已经习以为常，并能顺势推进。

“防骗子，最可靠的地点就是派出所。如果怕麻烦，最省事的地点是单位。”马一路说。

“704是咱们的地方，对他来说没意义。”江小流明白了。想了想，又问，“他会选派出所还是单位?”

通话时马一路让房东选见面地点，房东在电话里犹犹豫豫。马一路没催他，让他想好了再决定，主动挂了电话。

“这就不好说了，要看他心里有没有鬼。”马一路说。

“如果他主动打电话来，应该会选在派出所见面。”普克说，“如果你再打电话问他，他可能会选择在电话里谈。”

话音刚落，马一路的手机响了，是房东打来的。

房东要求在光明路派出所见面。

马一路和房东约好时间后，结束通话。不用马一路问，普克便主动解释给他听。

“其实刚才你已经隐约意识到问题了。房东是个警觉的人，警察要约他面谈，他心里如果底气十足，会直接要求在电话里谈。心里有担忧，想了解警察到底为什么找他，又不希望这种谈话会扩大影响，最好的选择就是派出所。”

“原来电话一响就开始斗智斗勇了!”马一路说，“怪不得老太太说卖家特精明!”

“是不是也说明卖家心里真的有鬼？”江小流问。

“鬼有很多种，不一定是咱们要捉的那一只。”普克说，“但如果真有鬼，咱们可以做好准备，借鬼打鬼。”

按约好的时间，他们在光明路派出所的会议室见到了 201 原来的房东。

他们事先商议好，主要由马一路和房东交流，普克配合打穿插，江小流负责“记录”。

为烘托效果，马一路特地穿上了警服，江小流和普克还是照常便装。

“那房子早卖了，有什么问题都跟我没关系。”

房东一坐下就警惕地亮出他的态度，目光在马一路身边的江小流、普克身上扫来扫去。

马一路说话很客气，但态度中透着强硬。

在自己的地盘，这种气场装起来不算太难。

“别紧张呀，来都来了。”

“谁紧张了？我有什么好紧张的。卖房子又不违法。”

“就是啊。所以我说别紧张，就是请您过来，帮忙核实几个小问题。身正不怕影子歪，对不对？”

“你……您问，您问，我知道的一定如实相告。”

“谢谢您配合。201 的房子是……”

“对不起啊，我插个话……您的身份我已经知道了，您身边这两位是……”

“哦，他们是我同事。”

“他俩……也是警察？”

“这就不是您关心的事情了。总之咱们是在派出所，您总不至于担心在这里吃亏上当吧？”

“那当然，那当然……不过我还有个疑惑，您是属于光明路派出所，我现在的户口，还有卖掉的房子，都不归光明路管……”

“噢，您意思是，我们最好还是去您户口所在地的派出所谈？”

“主要看你们要谈什么……”

“我这不正想和您谈嘛，一直谈不下去。您说，谈还是不谈？尊重您的意见。”

“那……您问吧。反正我也没什么可隐瞒的，就是卖了套房子。”

“谢谢您配合。201 的房子，您是以什么价格卖掉的？”

房东一愣。

这时，普克忽然凑到马一路耳边，对他低声耳语，“重复这个问题。放慢语速。”

然后普克回到原来的状态。

马一路继续和蔼可亲地看着房东，重复刚才的问题，并放慢了语速。

“201 的房子，您是以什么价格卖掉的？”

“这……这应该是我的个人隐私吧？”房东笑着，试探地问。

普克再次凑到马一路耳边，说话时，目光故意避开房东的视线。

“从现在开始，把‘您’改成‘你’。别的按照原计划来。”

马一路按普克的耳语执行。

“你觉得呢？”马一路反问。“您”改成了“你”。

房东脸上试探的笑容消失了。他迟疑了几秒钟，说出了一个价格。这个价格和之前在房产交易中心查到的交易价格一样，但比老太太所说的交易价格低了二十万。

在 201 的友好闲聊中，老太太告诉马一路他们，为了少交税，他们做了阴阳合同。

但这不是今天的主题。

听完房东说的价格，马一路不置一词，将问题引向计划的方向。

对马一路接下来的问题，房东的态度发生了明显变化，不假思索，有问必答。

“你那套房子，卖掉之前是自己在住？”

“不是，房子租出去了。”

“租给什么人？租金多少？怎么付？租了多久？”

“租给一个女的，姓邱，叫什么……一下子想不起来了。租金一个月两千二，年付。预交三个月当押金。就租了一年。”

“就租了一年，是说合同签了一年，还是实际住了一年？”

“她想租三年，但合同是一年一签。实际只住了一年。”

“再想想，实际住满一年了？”

“……没满一年，差不多了。”

“差多少？”

“差……让我想想，她好像是六月下旬搬走的，本来合同签到九月满一年。”

“哪年？说具体些。”

“2016年6月，具体哪天，真记不清了。不过可以查到。她一搬走，房子马上就和后面的买家签了合同。”

“租金年付，就是说她搬走的时候，还有三个月租金在你手里吧？”

“没三个月，就两个多月……而且是她主动提出搬走，也是她主动提出不要剩余租金、押金，算作给我的补偿。”

“什么补偿？”

“她把房子糟蹋得不成样了。说实话，那几千块都算便宜她了。看她是个女的，态度又比较诚恳，我才没跟她计较。”

“这是你的说法。她本来想租三年，还没满一年，好好的为什么主动提出搬走？”

“……我承认，开始是我跟她提出来，问能不能提前结束租约，我可以适度给她一点儿补偿，她没答应。但后来确实是她主动跟我提出来的，我可以对天发誓！”

“对天发誓有用吗？”

“你们不信，可以把她找来，我当面跟她对质！”

“你说后来她主动提出提前解约，有证据吗？”

“证据？什么证据？”

“比如说，当时你俩是怎么谈判的？见面还是打电话？”

“也不算什么谈判，就是商量……我跟她商量的时候是打电话的，她拒绝了。后来她跟我商量的时候，是给我发的微信。”

“语音还是文字？”

“文字。”

“信息还在吗？”

“开玩笑，快两年了，她又不是我女朋友，就是个房客……”

“意思就是，你没证据证明是她主动提出解约的，对吧？”

“到底出什么事儿了？”

“你只要回答你知道的问题就可以了。”

“真出事儿了？那个邱……邱……”房东突然一拍桌子，“想起来了，邱妍！女字旁那个妍……她出什么事儿了？”

马一路回头看看普克。此时房东的反应，不在他们的预期之内，马一路拿不准如何应对。

普克及时接过接力棒。

“你认为邱妍会出什么事情？”

“我……我哪儿知道呀？”短短的间歇，房东又找回一丝镇定，“我跟她又不熟。”

普克思索片刻。态度和蔼，语气从容，和马一路刚才的咄咄逼人有所区别。

“这样吧，我有个小请求。你说你之前给邱妍打过一次电话，提出提前解约，她拒绝了你的要求。能不能把你们通话的内容大概复述一下？”

“我只能说个大概……毕竟隔了那么久了。”

“行，尽力就好。”

房东做出努力回忆的样子。为显示诚意，稍有些用力过猛。

“我打她电话，她接了。是我求人嘛，我就客客气气地跟她说，家里急需用钱，必须把房子尽快卖掉救急，正好有买家愿意立刻买……没等我说完，她直接说，租房合同没到期，到期再说，然后就挂了。就这样。”

“她是什么态度？”普克问。

“电话里也看不到人，听声音，就是平平常常的语气，和她平时说话差不多。”

“你们平时通过电话？你了解她的说话风格？”

“通过几次。有两次是房子下水有问题，她让我找人修。还有一两次，都是为了有线电视费之类的事情……每次就几句话，算不上了解。”

“刚才说的这个电话是在什么时候打的？”

“记不清了。就是她搬家前几天吧。”

“几天？”

“说不准。记不清了。”

“她主动给你发信息提出解约是在什么时候？”

“也记不清了。”

“你打电话给她，和她发信息给你，这两件事情之间大概隔了多久？”

“哦，这么一说我想起来了，就隔了一两天。”

“一天，还是两天？”

“我想想……算一天吧。头天下午我给她打的电话，第二天晚上她给我发的信息。”

“你给她打电话大概是在下午几点？”

“记不清了，反正还没下班，我还在单位。”

“单位几点下班？”

“五点。”

“第二天晚上她给你发信息大概是在几点？”

“大概九点半吧。”

“这个时间为什么这么明确？”

“我晚上一般这时候洗澡。那天晚上正准备洗澡，她发信息来主动说解约，我挺高兴的，当然得先把这事儿谈定……所以有印象。”

“她主动提解约，正符合你的心意，简单几条信息就能谈定了吧？”

听到普克这个问题，房东忽然流露出一丝异样的神情，下意识地坐直身体。

“等一下，”房东说得很慢，很小心，“我怎么觉得这个问题里好像……有陷阱？”

“陷阱？”普克有些惊讶，随即以理解的态度解释，“可能是我的表达产生了歧义。我换个说法。其实我是想了解你们用信息交流的大概内容，和之前问你们通话内容一样。很抱歉让你误会了。”

房东观察了一下普克的表情，觉得普克很诚恳。

房东又悄悄扫了两眼马一路和江小流，慢慢把身体靠回椅背上。

“我也没误会，只是……确实是她主动提解约，又提供了方案，我也觉得能接受，当然就比较……顺利了。”

“是的，合情合理。她提供的方案，你一定还有印象吧？”

“她就说，她母亲突然病了，她准备搬回她母亲家住，方便照顾病人。事情比较急，房间里她的东西都不要了，剩下的房租押金也不用退了。因房子被她弄得太乱，她来不及收拾，还跟我道歉来着。”

“如何交接呢？”

“她说钥匙留在房间里。既然多余的房租押金不用退，也就不用见面交接了。”

“除了房租和押金，还有水电燃气这些费用，你们有没有谈？”

“没谈。房子小，她就一个人住，我想就算欠费也不可能太多。”

“房子卖给下家之前，你有没有去看过？”

“当然得看一下。一看，吓我一跳。”

“为什么？”

“太乱，太脏。气得我够呛！我说她怎么那么大方，多余的房租押金都不要了。”

“一个单身女性住的房子，能脏乱到什么程度？”

“说乱吧，主要是东西多。我以前也去看过，堆的全是她以前卖不掉的货。但那天再去，看见洒了好多油漆，花花绿绿，洒得到处都是，看上去就比较吓人了。”

“怎么个吓人法？比如说，你看到那个场面，心里第一个念头是什么？”

普克的这个问题，又让房东谨慎起来。他犹豫了一会儿。

“也没什么……就是觉得怎么弄成这鬼样子，让我怎么给买家交房。”

普克看出卖家的谨慎。想了想，换了另外的问题。

“你看见房子被弄成那样，气得够呛，有没有打个电话质问她？”

“还真打了。她关机了。估计就是怕我找她麻烦！”

“后来还打过她电话吗？”

“没打了。反正房子也卖掉了，懒得再和她扯皮。”

“邱妍和你商量解约的时候，肯定也说好了她哪天走、你哪天去吧？”

“说好了。她说她还得住两晚，然后我就可以去收回房子。”

“打个比方，她是前天晚上给你发信息商量解约，让你今天去收房，对吗？”

“对。我就是隔了两晚去的。”

“房子里那么糟糕，你又没打通她电话，然后你是怎么处理的？”

“我到外面找了个收废品的。本来指望能把那些东西全搬走，结果收废品的眼界高，有的要，有的不要，只好让他把要的先挑走了，剩下的实在没办法，就堆那儿了。”

“所以你和后面的买家看房签合同的时候，房子还是乱糟糟的。”

房东听了这话，一愣。

“你……你们和买家也见过面了？”

“见过了。”

“那……那……”

“没关系，有什么想了解的问题，也可以问我，能回答的我一定回答你。咱们礼尚往来。”

普克越是心平气和，房东看上去越是紧张。明显想问什么，但越是想问，越不敢开口。

普克掐准时机，轻描淡写抛出了一句话。

“其实你手里是有证据的。也许你还随身带来了。”

房东一惊，“什么……证据？”

“刚才你问马警官我的身份，”普克对房东笑笑说，“我是一名刑警，主要侦办刑事案件。”

房东的脸色眼看着由白变红，又由红变白。

沉默了一会儿，房东从裤兜里掏出自己的手机。

“我和邱妍的微信对话确实被我删了。”房东说，“删之前我截图保存了，我可以给你们看。”

“好啊，谢谢你。”普克很有诚意地说，“你很有先见之明。”

扫一扫
听本节

7

应马一路和江小流的要求，分析房东提供的微信对话之前，普克解释了他与房东斗智斗勇的原理。

为便于讲述，普克将自己变成了房东。

“假设我是房东。我接到一个自称警察打来的电话，要为我前两年卖房子的事情见面谈谈。

“本来我可以拒绝见面。可卖房子时为了少交税，我和买家做了阴阳合同。我心里有些不踏实，还是决定去见面。

“除了阴阳合同，我心里还有一个小秘密，对任何人都没说过。我暗自担心，警察找我和这个秘密有关，但在探到底之前，我绝不能主动泄露秘密。

“见了警察，看上去有些不妙。虽然表面还算客气，但显然已经掌握了一些情况，而且他们的重点似乎不在阴阳合同。

“我发现他们更关注的是以前那个房客邱妍的情况。邱妍怎么了？出什么事了？和我的房子有什么关系？我得小心把握，不能引火烧身。

“看上去越发不妙了。肯定是邱妍出了什么麻烦。警察一直盯着她问。和她有关的事情不能含糊了，最好实话实说。

“那个便衣警察说他是刑警。刑事案件可不是开玩笑的。我早觉得那年邱妍突然搬走有点儿奇怪。不是有点儿，是相当奇怪，非常奇怪。

“邱妍该不会是……我不是警察，我可管不了那么多，我只不过是急着卖房子。不管她出了什么事情，我都没责任。当初确实是她主动和我联系，要求提前解约的。

“证据？开始警察就问我，和邱妍的对话有没有保留，我含糊其词混过去了。现在看来，那个什么定律真是太有道理了。想起来了，墨菲定律。涂满黄油的面包掉在地上，总是有黄油的那一面着地。担心的事情总是会来。

“幸亏我明智。那年看见一屋子的油漆，隐隐觉得不对劲，又联系不上邱妍，我就把我俩的聊天记录保存了。万一哪天需要，至少还有个证据，证明邱妍发生任何事情都和我无关。

“那个叫马一路的警察让我选见面地点，我就看出问题了。应该不只是阴阳合同，否则找我的应该是税务局或房管局，不该是派出所民警。带上我和邱妍的对话记录，该拿出来的时候拿出来，别和警察过不去。”

普克说完，马一路和江小流都沉默了一会儿。

“真不明白，自私自利还可以这么理直气壮。”马一路说。

“人不为己，天诛地灭。”普克叹气，“自古就有这样的理论支持。”

“看你和房东斗智很过瘾，”江小流对普克说，“你解释完，我看到所有的信息都在我脑子里，可我就是拎不出来。”

“别急，马上就到你的用武之地了。”普克安慰江小流，“有了房东和邱妍的对话记录，就能建立真实具体的时间轴，不再是凭空猜测。”

和普克预测的一样，房东与邱妍的微信对话并不复杂，来回几次就实现了房东期待的结果。

2016 年 6 月 16 日 21 点 31 分，邱妍给房东发来信息。“打扰了，睡了吗?”

房东立刻回复信息。“还没睡。什么事?”

两分钟后，邱妍发来第二条信息。“昨天你说的事情我又考虑过了，房子可以提前解约。我母亲病了，家里需要人照顾，我打算搬回去照顾母亲，正好给你腾出房子。之前没准备，房子里比较乱，我没时间收拾了，不好意思。咱们的合同还有几个月到期，已交的房租和押金不用退我了。我留在房子里的东西都不要了，随你处置。你看可以吗?”

过了一分钟，房东回复邱妍:“可以。”

又过了一分钟，房东又发信息问:“怎么交接?”

三分钟后，邱妍回复房东信息。“我再住两个晚上。后天我把钥匙留在客厅桌上，房子就还给你了。备用钥匙你有的吧?”

房东立刻回复:“有。”

邱妍发出最后一条信息:“合作愉快。再见。”

三个人认真看完这些记录，开启深度研读模式。

“凶手以邱妍名义给房东一共发了四条信息，每一条都经过了深思熟虑。除了字面的意思，你们还读出了什么隐藏的内容?”普克问。

“第二条信息是事先写好的，”江小流说，“两分钟之内写不了那么多字。”

“除非用电脑输入。”马一路补充，“但陈奇峰说过，邱妍那里没电脑。”

“我同意。”普克点头，“合理退租是凶手最主要的目的。他必定会反复斟酌，提前拟好文字，确认房东方便交流，这才发出信息。”

“那为什么收到房东没睡的回复后，过了两分钟才发出这条事先写好的信息?”马一路问，“本来可以立刻就能发出的。”

“我再住两个晚上。后天我把钥匙留在客厅桌上，房子就还给你了。备用钥匙你有的吧?”江小流用一种缓慢的语速重复“邱妍”的这条信息，“这条信息是凶手现场写的，用了三分钟。第一，说明凶手两分钟写不了第一条那么多字。第二，说明凶手考虑到长信息需要时间写，不想房东发现他是提前写好长信息的。”

“有道理，”马一路恍然大悟，“凶手真够细心的！”

“还不够细心。不然不会被咱们发现。”江小流说。

“应付房东差不多够了。”马一路说。

“我赞同你们的观点，”普克说，“凶手不仅细心，而且对文字非常敏感，语言表达相当精妙。拿第三条信息举例，短短几个句子，既明确了交房子的时间，又婉转地试探出房东是否有备用钥匙。我相信如果房东回复没有备用钥匙，凶手也一定准备好了应对方案。”

“如果直接问房东有没有备用钥匙，不管房东有没有钥匙，都容易引起怀疑。现在这样问就自然多了。”江小流领悟了普克的意思。

马一路嘴里念念有词，反复揣摩那条信息，又有了新发现。

“这句话我感觉还藏着东西！先说再住两晚上，接着又说后天留钥匙、还房子……”马一路说。

“凶手担心只说两晚还不够明确，又加上‘后天’这个更明确的时间点，以防房东提前闯入201……”江小流插话。

“当时凶手已经大概算好自己离开的时间，出于谨慎，又多留了一点变动空间……”普克推测道。

“发信息的时间是2016年6月16日晚上，那时候凶手已经完成分尸……”江小流继续补充。

“凶手计划在17日完成抛尸，处理完现场，然后离开201。这样万一房东18号来看房发现问题，凶手很可能也已经逃出宁江了。”马一路越说越激动。

“江小流配合一下，”普克说，“咱们试试陪凶手回到2016年6月15日那天。”

“没问题。”江小流说。

“我负责补充、整理。”马一路毛遂自荐。

曾经如同海市蜃楼般虚幻的画面，曾经支离破碎的信息，在三个人的整合下，逐渐清晰地呈现在面前，触手可及。

2016 年 6 月 15 日下午，凶手来到邱妍家。他们是旧相识，彼此没有敌意。

邱妍的两条狗也认识凶手，甚至与凶手是朋友。凶手和达尔文尤其亲近。

将近四点时，邱妍收到情人陈奇峰的信息。邱妍正在家中接待凶手，回复信息有些慢，但并没对自己的安全产生任何担心。

这个时间段，邱妍还接到了房东的电话。房东急于卖房，在电话中对邱妍提出提前终止租约的想法，邱妍当着凶手的面拒绝了房东。

陈奇峰拨打邱妍的电话时邱妍与房东正在通话。陈奇峰不放心，稍后又打邱妍电话。这次电话通了，邱妍语气中有些烦躁。也许她意识到眼前的局面有些小麻烦，但不至于引起她的不安，认为自己能“搞定”。

凶手在邱妍处理这一系列电话和信息的过程中，耐心地爱抚达尔文，还没和邱妍翻脸。

但是接下来，邱妍显然没能“搞定”局面，和凶手发生了冲突。

邱妍死了。

凶手也许用了一段时间让自己接受邱妍已死的事实。

凶手终于恢复冷静，决定面对现实，去处理眼前的大麻烦。

邱妍是单身，这是凶手已知的事实。陈奇峰的存在，凶手似乎并不知情。

凶手想到邱妍当着他面与房东在电话里谈的内容，决定利用这个巧合，使邱妍合理地从这套房子里消失。

15 日晚上十点多，凶手已按自己的计划，初步处理完第一现场的痕迹，将死去的邱妍放置于卧室床上。

这是凶手在这套房子里选择的最佳分尸地点。

此时尚不能开始分尸，因为没有合适的工具。

为了不引起任何人怀疑，凶手努力使一切维持在邱妍生前的状况。

甚至在夜里十一点前，凶手还下楼去遛了邱妍那两条狗，然后又带狗返回201。

凶手不知道，自己下楼遛狗期间，邱妍的情人陈奇峰怀疑邱妍“不忠”，悄悄从阳台入室，在卧室床边放置了一支录音笔。

遛完狗的凶手，也许短暂地休息了几个小时，也许是在更详细地完善自己的计划。直到16日凌晨三点多，凶手独自离开邱妍的住处。

2016年6月16日上午九点多，凶手带着准备好的分尸工具返回201，开始分尸。

分尸比凶手预期的更难进行。但凶手凭借坚忍的性格，用了整整一个白天，完成了这个计划。

他只停下过两次，一次是呕吐和哭泣，另一次是去洗手间解决基本生理问题。

6月16日晚上，分尸完毕的凶手预估了抛尸所需时间，开始计划中的第二步行动。九点半，凶手用邱妍的手机与房东取得联系，利用房东的人性弱点，谈好了房屋提前解约的方案。

6月17日上午，凶手在201做最后的整理工作，包括泼洒油漆。陈奇峰给邱妍发来信息询问情况。凶手从信息内容察觉到陈奇峰的不安，为安抚对方情绪，回复信息说都挺好。之后陈奇峰打来电话，凶手没接。但陈奇峰的来电使凶手产生警惕，关掉了邱妍的手机。

中午，陈奇峰来到邱妍家门口，拨打邱妍的手机，发现其手机已关机。陈奇峰在楼下看到邱妍的车在车位上，又听到室内有狗的声音，认定邱妍在家，于是敲门叫邱妍。

房间里的达尔文听到熟人陈奇峰的声音，从卧室冲出去。凶手在阻止过程中，本能地叫出了狗的名字。门外的陈奇峰并没听见，但录音笔录下了凶手的声音。

陈奇峰没敲开邱妍的房门，之后离开。也许他的到来促使凶手进一步加快抛尸节奏。

当晚九点多，陈奇峰来取录音笔，凶手不在，邱妍的车也不在，两条狗都在。此时凶手开着邱妍的车，带着邱妍的尸块，正在外抛尸。

6 月 18 日，房东按之前与“邱妍”的约定，到 201 收房。看到 201 一片狼藉，气愤地拨打邱妍电话，发现邱妍的手机关机。

考虑到“邱妍”主动放弃几个月的房租及押金，卖房又得了高价，房东见好就收，到外面找了收废品的，处理了房中部分被油漆污染的物品。

6 月 20 日，房东与买家在 201 见面看房，顺利签了买卖合同。买家支付定金后，一边按交易流程办手续，一边开始装修，为孩子九月开学入住做准备。

自此，201 不再与邱妍有关。

所有可能留下的凶杀痕迹及证物都被凶手悄无声息、合情合理地处理掉了。邱妍从人间蒸发，自此被人彻底遗忘。

前提是，陈奇峰没放那支录音笔。

2018 年 5 月 13 日是母亲节。陈奇峰为成为母亲不久的妻子过节，想到邱妍的离开使他回归家庭，对邱妍心生挂念，于是拨打邱妍手机，发现邱妍从未换过的手机号已经注销。

陈奇峰开始不安。凭借对邱妍不多的了解，他查到了邱妍母亲的电话。在与邱妍母亲的通话中，陈奇峰得知就在母亲节那天，邱妍母亲收到了女儿寄来的母亲节礼物。

陈奇峰深知邱妍母女关系恶劣，意识到邱妍的突然消失另有玄机。他特地到酒店开房间，重听那段从未完整听过的录音。

听到分尸的部分时，陈奇峰认定邱妍并非失踪，而是早在 2016 年 6 月就被人杀害并分尸。

结束这个类似拼图游戏的环节时，江小流立刻发现他们拼起的图画中还缺失一些细节。

“还少两样东西，”江小流说，“邱妍的母亲，邱妍的狗。”

马一路听了，虽然觉得不太合适，还是有些忍不住想笑。他赶紧用拳头抵住嘴，假装咳嗽了几声，找回警察应有的严肃。

“邱妍的母亲不能算东西……我是说……你们懂的。”马一路被自己的解释弄得有些忙乱，“她母亲咱们肯定要去查，这个我没忘。但邱妍的狗，要不是把整个过程拼起来，我真给忘了！”

“我也忘了，”普克说，“我把注意力一直放在凶手如何处理邱妍的尸体这个重点，居然忽略了这一点，不应该。”

“两条狗最后一次出现是啥时候来着？”马一路习惯性地问江小流。

“2016年6月17日晚上九点多，陈奇峰爬阳台到邱妍那儿取回录音笔，”江小流张嘴就来，“当时两条狗都在。”

“第二天房东到201看房，有没有看到狗？”普克问。

“房东没提狗的事儿，当时咱们也没想到问。”江小流说。

马一路立刻拿出手机：“这容易，打个电话问问房东就清楚了。”

经核实，6月18日房东去201收房时，房间里并没有狗。

“房东跟我特别强调，他是知道邱妍养狗的，他自己也养狗。收房时看见房间里堆的全是东西，还特地查看了一下，确实没看见狗。”接下来这句话，马一路特地加强了语气，“不仅狗不在，狗垫、狗食盆什么的都没看见。”

江小流立刻翻出脑海中对录音的记忆。

“201最少放了两个狗食盆，一个是金属的，放在卧室外。”江小流说，“另一个听声音像陶瓷的，就放在卧室里。”

“我不是怀疑你的记忆啊，”马一路对江小流说话总是多一分小心，虽然他明知江小流不会生气。“只听录音，就能判断出这些？”

“45小时57分23秒的录音，里面有无数细节，没办法都告诉你们。”江小流语气平静而确定，“有些声音我拿不准，比如风吹树叶、树叶打窗发出的声音，是后来核实的。还有些声音，听个大概，我在家做过比对试验。不能说绝对准，但不会差太多。”

“那我就不担心了。”马一路说。

普克思索片刻。

“我没养过狗，没这方面经验。”普克问，“两条狗需要配两个狗食盆？201面积不大，房间里又堆满了东西。”

“我也不懂。小时候养过一只猫，只有一个食盆，还有一个水碗。”江小流说。

说到这个话题，马一路来劲了。

“我没养过狗，但跟辖区里各种养狗人打过各种交道，听过太多养狗常识。你们猜，有个养狗的给我起了个什么外号？”

“猜不着。”江小流说。

“狗……警察？”普克半开玩笑地尝试。

“NO、NO、NO！”马一路神气活现地宣布，“狗司令！”

普克忍俊不禁，江小流却没领会到笑点。

“骂你，你还这么神气？”江小流问。

“骂我？”马一路皱眉想了想，摇头，“明明是对我的赞美！说来真是神奇，我们辖区几乎所有的狗，不管认识不认识的，见了我都很亲热……”

“是不是因为你随身带着火腿肠之类的，可以随时收买感情？”普克笑着问。

“绝对没有！我好歹也是个警察，去社区一般都是为群众排忧解难、调解纠纷，兜里揣着火腿肠像什么话？”马一路没把这件事情当成笑话，而是认真解释，“还是那个给我起外号的阿姨跟我说了原因。我觉得靠谱。”

“什么原因？”普克听得津津有味。

“气场。”马一路神情颇为庄重，“阿姨说我身上有种司令的气场，狗鼻子最灵，老远就能闻出来。”

马一路话音刚落，江小流忽然凑近他，抽动鼻子，嗅啊嗅。

“你又不是狗，”马一路笑着说，“你当然闻不出来。”

“这倒是。最夸张的研究结果称，狗的嗅觉是人类嗅觉的百万倍。”普克笑罢，努力找回之前的严肃，“言归正传，说回两个狗食盆。请问狗司令，这是否合乎养狗的情理？”

马一路认真想了想：“合不合理不好说，但肯定合情。”

“又是感觉?”江小流问。

“这次不用感觉糊弄,”马一路说,“是根据陈奇峰和你提供的信息,再加上我当‘狗司令’的经验。邱妍的两条狗,一条很老了,很少行动。另一条叫达尔文的活泼好动。它们吃饭的情况可能不一样,爱狗的人为了保护吃饭差的狗,会给每个狗配单独的食盆。”

“要是这样,有个细节我就明白了。”

江小流详细地结合录音中的声音解释给马一路和普克听。

录音中出现不止一次凶手给狗食盆里倾倒食物的声音。

食物撞击狗食盆,发出清脆的声响。应该是狗粮一类的颗粒状物品。

卧室外的狗吃着狗粮,发出嘎嘣脆响的声音。

卧室里的狗进食时发出的声音和外面不同。

这声音很难形容,江小流发挥了她的神模仿、神再现能力。她背过身,不让马一路和普克看她的脸,不知如何制造了一种独特的声音。

声音一起,马一路和普克都明白了。

“这狗没牙了!”马一路说。

“狗粮里应该倒了水,泡成糊的狗粮可以直接舔食、吞咽。”普克说,“卧室里这条狗应该是那条老狗,外面吃饭的是达尔文。”

“凶手比我有感情。”江小流这才转过身,面不改色地说,“知道照顾老狗。”

马一路听了心中一动,凝神思考。

普克看出来江小流还想说话,悄悄阻止她。

两人安静地等着。

足足想了半分钟,马一路才从自己的思绪中抽离,眼睛闪闪发亮。

“我有一个胆大包天的想法,”马一路说,“你们别笑我。”

“我已经预感到这个想法的精彩了。”这是普克的心里话。

“我从来没笑过你。”这也是江小流的心里话。

受到鼓励的马一路忍不住起身,在江小流和普克面前来回走动,一边走，一边说出他那个“胆大包天”的想法。

“这两天咱们的调查收获越来越多，看上去，凶手的影子越来越清楚，咱们离凶手越来越近。”马一路猛地停下，如同电影里常见的神探标配动作，竖起食指，面露神秘之色，“但真是这样吗？说实话，我不这么想。对细节了解得越多，我心里越是发毛。”

“我知道为什么。”江小流说。

“你知道？”马一路一愣。

“因为我也想到了。了解得再细也没用，所有的证据都被销毁了。我们连凶手长什么样子都不知道。”

“原来你也想过这问题了，”马一路感到多少有些遗憾，自己的想法仍不是独一份。好在共享这念头的是江小流，他又兴奋起来。“现在不一样了，就算咱们不知道凶手长什么样，就算别的证据全毁了，还是有可能找到凶手！”

“你可以直接说出来，”江小流不动声色地提醒马一路，“毕竟不是在拍电影。”

马一路被自己的口水呛了一下，连咳了几声，回到现实。

“我觉得邱妍的狗会是突破口。”马一路以专业刑警的气势宣布，“咱们可以通过狗找到凶手！”

江小流和普克听了这话，都认真想了想。

“你觉得狗还活着？”江小流直言不讳，“我认为凶手早把狗杀了。”

“按马一路刚才对‘狗情’的介绍，凶手应该是个爱狗之人。”普克隐约看到了马一路的思路，若有所思，“他的细心自不必说，咱们早就有结论了。但在那种极端形势下，凶手还能耐心地照顾老年狗的需求，这不仅需要耐心，可以说，对狗还具有爱心。”

“不光这个，”马一路说，“你们再想想，陈奇峰打电话给邱妍的时候，听到有人在爱抚达尔文，这也是凶手爱狗的另一个证据。”

“有道理。”普克说。

“以前你认为这说明凶手性格好，有耐心。”江小流知道普克忘了，提示他。

“二者并不矛盾。凶手既可以爱狗，也可以很有耐心。”普克说，“结合越来越多的信息，我们还可以推测，凶手当时很可能对邱妍有事相求，处于心理弱势地位。邱妍不断接电话，凶手必须借爱抚达尔文来减轻等待的焦虑，前提是狗能给凶手带来情感上的慰藉。”

“怎么知道凶手对邱妍有事相求？”马一路注意到普克新提出的这个细节。

“邱妍告诉陈奇峰有事情要处理，她能搞定；邱妍与凶手之前和平相处，却在很短的时间内被杀害；凶手来到邱妍的住所后，邱妍曾当着凶手的面处理电话事务，凶手还在爱抚邱妍的狗。”普克说，“综合这些因素，凶手应该是为了某事来求邱妍，这件事情使他不得不在邱妍面前放低姿态。”

“这思路靠谱！”马一路有些兴奋，“我在社区调解各种人际纠纷时，经常见到这种现象。求人的一方，态度谦卑。被求的一方，喜欢装大爷。”

“对被求的一方来说，这也是一种心理战术。消耗对方的尊严，磨损对方的战斗力，从而降低自己的付出或损失。”普克说，“很可能就是在这样的‘切磋’中，凶手被邱妍激怒，失去控制。”

“就算你俩说的对，凶手爱狗……”江小流说，“也不能说明邱妍的狗还活着。他费那么大力气毁尸灭迹，难道会带着受害人的两条狗浪迹天涯？这太荒谬了。”

“你有没有看过一部电影？《这个杀手不太冷》，里面的职业杀手带着个小女孩儿，小女孩怀里还抱着一盆花……”马一路说了一半，自己又摇摇头，“不过带狗逃亡好像是挺冒险，不太符合凶手的谨慎态度。”

“你们的观点都有道理，不过还是站在各自的视角去考虑凶手的行为。或者咱们应该换个角度，回到凶手逃亡的起点。”普克说。

“从我开始，我是凶手。我费尽心机处理了第一现场，顺利抛尸，终于可以告别这个噩梦了。现在我留下201的房门钥匙，拿着受害人的车钥匙站在门口，最后扫一眼自己制造的满室狼藉……”

普克停下来，看着马一路和江小流，目光里隐藏期待。

马一路明白了普克的暗示，迟疑片刻，闭上眼睛，努力使自己置身于普克描述的氛围。

“我刚拉开房门，就看见达尔文立刻跑了过来。它很活泼，以为我要带它出门玩……”马一路闭着眼睛说。

“别忘了还有另一条狗，叫老大。”江小流也走入普克营造的虚拟空间，“它很老了，牙齿都掉了，我要用水把狗粮泡软了单独喂它吃。”

“它们那么信任我，陪我度过了那个可怕的噩梦。”普克说，“杀邱妍本来就是意外，绝不可能再杀了这两条狗。何况杀狗又容易制造新的动静。”

“能不能就把它们留在这儿？毕竟接下来我是个逃犯，不是那个冷酷的杀手……”马一路说。

“我对房东说要搬回去照顾母亲。留下两条狗，房东肯定会找我。”江小流说。

“所以只有一个选择，带它们走。也带上它们的窝和食盆。它们很听话，上了我的车……不，是它们原来主人的车。车上熟悉的气味令它们很踏实，因为它们不知道发生了什么。”普克说。

“明天我可能就会被警察抓住，也可能是后天。总之这事儿迟早会发生。那时候狗怎么办？”马一路说。

“就算警察一下子抓不到我，但他们会找我。他们不知道我的样子，但知道我带走了邱妍的狗。养狗的人很多，但不会每个人都养了两条狗，一条叫老大，一条叫达尔文。”江小流说。

“带狗逃亡确实不现实。好在还有很多人像我们一样喜欢狗。可以为它们找个新主人，找一个更安全更稳定的家。”普克说。

“达尔文又活泼又聪明，肯定有人喜欢。”马一路说。

“谁会要老大呢？那么老，狗粮都吃不动。”江小流说。

“理智地看，老大垂垂老矣，再让它经历颠沛流离，不如让它安详离去。”普克说。

“怎么才能让它安详离去?”马一路说到这里时，眼圈微红，仿佛这正是他在面临的真实处境。

“听说宠物医院可以做安乐死，打一针就睡着了。”江小流说。

“医生会不会要求留下宠物主人的身份信息?即便留一个假的，他们也许会记住我的样子。”普克眉头紧锁，满面愁容。

“那……怎么办?”马一路快坚持不下去了，脸涨得通红，脖子上的青筋都爆了起来。

“办法很多，”江小流瞥了一眼马一路，“但可以跳过去，直接到结果部分。”

普克点头赞同。

“老大死了。”普克下意识地垂下眼，像在哀悼，“该给达尔文寻找一个新家了。”

“给达尔文找个什么样的家?我俩感情更深。”马一路熬过了刚才的艰难，搓搓脸，长长呼一口气，“得是个正经人家，必须得爱狗。”

“我是个逃犯，哪有那么容易?”江小流说，“又不能挨家挨户敲门送狗。”

“只能边走边看，注意观察，寻找符合条件的人家。”普克说，“现在首先要考虑的是，我要去哪儿?”

“不管去哪儿，先离开宁江。”马一路当即说。

江小流立刻拿出手机，打开地图软件:“离开宁江有哪些路?”

“首先放弃高速公路，既不方便帮达尔文找新家，收费站又有监控探头。”普克说。

“除了高速就是国道、省道和县乡公路……”马一路说。

“达尔文那么活泼，一定更喜欢广阔的空间、自由的生活。”普克说。

“狗自由了，会不会变成流浪狗?”江小流说，“没吃没喝，刮风下雨没处躲。”

“我要是达尔文，想要个什么样的家呢?最好有吃有喝，有主人疼，还有自由……这样的家，赶我走我都不走。”马一路对这幅理想画卷，充满神往。

“你犯规了，”江小流问马一路，“你到底是凶手还是达尔文?”

马一路沉吟，一时间有些难以抉择。

“有答案了。”普克说，“如果我是凶手，我会开车沿着县乡公路寻找一家路边饭店，确定饭店主人喜欢并且需要一条狗，我就把达尔文留给他们，然后独自离开。”

扫一扫
听本节

8

彭大勇听到马一路的请求时，以为他在开玩笑。

“模拟画像?”前一句音量还算正常，后一句基本把马一路当聋人了，“画狗?”

“对，最好能请个经验丰富的专家，”马一路在彭大勇的声势面前，少有地沉着，“毕竟察鉴证科画人无数，但不一定都画得了狗。”

彭大勇盯着马一路看了足有十秒钟。以他对马一路的了解，看出他确实不是在开玩笑。

“和普克、江小流学了些日子，让我看看你有什么长进。”彭大勇将音量降低一些，“给你三句话的机会，把来龙去脉说清楚。”

“四句行不行?”

“再多一句就不及格。耍嘴皮子也算在内。”

马一路深呼吸，仿佛是所长办公室的空气格外清新，要充分享受这个天然氧吧似的。吸足气，原本厚实的胸膛看上去更雄壮。

彭大勇正想戳破马一路的“虚张声势”，这时马一路开口了。

“这几天我们已经完全证实了那段近 46 小时录音的真实性。通过对录音的分析和报案人提供的线索勘察了可能的案发现场，并证实那确实就是第一现场。现在的麻烦是我们基本掌握了凶手杀人、分尸、抛尸的过程，但因为时间久远无法取证，也不知道凶手到底长什么样，好在我们可以利用凶手带走的死者的狗寻找凶手下落。报案人见过死者的狗，可惜没照片，所以要请彭所帮我们找位有经验的专家按报案人的描述画出狗的样子……”

马一路本想用一口气把这几句话说完，可吸入胸腔的空气不支持，差点儿气绝。

彭大勇看见马一路俯身撑着膝盖拼命喘息，他冷眼看了一会儿，伸手拍拍马一路后背。

马一路一边喘息一边抬头看彭大勇，被彭大勇脸上慈祥亲切的表情吓着了。

“不……不……不……”马一路上气不接下气地问，“不及格？”

“优秀。”简单点评两个字后，彭大勇迅速切换频道，“我正好知道这么一位，经验丰富，画像一流。巧不巧的，以前是警犬基地的训导员。”

彭大勇是个典型的行动派，不仅迅速帮三人小组联系好了市局的画像专家，还通过邱妍母亲的家庭电话查到了她的家庭住址。

马一路主动建议，为提高效率，三人小组兵分两路，他带陈奇峰去市局找专家画像，江小流和普克去见邱妍的母亲。

普克已经学会给自己“洗脑”，战斗力大大提升。又有江小流在，更是加了双保险。

大家都没意见，于是分头行动。

陈奇峰向单位请了假。马一路开车去接他。

在车上，马一路反复斟酌，几次想开口，总是说不出来。

事实上，马一路要求兵分两路，是想和陈奇峰有个单独谈话的机会。

马一路清楚江小流对陈奇峰的看法，加上江小流对情绪感受的缺失，马一路担心，他们当面询问陈奇峰那个残酷的问题时，陈奇峰除了要承受问题自身带来的折磨，还得承受江小流直言不讳的摧残。

有时候，直言的杀伤力超过所有武器。

那个问题是：陈奇峰进入邱妍卧室放置录音笔时，有没有看见床上的邱妍?

马一路最初想到这个问题时，把自己惊出一身鸡皮疙瘩。

江小流认为绝无此可能。

普克没做绝对的判断，只从理论上阐述了不同的可能带来的相同结果。

他们决定打电话询问当事人本人。但马一路下意识地将这个电话拖延至今。

马一路清楚地听到，自己脑海中两个声音在打架。

“问一句怕什么？反正看没看那一眼，邱妍都已经死了。问!”

“既然邱妍已经死了，何必让他知道那么可怕的一幕？别问!”

马一路说不准哪个声音才是对的。

但马一路记得普克曾对他和江小流说过的一个词。

悲悯。

马一路不是个文学爱好者，以前对文字也并不敏感。

说实话，他不太清楚“悲悯”和“同情”有什么区别。

只是在认识江小流、认识普克后，到三人小组成立后，马一路开始慢慢察觉，原来文字和文字之间，有着那么微妙的不同。

这些微妙的不同，开始与马一路与生俱来的“感觉”呼应，一次次产生共振。

马一路觉得，在这些共振的引导下，自己逐渐开始跟上江小流和普克的节奏步伐。

证明之一就是，彭大勇预判他“不及格”，结果给了他一个“优秀”。

马一路在如此丰富的内心戏中，将车开进了市局，一路上都没对陈奇峰问出那个问题。

下车的那一刻，马一路明白了。

他不想亲口问陈奇峰那个问题。不管答案是什么。

马一路如释重负。

给达尔文画像的过程比想象的简单。

彭大勇找的这位模拟画像专家，对狗的了解远远超过陈奇峰和“狗司令”马一路。

专家把最后的定稿给陈奇峰看时，陈奇峰下意识地伸出手，并脱口而出：“达尔文！”

手碰到电脑屏幕，陈奇峰才醒悟，这甚至不是达尔文的照片，而是一幅模拟画像。

“差不多了？”

“一模一样！”

“一模一样是不可能的，”专家很严谨，“熟人看了挑不出毛病就算完成任务。”

马一路转头对陈奇峰说：“你再仔细看看，挑不出毛病就打印了。”

陈奇峰又盯着屏幕上的画像，专注地看了好几分钟。他看画像，马一路看他。

马一路看见，陈奇峰的眼镜片上渐渐蒙上一层雾气，呼吸明显变重了。

“真挑不出毛病了。”

陈奇峰转开脸，摘下眼镜，擦拭镜片。

马一路再三道谢，并请专家把画像打印出来。

“高手就是高手！”马一路心里有个准则，只要赞美是发自内心的，就不算拍马屁。他真诚地赞美专家，“我有个外号叫狗司令，您绝对是模拟画像界的狗专家！”

专家用复杂的眼神看一眼马一路，不便发表评论，开始默默打印达尔文的模拟画像。

陈奇峰戴上眼镜，转过脸来，看上去很平静。

专家准备将打印好的一张，递给马一路，陈奇峰抢先接到手里，低头盯着画像看。

不单马一路，连专家都注意到，陈奇峰手里的画像在“簌簌”地抖动。

“你的狗啊？”专家随口问陈奇峰。

陈奇峰本能地摇头，犹豫了一下，想点头，又觉得不妥，僵在那里。

“是他……朋友的狗。”马一路忍不住替陈奇峰打圆场。

“哦……”专家又看一眼陈奇峰，也许看出气氛凝重，想开个玩笑。“你们彭所找我帮忙，不可能是狗走失这种小事儿，也不可能是狗被害了。难不成这是条犯罪嫌疑狗？”

“为什么不可能是狗被害了？”马一路问。

“被害就有尸体，还用得着我画像？”专家说完，想想，又很严谨地纠正道，“从逻辑上说也不一定。杀人能分尸，杀狗还能吃肉。”

陈奇峰抓着画像掉头就走，招呼也没打一个，逃也似的冲出察鉴证科的办公室。

专家一愣。

“哪句话刺激到他了？”

马一路叹气，又不能对专家解释详情，只能打岔。

“谢谢您帮忙。给您添麻烦了。”

“小意思。大勇是我老朋友了。”

“干您这行也挺有意思吧？碰到案子，您画张像，就能拿来当通缉令了。”

“那是以前。现在到处是监控，好久没碰到有意思的案子了。”

“唉，我们彭所也老这么说。”马一路有些泄气，转念一想，又打起精神，“不过这也是好事儿，天网恢恢，疏而不漏，坏人一抓一个准。”

专家把打印好的几张狗画像一起交给马一路，难掩脸上的落寞和怅然。

“我可是越来越无聊了。不行哪天我还回犬队，去干我的老本行。”

马一路再次道谢后，带着画像离开察鉴证科办公室。

一出门，看见陈奇峰靠在走廊的墙边，灰头土脸地等他。

他垂着手，紧紧攥着那张达尔文的模拟画像。

马一路走到陈奇峰面前，轻轻从他手里抽出画像，抚平，和自己手中那几张归到一起。

“走吧。”马一路说，“回704。再聊聊……达尔文。”

陈奇峰点点头。从他的神情变化可以看出，聊达尔文，显然比聊邱妍要轻松。

回程路上，马一路开车，陈奇峰主动聊起达尔文。

“你们觉得达尔文还活着？”陈奇峰问。

“有这个可能。”马一路说。

在外行面前，马一路颇有些“老刑侦”的沉着。

“老大呢？”

“不好说。”

“也是。老大本来就老得不行了。牙掉光了，眼睛差不多瞎了，耳朵也聋了。她还问过我……”

“她？”

“就是……”陈奇峰似乎已经没有勇气说出邱妍的名字。

“哦，明白了。”马一路本可以不配合，但还是配合了。“她。”

“她还问过我，要不要给老大安乐，就是……”

“明白你意思。”

“后来还是没忍心。她还说……”陈奇峰又犹豫了。

“我听着呢。”马一路不得不催他。

“我不知道这话该不该说……”

“都这时候了，还有啥该说不该说的。”

“她还说，以前她那么恨她母亲，有过机会送她母亲死，她都没那么做……对老大，更做不出来。”

马一路一个急刹车，差点儿被后车追尾。他赶紧开窗对后面的车伸手示意道歉，尽快找了个安全地点靠边停下。

“刚才那句话，麻烦解释一下。邱妍有机会送她母亲死……那句。”马一路不沉着了。

“她只是那么说说，并没真的……”

“我知道她没干，她母亲还活着。但我要知道前因后果，越具体越好!”

陈奇峰努力回忆了一会儿。

“其实她也没说太具体。大概就是我问她怎么不回母亲家住，还能节省开支那次，我们就着那话题聊了几句。她说有一次她跟母亲吵架，母亲发心脏病，在她面前差点儿过去……当时就她们母女俩，要是她不管，她最恨的人就会从这个世界消失……”

“但她还是决定管了?”

“是呀，犹豫了几秒钟，还是救了。也救活了。”

“那她们母女怎么还没有化……化……”马一路一时想不起来那句文言文了。

“化干戈为玉帛?”

“对对对!”

“她守在她母亲床边。你知道她母亲醒过来，做的第一件事情是什么?”

“别卖关子了，快说!”

“她母亲打了她一个耳光。当然不太重，刚从鬼门关回来，身上还没力气。”

“不可能吧？天下还有这种母亲?”

“她没必要编这种话骗我。我又不认识她母亲。”

“她们母女到底有什么深仇大恨，至于这样?”

“不知道。按她的说法，她也不知道。”

马一路愣了一会儿，掏出手机，想了想，找出江小流的号码，拨号。

电话几乎立刻就通了。

马一路用手捂着话筒，压低声音，像说悄悄话。

“你们还在邱妍母亲家吧？我跟你说个重要情况……”

马一路的低声私语被江小流打断了。

“我们在704，你可以正常说话。”江小流问，“什么重要情况？”

“你们已经回去了？”马一路恢复了正常音量，却有些纳闷，看看手机上的时间，“路挺远的，刚够来回的时间。地址不对？”

“对。”

“搬家了？”

“没搬。”

“人不在？”

“在。”

“那怎么这么快就回来了？”

“你什么时候回？”

“正在路上。还有陈奇峰。准备回来一起聊聊。”

“回来说。”

马一路还没来得及再说，电话就挂断了。

马一路隐隐觉得江小流在电话里的态度有些奇怪。

但奇怪本来就是江小流的“标签”。

反正马上就要见面，马一路没再和陈奇峰继续讨论邱妍和她母亲的事情，专心开车回704。

可他心里却翻江倒海，提了一万个问题。

甚至还冒出过“杀死邱妍的该不会是她母亲吧”这样的问句。

但立刻就在心里被他否掉了。

马一路和陈奇峰一起回到704，却发现只有普克在。

普克告诉马一路，江小流接完马一路的电话后，说她累了，下楼休息去了。

“累了？”马一路一愣，“江小流说她累了？奇怪。”

普克还没来得及说话，就被陈奇峰抢先插话。

“你们见到她母亲了？”陈奇峰问普克，“有没有新的信息？”

“她，指的就是那个谁……”马一路的眼神和语言一样婉转，“反正咱们都懂。”

其实不用马一路说明，普克也明白。

“一言难尽。”普克脸上也有些踌躇，“虽然见到面了，但基本谈不上什么交流，不到十分钟就离开了。”

“她母亲是不是很糟糕？”陈奇峰抢先问，“会不会是她母亲杀了她？”

马一路大吃一惊。一瞬间，他差点儿以为陈奇峰侵入了他的大脑，偷看了他在车上的思维。

“怎么可能呢？”马一路急忙说，“你又不是不知道，凶手是个男的。”

“她母亲也可以花钱请个男的杀人呀。”陈奇峰盯着马一路的眼睛，“刚才在路上，我觉得你也这么想过。”

普克及时解救了马一路。

“这种可能性基本为零。”普克对陈奇峰说，“原因就不对你解释了。但请相信，我们不会凭空做这种判断。”

这意思很明白。陈奇峰是个聪明人，悄悄看一眼马一路，不再坚持追问。

短暂的沉默中，马一路发现自己满脑子都是一个念头。

江小流怎么了？

江小流不是机器，当然会累。

但以马一路对她的了解，今天这种情况，江小流绝不会累。

退一万步说，即使真的累了，江小流也不会说出来，并且扔下他们回自己家去休息。

要么是病了。要么是……

普克像是读出了马一路脑海中那些嘈杂的声音。

“你去楼下看看，”普克对马一路说，“我正好和陈奇峰聊聊。”

马一路拔腿就要走，急迫心情可见一斑。普克却追上他一步，特地离开陈奇峰几步远。

“要问陈奇峰的问题，还没问吧？”普克低声说。

“哎呀，正想请你和他聊呢，一急就忘了。”马一路忍不住问，“你怎么知道我还没问？”

“问了，他就不是现在这种情绪了。”普克回头瞥了陈奇峰一眼，对马一路说，“你去看江小流吧，我来和陈奇峰谈。”

扫一扫
听本节

9

江小流开门看见马一路，一点儿都不惊讶。

马一路有些拿不准，江小流的平静是因为她一贯如此，还是已经预料到马一路会来？

“没打扰你吧？”马一路小心翼翼地问，“普克说你累了……”

“我说我累了，不是真累了。”江小流面不改色，“我就想一个人待着。”

感觉又一次被印证。

“就想一个人待着”，非常清晰的逐客令。马一路听得很明白，但他像是没听懂。

门半开着。江小流在门里，马一路在门外。江小流手扶着门，随时准备关门。

马一路站在原地思索了几秒钟，没挪窝，对江小流露出一个诚恳的憨笑。

“反正我是狗司令，种类含糊。你就当自己是一个人，我保证不出声。”

江小流微微仰头凝视马一路。

漆黑的眼眸里闪着幽幽的光亮。她沉默着。

马一路觉得这段沉默很短，也可能很长。

江小流终于开口了。

“达尔文画好了吗?”

马一路愣了一下，才反应过来谁是达尔文。

“画好了。画得特别像!”马一路很高兴江小流又回到了他熟悉的频道。

“你又没见过达尔文。”江小流淡淡地说。

“陈奇峰说特别像。”马一路想想，又补充道，“当然啦，他的话还是得打折。要是你见过达尔文，你说像，那才算!”

“咱们去找达尔文吧。”江小流说，“带上画像。”

从604到704就一层楼，马一路没坐电梯，沿着步行楼梯跑步上楼。

刚到704门口，马一路就听见门内传出的号啕声。

男性的号啕，简直撕心裂肺。

马一路不用看就知道是谁在哭。

马一路自己用钥匙打开门，偏着身子轻手轻脚走到客厅，不看普克和陈奇峰，摸了两张达尔文的模拟画像后，尽快转过身，轻手轻脚又走出门口，离开了704。

和江小流一起坐电梯下楼时，那哭声犹然在耳。

江小流当然也听见了。

“哭有什么用。”江小流用冷冷的语气说。这并不是问句，更像是一句断语。“婴儿生下来就哭，该疼的时候照样疼。”

决定通过达尔文寻找凶手，是个笼统的计划。

根据陈奇峰的描述，首先画出达尔文的模拟画像。

接下来应该带着画像去邱妍住过的小区走访，确认画像准确，获取相关信息。然后按三人的推定，沿离开宁江的县乡公路，寻找那个可能成为达尔文新家的饭店。

但邱妍在她死去的小区只住了不到一年，即使她生前因为遛狗与小区里养狗的人有过接触，那也是两年前的事情了。

想找到认识画像上的达尔文的人，希望相当渺茫。

就算小区里有人认识并记得达尔文，之后他们要做的事情，更像是大海捞针。

“没什么大不了的，开着车，沿着公路，一家饭店一家饭店地问呗。”马一路总是干劲十足，却又藏着孩子气的天真念头，“还可以一路走，一路吃。”

江小流是如何回应的？

“我请客。”

经过马一路多次抗议，江小流总算把后面那句习惯用语“我有钱”省了。

江小流对马一路说去找达尔文时，马一路明白她的意思。

现在还没到“一路走，一路吃”的阶段。

只是带上达尔文的模拟画像，先去邱妍住的小区，找那些可能认识达尔文的人，核实画像的准确性。

按“狗司令”马一路的说法，养狗人之间的熟悉程度，会超过普通的小区邻居。

他们一般自称为“狗友”。

“我得先给你敲个警钟，”马一路开着车，郑重其事地提醒江小流，“到小区找‘狗友’了解情况，你必须克制一下你的脾气。”

“什么脾气？”

“万一……不是万一，是99%的可能，会有‘狗友’对你以亲戚关系相称，你可千万、千万、千万别对他们说出个一二三四，更不能冷嘲热讽纠正他们的说法。”

“亲戚关系？”

“你可能会成为狗狗们的姐姐、阿姨……总之，越是叫得亲近，越说明把你当自己人！”

“你当过什么亲戚？除了狗司令。”

“自从有了这个称号，他们再跟我拉亲戚，我都自我介绍说，叫我狗司令就好了。”

马一路说完这话，自己把自己逗笑了。

他用眼角余光瞥一眼驾驶座上的江小流，发现江小流正侧脸望着车窗外，只看到她半边脸颊。

江小流似乎能用余光看到马一路的小动作。

“你是不是想逗我笑?”江小流看着窗外问。

“我真是在给你认真介绍狗情，”马一路赶紧收回目光，“当然啦，要是能把你逗笑，肯定超有成就感。”

江小流转过脸，看着马一路。

马一路用眼角的余光看见，江小流嘴角微微上翘，平日冷漠的一双眼睛，此时像两弯新月。隐隐的卧蚕托举新月，透出从未见过的俏皮。

“你看，”江小流说，“我笑了。”

马一路双手放在方向盘上，眼睛直视前方，不敢转头。

“不看。”

“为什么?”

“你想笑还不容易？脑子里装着无数种笑脸呢。”

“这次是真的。”江小流说，“是我自己的。”

马一路迅速转脸看了江小流一眼，又迅速转回头直视前方。

江小流此时的笑容，和他以往见过的那些都不一样。

那些笑容和江小流模仿再现的那些人属于配套产品，而这一次，这笑容只属于江小流。

独一无二的江小流。

马一路不知道该说些什么。他也没敢再看第二眼。

但他第一次对自己的记忆力如此自信，认定自己会记住这个笑容，永远不会忘。

“真好……”马一路悄悄吞掉了后面那个“看”字，怕被江小流识破，赶紧补上一句，“你应该多笑笑。”

“像你那样?”江小流问。

“别呀，”马一路露出了他的招牌笑容，“像我就麻烦了！三人小组的智力水平会立刻急转直下。”

“你高估我了。”

“在这个问题上，我从来没失误过。”

“今天去邱妍妈妈家，我就失控了。”江小流说，“我也说不清为什么。”

马一路被江小流的话唤醒，瞬间回到现实。

“哪种失控？”

“情绪失控。”

“情绪？”

“你没听错。”

“可你……”

“所以我说，我也说不清为什么。”

“普克说，你们见面不到十分钟，基本谈不上交流。”

“我们一坐下，她就开始说她女儿的坏话，我们根本插不进嘴。”

“啊？”

“和陈奇峰说的一样，客客气气的，但每一句话都在说邱妍不好。笨、懒、丑、恶毒，母亲节给她送假花咒她死……我不想给你原样重复那些话，更不想重复她的表情和腔调。”

“不用，我知道大概意思就行。”

“后来我趁她停下来喝水时，说了一句话。我说，你女儿死了。”

“你们告诉她了？”马一路没来得及掩饰自己的震惊。

“不是我们，是我。”江小流说，“我没征得普克同意，直接说了。我告诉你我失控了。”

“那……她的反应呢？”

“她笑了。”

“什么?!”

江小流又一次转过脸来，对马一路露出笑容。这次的笑容，是邱妍母亲的。

笑得那么舒畅，那么解恨，那么……

令人毛骨悚然。

然后江小流如同邱妍母亲附体般，笑着对马一路说："我赢了。"

马一路赶紧又转回脸，看着前方的路，同时清楚地感觉到自己胳膊上冒出密密麻麻的鸡皮疙瘩，情不自禁打了个哆嗦。

"她为什么会说她赢了？邱妍是她女儿！"

"当时我的想法和你一模一样。"

"然后呢？"

"没然后了。"

"你没把你的想法问出来？"

"我看着她，觉得自己快冻僵了。"江小流收拾表情，又转脸望向车窗外，声音里却透出一丝倦意，"只能起身走了。"

"换了我……"马一路说了一半，停下，想了好一会儿，"我也得走。"

"普克比我冷静，多待了两分钟。不知道有没有别的收获。你可以问问他。"江小流说。

马一路没告诉江小流，是普克让他下楼看她的。自从普克学会自己"洗脑"，省却一些麻烦时，却也增添了一些……

马一路找不到一个合适的词来形容这种感受。

比如说，从前马一路可以在普克面前放肆地暴露自己对江小流的迷恋。

因为马一路知道，普克睡醒后就会忘记昨天的一切。

而现在，普克每晚都会用他那支古董录音笔记下当天他脑海中的重点信息。

马一路不清楚，在普克意识里，哪些是工作上的重点，哪些是个人的隐私。

普克会不会如实记录马一路对江小流那些情不自禁的情感流露呢？

如果马一路问普克，普克应该会如实相告。

但那就仿佛有机会进入一位朋友的大脑，一览无余看见所有的真实、所有的秘密。

马一路不敢这样做。

不知是因为满脑子胡思乱想，还是因为那个只属于江小流的微笑，马一路觉得这次的路途特别短，很快就到了目的地。

车还是停在上次停过的位置。

马一路下意识地四处张望了一下。

“我看过了，”江小流一下子就猜出马一路在张望什么，“冒牌货不在。”

“肯定是金盆洗手了。”马一路说。

“也许是打一枪换一个地方。”江小流说。

“这想法太悲观了。”马一路笑着说。

“是你太乐观了。”江小流没笑。

仅仅十分钟后，生活就用实际行动证实，悲喜交加才是它的真实色调。

马一路和江小流带着达尔文的模拟画像在小区里转悠了一圈，果然为他们认领了两个“狗亲戚”。

一条小贵宾，一条大金毛。

贵宾的主人是个四五十岁的中年妇女，头发染得金灿灿的，如同“金毛狮后”。

她的贵宾犬也染了毛，耳朵是紫色的，尾巴是金色的，和主人的头发相映成趣。

金毛的主人是位老先生，听力不太好，但视力不错，也很健谈。

“狗司令”的气场不是吹的。两条狗对马一路都一见如故。

金毛的口水简直像给马一路洗了个热水澡，贵宾的脚下像安了弹簧，绕着马一路一圈圈地蹦跳狂吠。

马一路担心江小流怕狗，回头安慰她，“别看它一个劲嚷嚷，其实是心里害怕。”

“金毛狮后”一下子就喜欢上了马一路。

“一看这位帅哥叔叔就懂狗!”爱屋及乌，她也同样热情地安慰江小流。“你不要怕它，它从来不咬人的。它最喜欢你这样的美女姨妈了!”

马一路拼命给江小流使眼色。同时暗自祈祷那位老先生别再将他俩认成花式亲戚。

在车上对江小流的提前预警很有效果。

江小流只是退后一步，并没有“一二三四”地澄清事实。她直接拿出一张达尔文的模拟画像，亮给两位狗主人看。

马一路本想和“狗亲戚”寒暄几分钟，拉近狗主人的感情后见机行事，没想到江小流已经直入主题。

“这条狗丢了，”江小流不喜欢撒谎，这句话算是替邱妍说出的实情，“你们见过吗?”

“达尔文呀……”“金毛狮后”笑起来。

旁边坐着的金毛站起来，耳朵动了动。

“达尔文丢没丢，倒真是不好说。”“金毛狮后”笑着说。

马一路一呆，看看江小流，江小流一如既往地淡定。

“就是达尔文。我们在找它。”江小流问，“丢了就是丢了，没丢就是没丢，为什么不好说?”

一直很乖的金毛，忽然冲江小流汪汪地吠叫两声。马一路立刻挡在江小流面前。

江小流拨开马一路，对着金毛说：“达尔文。”

金毛立刻又叫了两声，同时转头四下张望。

“它认识达尔文。”江小流对马一路说，“它一直没叫，听到我说达尔文的名字才叫的。”

“他们在说什么?”老先生把手拢在耳朵上，问“金毛狮后”，“露西怎么不高兴了?”

“露西不是不高兴，是高兴!”“金毛狮后”提高声音，在老先生耳边嚷，“露西听到他们问达尔文，想告诉他们，达尔文是她的达令!”

老先生笑起来，转头看着马一路和江小流，声音和表情完全是一位欣慰的爷爷在谈论自己的亲孙女。

“别听她乱拉郎配。我们露西早就绝育了，它和达尔文完全是纯洁的友谊。”

露西反复听到大家念叨达尔文，定不住了，哼哼叽叽地来回走动，一副想走开的样子。

到底是“狗司令”，马一路虽然慢江小流一步，此时也悟出了什么。

“金……”差点儿就叫出“金毛狮后”了，还好及时改口，“金毛……我是说露西，听咱们说达尔文，感觉像要去找达尔文呢。”

“对呀，就是想去找达尔文!”“金毛狮后”放低音量，显然有意不让老先生听见，“老爷子太古板，达尔文是个串串，个头儿又比露西小一半，老爷子不肯承认它俩有男女感情!”

江小流说：“应该是……”

马一路猜到江小流要纠正“男女”一词使用不当，顾不上冒犯江小流，果断插话。

“露西要去哪儿找达尔文?”马一路竭力保持镇定，但嘴角却紧张得微微哆嗦，“露西知道达尔文在哪儿?”

“这你们就要问露西了。”“金毛狮后”笑着摸露西，“露西，露西，快告诉这位帅哥叔叔，你的达令在哪儿呀?”

露西似乎能听懂他们的对话，仰头看着马一路，哼哼的声音更急切了。

马一路思索了一秒钟，看看江小流，江小流也看着他。然后两人一起转脸看向露西的主人，那位反对自由婚恋的老先生。

马一路上前一步，凑到老先生耳边，大声问：“爷爷，能不能借你家露西用一下?”

这句话老先生不仅听清了，而且很不高兴。

“用?”“爷爷”反问马一路，“你会把你孙女借给人家‘用’?”

老先生从长椅上站起来，牵起露西的狗绳，“露西，咱们回家!”

马一路傻眼了。

江小流忽然快步上前，拦在老先生和狗面前。

马一路正提心吊胆，发现江小流在露西面前蹲下，和露西脸对脸。

露西立刻感受到江小流的善意，用又湿又软的大舌头直接舔到江小流脸上。

“露西，咱们去找达尔文好不好？”江小流用平时要求马一路的语气对露西说。

露西用一连串“湿吻”回应了江小流。

江小流站起身，挽起老先生的胳膊，低头接过老先生手里的牵引带，大声说：“爷爷陪我们一起去看达尔文。”

老先生转怒为喜，笑眯眯地被江小流挽着，跟着金毛露西往前走。

马一路看着这一幕，脑子有些转不过来。

“你女朋友挺聪明呀，比你会哄老人家。”

马一路被“金毛狮后”的话惊醒了。看着老先生走路很慢，又有江小流挽着，马一路不怕掉队，抓紧时间从“金毛狮后”这里再挖点儿信息。

“露西真要去找达尔文？”

“喏，这不是正要带你们去嘛。”

“难道达尔文……离这儿不远？”

“记得吗？刚才你们说达尔文丢了，我说它丢没丢，不好说。”

“记得！记得！”

“达尔文有一阵子确实不在小区了，听说主人搬家带走了。可隔了大半年，它自己突然又跑回来了，也不知从哪儿跑回来的。在小区转了两天，又跑了。”

“啊？那它现在到底……”

“没说完呢。它在小区转了两天，跑了。隔个把月，又回来了，转两天，又跑了……就这么来来去去，也不知它从哪儿来的，也不知它回哪儿去。你说这到底算丢了还是没丢？”

马一路怔怔地想了一会儿，意识到一个重大问题。

情急中，以前最擅长的技能都给忘了。

“阿姨，那这次……”

“你怎么能叫我阿姨?”“金毛狮后”原本满面春风，一下子像打了霜，“看你也老大不小了，咱俩差不了几岁。”

“对不起，对不起，大姐，不，小姐姐……”马一路知错就改，无比诚恳，“实在不好意思，我惦记着达尔文，心里一慌，就老眼昏花了……”

“金毛狮后”又被马一路逗笑了。

“和你开个玩笑，叫大姐就行，小姐姐啥的就免了。”

“那这次达尔文是啥时候来的，姐知道吗?”

马一路既没叫大姐，也没叫小姐姐。“金毛狮后”变成了“金毛狮姐”。

显然效果更好。

“说起来咱们也算有缘分。跟你说啊，整片小区养狗的不老少，但认识达尔文的，估计就我和露西的爷爷。”“金毛狮姐”热情地介绍，“我这人你也看出来了，比较热情，以前达尔文妈妈和小区里谁都不啰唆，就跟我还聊几句。除了达尔文，她还养了条狗，叫老大，那时候就十几岁了……”

马一路知道“达尔文妈妈”的意思，但还是忍不住插话问了一句。

“达尔文妈妈……”

“就是小邱，叫啥我不知道。三十好几了，还是单身……”

这时马一路听见前方传来江小流叫他的声音，抬头一看，露西带着江小流和老先生走出老远，准备转弯了。

马一路不得不打断滔滔不绝的“金毛狮姐”:“谢谢姐，咱们真是太有缘了！回头我一定再来找姐好好聊，聊个透！姐，我先过去找达尔文了!”

“行，你快去吧。达尔文回来有两天了，跟露西也缠绵过了，说不准马上就走了!”

马一路撒腿就跑。后面传来“金毛狮姐”不无遗憾的呼唤。

“哎呀，忘了加个微信!”

“等我找到达尔文，一定回来找姐加微信!”马一路边跑边许下郑重的承诺。

金毛露西果真带马一路和江小流找到了她的“达令”：达尔文。

体格比贵宾大，比金毛小，看上去是条杂交的“串串”狗。

模拟画像专家画出的达尔文，几乎和眼前真实的达尔文一模一样。

唯一的区别在于，眼前这只是活的。

马一路拿出画像，还想再做个详细比对，江小流一句话就打消了他的念头。

“我比过了，一样。”

马一路便把画像收了起来。想了想，换了个方式进一步核对该狗的“身份信息”。

“达尔文!”马一路以狗司令的气势点名。

正和露西耳鬓厮磨的“达尔文”听见马一路的叫声，一顿，支棱起耳朵，扭头看马一路，同时尾巴也直直地竖起来。

“你真是达尔文?”马一路走近一步，想伸手摸狗，“来，达尔文，让哥哥……让叔叔……”

马一路的策略失败了。

“达尔文”立刻退后两步，以狗的警戒姿态冲马一路发出威胁的低吠。

旁边露西的主人，那位老先生，显然很了解狗，急忙阻止马一路。

“别惹它，它这意思是，你再靠近它就咬你!”

马一路看看旁边的江小流，低声说：“有什么好办法确定这就是达尔文？要真是，咱们一定得想办法跟着它。”

“他们都说就是达尔文。”

“万一是误会呢？咱们需要证据链。”

江小流想了想，忽然向前靠近“达尔文”一步。“达尔文”发出更高一级的警告。

马一路已经做好以肉身保护江小流的准备，忽然听见江小流轻轻唤了一声。

"达尔文!"

马一路一愣。这声音既陌生又熟悉。

他忽然反应过来，这是那段录音中，凶手唯一一次开口留下的声音。

高度戒备的"达尔文"听到这一声，似乎也愣了一下。耳朵天线般地立着搜索信号。

江小流再次重复刚才的叫声，并尽力将自己的音色做出调整。

马一路浑身冒出密密麻麻的鸡皮疙瘩。

录音笔录下的整段录音长达近46小时，实事求是地说，马一路只勉强完整地听过一次。

其中还有不少犯困打盹、左耳进右耳出的时候。毕竟录音里有太多空白。

但江小流特地标注过的、具有时间轴意义的那些片段，马一路反复听过很多次。

其中就包括陈奇峰去201敲门时，凶手制止达尔文冲到门口那个情节。

以马一路的听力，已无法分辨这声音与录音中那一句的区别。

这一次，"狗司令"的感觉得到了共鸣。

"达尔文"放弃了警戒，慢慢靠近江小流。虽然仍有些疑惑，但明显不再有敌意。

江小流又用录音中的声音再唤了一次"达尔文"。

达尔文凑近江小流，鼻子快速抽动，开始仔细地嗅闻江小流，好奇而困惑。

"就是达尔文。"江小流对马一路轻声说。

马一路一脸惊喜，却又更加紧张。

达尔文嗅了几下江小流，似乎从气味上察觉她并非记忆中的熟人，失去了兴趣。

达尔文从江小流身边走开，再次回到露西面前。

两条狗在用狗的语言交谈。相互蹭来蹭去，颇有些依依不舍的意思。

"达尔文又要走啦。"露西的"爷爷"笑着，大声说，"露西，和达尔文说再见，咱们也要回家啦。”

马一路急忙提醒江小流：“达尔文要走了，可能要回它的新家去。”

露西的主人牵上露西的牵引带，准备离开。

江小流扭头问马一路。

“我身上没现金，你有吗？”

马一路不明白江小流要做什么，还是立刻回答：“不太多，大概有个两三百。”

“给我。”

马一路赶紧掏兜，把所有的现金掏出来，塞给江小流。

“先盯着达尔文，别让它跑了。”

“怎么盯？”

“你是狗司令，我不是。”

马一路赶紧上前，以无比宠溺的语气开始和达尔文拉关系、套近乎，就差四脚着地、吐舌头了。

江小流拿着钱，追上露西和它的主人。她迅速调整状态，一秒钟变成一位乖孙女。

“爷爷，求您帮个忙好不好？”

“什么忙？”

“把露西的牵引带卖给我行吗？”

“牵引带？你又没有狗，要这个做什么？”

“求您了！”江小流像全天下最受宠的亲孙女一样，对爷爷撒娇，“露西那么乖，您不用牵引带也能带它回家的，对不对？”

哪个爷爷受得了亲孙女这样恳求？

老先生没再废话，从露西身上解下牵引带和绳子，递给江小流。

“不要钱，送给你啦。”

“谢谢爷爷！谢谢露西！”

江小流直接把钱塞到老先生的口袋里，拿着牵引带跑回来。

达尔文已经厌倦了“狗司令”的把戏，开始一路小跑往前走。马一路正紧张地跟着，看见江小流回来，暗松一口气。

“帮我给达尔文穿上。”江小流说。

马一路二话不说，接过牵引带，拦在达尔文面前。达尔文似乎感受到某种威胁，目露凶光，狺狺地警告着马一路。马一路怕惊跑了达尔文，不敢轻举妄动。

还是江小流在达尔文面前蹲下，用录音里的声音一次次唤它，才使达尔文稍稍放松。

趁这个机会，马一路赶紧把牵引带给它套上，拉着绳子，等待江小流下一步指令。

江小流掏出自己的手机，打开微信，点开与马一路的对话框。

“打开微信，和我对话。”江小流说。

马一路立刻照做。

“打开位置，和我共享实时位置。”江小流边说边打量马一路，目光落在马一路的脚上，“鞋带解一根给我。”

“鞋带？我的？”马一路实在没忍住，问了一声。

“对。”江小流穿了一双一脚蹬的板鞋，“我的鞋没鞋带。”

马一路不再多话，立刻解下一根鞋带。

达尔文已经开始挣扎，扭头去咬马一路手中的绳子。

江小流继续用叫声安抚达尔文，同时接过马一路的鞋带，将鞋带穿过自己手机背面的手机扣，用鞋带将手机与达尔文身上的牵引带牢牢固定在一起。

江小流将牵引带的绳扣解开，达尔文带着牵引带和江小流的手机撒腿就跑。

马一路看着眨眼就跑远了的达尔文，又看看手里的手机，明白了。

“用手机共享位置追踪达尔文？”

“对。”江小流从马一路手里拿过手机，“你开车，我找路。”

马一路开着车，沿着离开宁江向北的公路前行。

带路的是达尔文。

从共享位置图中那个移动的小图标可以看出，达尔文正一路向北。

有时沿着公路，有时穿过田野。

大方向始终不变。

根据江小流报出的实时位置，马一路开车先上了绕城公路，接着经过一段国道，最后上了一条路况明显不好的县乡公路。

足足开出四十多公里，已经越过宁江的边界，进入相邻的城市。

一路上，马一路和江小流只有过几句简单的交流。

“手机会不会跑丢了?”

“丢了再买一个。”

“露西的爷爷，和你爷爷像不像?”

“有点儿像。”

“达尔文是在跑狗界马拉松吗?”

“肯定是冠军。”

“邱妍的妈妈，是不是让你想起什么人了?”

“……达尔文可真能跑。”

一路开开停停，天色将晚。手机软件的共享位置图上，那个小图标终于停了下来。

“达尔文应该到家了。”江小流看看车窗外的田野，远处有淡淡的炊烟升起，“普克说对了，达尔文的新家是个路边饭店。”

他们将车停在一条乡镇公路的路边。

前方十几米处有一家饭店，大大的招牌上写着“好再来”。

影影绰绰飘来葱爆油锅的香味。

马一路的肚子十分应景，发出咕噜噜的叫声。

第三章
一个父亲

扫一扫
听本节

1

余明白是第一个到的。

饭店是对方指定的。五点开门，余明白五点前就等在饭店门口。

以至于服务员将余明白引至提前预订的小包间时，想当然地认为他肯定饿了。

“要不要先给您点份点心垫垫肚子？”

服务员是个年轻的胖姑娘，颜色鲜艳的饭店工作服被她穿得鼓鼓囊囊，笑容很真挚。

一看就是从农村出来打工不久，普通话说得不好，尤其是“您”字，听上去像“林”。

“谢谢，不用，”余明白客客气气地回答，“我不饿。”

“那我先给您倒杯茶。”胖姑娘热情地说。

“谢谢，也不用。”余明白还是客客气气，“我也不渴。”

“给您倒一杯吧，”胖姑娘回头悄悄看一眼包间门口，没人，笑着对余明白小声说，“茶不要钱，不过不太好喝。”

余明白忍不住也笑了。

“那好吧，麻烦你给我倒杯茶，谢谢。”

茶倒来了。热腾腾地冒着热气。余明白看了一眼，觉得身上更热了，额上渗出汗来。

胖姑娘也看出来了。

“热了吧？我帮您把外套脱了。”

“谢谢，不用。”余明白像在复制之前说过的话，“我不热。”

“还不热？都出汗了！”胖姑娘不仅热情，还有种傻乎乎的执着，“这几天我连短袖都穿不住，穿着外套肯定热死了。”

余明白不得不用稍微严肃一点儿的方式，阻止胖姑娘的热情。

“我真的不热，姑娘。今天要见重要的客人，外套不能脱。”余明白特地从椅子上欠起身，仿佛为谢绝胖姑娘的热情感到歉疚，“麻烦你把菜单拿给我，别的暂时都不用了。”

胖姑娘总算看出余明白的认真了。

“哦，好吧，我去拿菜单。”

余明白暗松一口气。时至今日，他仍然不是很擅长拒绝别人。

宁可用一万句“谢谢”来替代一个“不”字。

胖姑娘刚出去，就在外面和人说话。听不清对话的是谁，只能听见胖姑娘的大嗓门。

“哪个包间？谁订的？姓什么？”

片刻，刚关上的包间门又被推开了。

“余先生，是不是您的客人？”

胖姑娘身后是个瘦瘦的影子，被挡住了一半。余明白又从椅子上欠起身，这才看清。

“是的，是的。”

胖姑娘这才让开门，把身后的客人“放”进来，本能地上下打量一眼，带着对同性的较量和挑剔。

“请进。”胖姑娘严肃地说，“我去拿菜单。”

胖姑娘关上包间门走了。门口留下的是个和她形成鲜明对比的年轻女孩儿。

漂亮。苗条。简单的白T恤，蓝色牛仔裤，一把细腰。身材勾勒得刚刚好。

余明白起身拉开身边的椅子。

“来啦。坐吧。”

女孩儿走到余明白拉开的椅子旁，迟疑了一下，拉开另一把椅子，和余明白隔了一个座位，坐下。

“我坐这儿吧。”声音平静而温柔。停了停，又像在解释，“人少，不用坐那么挤。”

“好的。”余明白也很平静，“也是。而且你应该和黄远辉坐一起。”

女孩儿似乎感到一丝惊讶，看看余明白。

“你知道他名字?”她轻声问。

“你告诉过我。”余明白回答。

“我好像没说过……”

“电话里提过一次。你可能忘了。”

“哦，我……我以为没说过。记不清了。”

“这种小事情，不用专门记……我是说，人一生的记忆太多了，只要记得最重要的事情就行。”

女孩儿没有马上回答，转脸看着余明白。

余明白凝视着她，等待她的回应。

直到女孩儿承受不住，低头避开余明白的视线，轻轻点头。

“嗯，我知道。”

片刻的沉默。空气像凝结了一样。

“我以为你们俩会一起过来呢。”余明白微笑地说。

“我让他开车去接他父母了。我骑车过来方便。晚高峰，路上可能会有点儿堵。”

“不要紧。时间还早。是我提前到了。”

包间门推开，胖姑娘拿着菜单进来，径直走到余明白身边，将菜单递给余明白。

“给您菜单。”胖姑娘问余明白，“现在点菜吗?”

余明白接过菜单，却递给旁边的女孩儿。

“你点吧。想吃什么就点什么。”

"待会儿点，"女孩儿说，"我不会点菜，一会儿让他们点。"

"还是咱们点吧，"余明白说，"今天我请客。点些好菜，别考虑钱。"

"要是咱们请客，还是自己点放心！"胖姑娘明显站在余明白的角度，贴心地建议，"我可以帮您挑性价比高的，看上去体面，又不至于太贵。"

女孩儿看了一眼胖姑娘，显然不想当着她的面讨论这个话题，婉转地谢绝她的建议。

"我们先商量一下，点菜的时候再叫你好吗？"

胖姑娘却像没听见，身子侧向余明白，微笑着等余明白指示。

余明白看一眼女孩儿，又看一眼胖姑娘。

"谢谢，我们考虑一下，一会儿再点。"余明白对胖姑娘说，仍不失客气。

胖姑娘只得无奈地对余明白笑笑，转身离开包间。

关门前，胖姑娘在年轻女孩儿身上投下好奇而复杂的一瞥。撇撇嘴，带着一丝沮丧。

女孩儿回头看看包间门，看门已经关上了，又回头冲余明白吐吐舌头。

"她好像有点儿讨厌我？"

"可能是因为……"余明白看看包间门，虽然是关着的，他还是谨慎地压低声音，"你的普通话比她说的好吧。"

女孩儿扑哧笑了。原本稍嫌紧绷的态度松弛了一些。

她盯着余明白看。眼神相当复杂。

余明白在她的注视下，额上的汗更多了。

"没想到你会穿西装。"女孩儿说，"挺精神的……热不热呀？"

"精神就行。"余明白顿时觉得清凉了许多，"没觉得热。"

"其实不用穿这么正式。就是见个面嘛。"

"第一次见面，当然要正式些。"

"本来黄远辉选的另一家饭店，太隆重了，怕你不自在。他听我的，换了这家。"

“这家很合适。”

“他父母挺随和的，你见了就知道了。”

“我可没你那么好应付。”

女孩儿又扑哧地笑了。余明白也跟着笑了，牵动眼角的皱纹。

女孩儿看见了那些皱纹。

“好久没见。你瘦了，还黑了。”

“千金难买老来瘦。年龄大了，瘦点儿好。”

“我说过好多次，别给我寄钱了。我的工资够用，而且……”

“别用黄远辉的钱。至少现在别用。”

“我没用他的钱，以后也不打算用……”

“结婚了就不一样了。结婚了就是一个家庭，你们就是一体的。”

“真的吗?”女孩儿脱口而出。

余明白一愣，看看女孩儿。女孩儿嘴角的笑容看上去带有一丝讽刺。

余明白认真想了一会儿。

“如果没有这个信心，就不要进入婚姻。”余明白表情严肃地说，“记住了吗?”

“嗯。”女孩儿的回答有些敷衍。

“记住了吗?”余明白加强语气。

“记住了。”女孩儿妥协了，并迅速转移话题，“最近在忙什么？什么时候到平川的?”

“最近……新换了个工作，所以趁空来平川看看你。”

“新工作还是在宁江?”

“对。”

“做什么?”

“还不是老本行。”

“在平川待几天？住在哪儿?”

余明白拿过菜单，翻开，盯着花花绿绿的菜式照片认真地研究。

“先把菜点了吧，一会儿他们来了，就弄不清谁请客了。省得到时候抢得难堪。”余明白说。

“黄远辉说这次他家请客，是他父母主动约见面的，就别抢了。”

“不行。我还没见过他们，万一不满意，吃了人家的嘴就软了。我请客。”

女孩儿盯着余明白，看他一脸严肃认真的样子，笑了。

“万一不满意，就不许我和黄远辉谈了？”

“至少得先整改，到我满意为止。”

“要是我自己觉得满意呢？”

“那……当然还是你自己说了算。”余明白轻轻叹气，语气里有淡淡的伤感，“女儿大了，总归是别人的。”

“爸爸……”

余明白放下菜单，抬头冲着女儿微笑。

“你知道的，余思，爸爸现在唯一的愿望，就是你能够幸福。”

扫一扫
听本节

2

尾随达尔文进入好再来饭店之前，马一路和江小流先给普克打了个电话。

是用马一路的手机打的。江小流的手机还绑在达尔文身上。

马一路把之前的情况简要说了一下，向来冷静的普克在电话那头都有些激动，称赞他们了不起，虽然普克还不太明白什么叫“位置实时共享”。

马一路来不及飘飘然，问普克接下来怎么办。

“江小流说直接进去问，我觉得有点儿不妥。”马一路说，“那狗不是达尔文还好说，要真是达尔文，万一狗主人就是凶手，或者是凶手的亲戚朋友呢？”

普克在电话里沉默了一会儿。

马一路这才意识到，自己脱口而出的假设，即使不是在否定之前普克的推理，至少也可以算作一种质疑。

是不是太莽撞了？马一路正犹豫是否要解释自己另辟蹊径的动机，普克已经开口了。

“难怪大勇说你优秀。”普克说，“你的想法补充了咱们之前思路里的遗漏。我有两个建议，一是你们先按兵不动，我和彭所一起过去。二是你们隐蔽身份，见机行事，独立处理。”

“我选二。”马一路立刻说。

“相信你们能处理好。”普克说，“注意安全。”

挂断电话前，马一路犹豫了一下，还是问了普克一句。

“陈奇峰……还好吧？”

“不太好。”普克简短地回答。

简单几个字，马一路仿佛已经看见了陈奇峰的崩溃状态。

和江小流商议过“行动方案”后，两人进入好再来饭店。

饭店不大，生意冷清，只有一张条桌上坐了两个客人，各自埋头吃着面条。

正对门口的收银台前，一对中年男女正在说话。男人圆头圆脑，眉眼和善，一脸喜庆模样。女人一看就很麻利，说话语气明显是老板娘。

“这达尔文，没白养！出去一趟捡个手机回来。以后得经常让它出去遛遛……”

“见鬼了，这是咋回事儿？”

“啥鬼不鬼的？明明是财神！”

“说啥呢？又不是咱的手机。”

“那你去问达尔文，让它告诉你是谁的手机！”

马一路和江小流听见“达尔文”三个字时，互相看了一眼。

这一下午，“狗司令”被狗遛了，现在至少可以确定没白跑。

马一路正想再叮嘱江小流按之前的方案行动，江小流已经先开口了。

“刚才商量的方案都作废。”江小流说，“随机应变吧。”

“为什么？”马一路一愣。

“之前没料到，我的手机壁纸用的是你的照片，他们认出你了。”

马一路来不及多问，为什么江小流的手机壁纸会用他的照片。抬头一看，正遇上收银台前那两人惊诧的目光。

他们看看马一路，看看手机。再看看马一路，再看看手机。

圆头圆脑的男人从女人手中夺过手机，走到马一路面前，一脸喜庆地打量着他，笑了。

“是你的手机吧？”他将亮起的屏幕壁纸给马一路看，“一看就是你。”

手机屏幕上的壁纸照片真是马一路。

不是正式的摆拍，像是抓拍或截图。图中马一路不知为什么，张着大嘴，笑得像个傻子。

“是我的手机。”旁边江小流抢先说，“照片是他。”

男人痛痛快快把手机还给江小流，顺手指向饭店角落。

达尔文正趴在那儿，气喘吁吁，但斗志昂扬地啃一块大骨头。

“也不知这狗东西从哪儿弄来的，”男人郑重解释，“跑出去两天，刚回来。我们一看，身上咋多了个狗绳，还绑了个手机！”

江小流接过手机，歪头想了想。

“这是你家饭店吗？”

“对呀。”

“你是老板？”

“对呀。”

“你家可以手机付款吗？”

“可以呀。”

“有包间吗？”

“有呀。”

“菜单在哪儿？”

“喏，墙上。”

“把你家最贵的菜给我们上十个。”

“十个菜？你们……几个人？”

“就我俩。”

“那太多了，打死你们俩也吃不完。”

“吃不完打包。我们就一个要求。”

“什么要求？”

“请你陪我们一起吃饭。”

“我？”

“行不行？”

“这个……”

老板正犹豫，收银台前的老板娘已经急了。

“这有啥好想的？你陪他们吃饭，菜我来烧！”

显然，这家饭店的老板就是大厨，老板娘还兼职收银员，典型的夫妻店。

老板娘亲自下厨，让老板陪客。

陪这对年轻、古怪、出手阔绰的客人聊天。这样的生意可不是天天有。

上到第五个菜，达尔文的来龙去脉就弄清了。

“好再来”以前养过一条中华田园犬。老板亲自动手，在饭店外墙一侧专门建了个砖瓦狗舍。“店犬”住宿条件不错。

饭店养的狗，伙食自然也不错。

狗长得很肥，在一个冬天被人偷走了，生死不明。

老板很心疼，一直不肯接受自家狗狗可能变成狗肉火锅的残酷现实。

狗舍一直没拆。都说狗记性好又恋家，老板希望有一天狗会自己逃回来，那时家还在。

2016 年 6 月的某一天，有位中年男性顾客开车经过“好再来”，停车进店吃饭。

不过在老板看来，这位男顾客停车的目的不是吃饭。虽然点了菜，但主要是像马一路、江小流这样，找老板东拉西扯地聊天。

男顾客显然注意到了饭店外面的狗舍。聊了一会儿，聊到了狗。

老板忍不住说起自己丢失的狗，痛骂偷狗人。

说到动情处，红了眼圈，差点儿落泪。

男顾客安慰了老板几句，付了账，起身出去了，点的菜都没怎么动。

没想到过了几分钟，男顾客又回来了，这次还牵着一条狗。

男顾客当着老板的面，让狗演示各种指令。

狗狗确实很聪明，老板一下子就喜欢上了，也不在乎是纯种还是串串。

男顾客这才对老板说，有人想淹死这条狗，被他救下来了，但他实在养不了。看老板这么喜欢狗，打算送给老板养。

当时老板还有些犹豫，惦记着自己丢掉的狗会不会再跑回来。

男顾客恳求老板留下狗，还说就算老板原来的狗回来了，也可以一起养，两条狗正好可以做伴，别人想再偷也没那么容易。

“谁不需要个伴儿呢?”男顾客说。

这句话打动了老板。

加上这狗确实很聪明，老板就答应了。

男顾客告诉老板，这条狗的名字叫达尔文。

这名字很洋气。而且达尔文只认这名字。以后就一直用这名字了。

男顾客走的时候，悄悄在桌上留了几百块钱。其实他已经结过饭钱了。

男顾客开的是一辆红色轿车。车开出去后，达尔文冲出饭店跟着车一直追，追出几百米远。

男顾客只得停车，下车把达尔文抱回饭店，让老板用绳子拴好，这才走掉。

为了让达尔文适应新家，老板不得不用绳子拴了它一阵子。

好吃好喝，住着高大上的狗别墅，老板又爱狗。达尔文慢慢适应了新家。

后来就不拴了。达尔文把这儿当成了家。

但有个奇怪的现象。隔一阵子，达尔文就会跑出去两三天。

也不知去了什么地方。

隔两天，自己又回来了。有时候还一瘸一拐的。

老板察看达尔文的爪子时，发现肉垫都磨破了。看来跑了不少路。

老板很好奇，多次盘问达尔文，可惜语言沟通有障碍，问不出个名堂。

有一次，那个送狗的男顾客忽然打了个电话到饭店。

当时老板不在，接电话的是老板娘。

男顾客问达尔文是否一切都好。老板娘没老板那么随和爱聊天，就说达尔文一切都好，没提它时不时跑出去的事情。

后来老板听老婆说了这事儿，夸老婆处理得对。

那位男顾客比老板还疼狗。要是知道达尔文总跑出去，说不定会回来把达尔文领走。

老板可舍不得。现在达尔文已经成为他的家人了。

这顿饭，江小流一口没碰，连马一路都没顾上吃几口。

江小流要负责记录。普克不在，马一路不仅要承担“感觉”的任务，还要像普克一样，边听边思考。

一边梳理逻辑，一边寻找问题。

所幸这位老板确实和善，又很健谈。加上马一路和江小流那么豪气，难得一见。关于达尔文和男顾客的话题只起了个头，他就滔滔不绝。每次马一路想插话，都得看准时机。

讲述过程中，老板除了陈述事实，也加入了不少自己的个人分析和情感体验。

比如谈到他丢失的狗以及狗肉火锅的话题，老板非常悲愤。

“肯定是去做火锅了！店里来吃饭的，看见我那狗，一个一个都说，这么肥，做火锅够吃好几顿！”

“我养那么肥，是让你们吃火锅用的？一个个的都啥境界！”

“吃啥火锅不好？鸡鸭鱼肉，想吃啥肉我都能给你做……非要来偷我的狗！”

谈到那位送达尔文的男顾客，老板一眼就有了他的判断。

“是个好人。有文化，待人好，肯吃亏。可身上也不是没毛病。”

马一路听到这一段时，紧赶慢赶插进几个问题。

“老板觉得他有啥毛病？”

“啥毛病不清楚，反正说话不是很老实。”

“哪句话不老实了？”

“说是来吃饭，其实是想送狗。送狗就送狗呗，编那么多瞎话！”

马一路本能地瞥了一眼江小流，江小流泰然自若，马一路在心里悄悄说了句“对不起”。

“没准他本来真是想吃饭，”马一路也不知为什么要替那位男顾客辩解，“后来看老板爱狗，才临时决定送狗的。”

“不可能！”别看老板性格好，却有一双火眼金睛，“你想想，他跟我说，有人想淹死达尔文，让他救下来了，他又养不了，所以送给我，这话一听就是编的！”

马一路正在琢磨，江小流已经开口了。

“不是他的狗，他怎么知道狗叫达尔文？”

“对、对、对，你女朋友就比你反应快！”

马一路悄悄瞥了江小流一眼。江小流若无其事，继续向老板提问。

“老板记不记得，达尔文来的那天是2016年6月几号？”

“这可记不清了，只记得是6月下旬。”

“6月下旬是梅雨季，那天有没有下雨？”

“让我想想……反正达尔文追出去那会儿肯定没下。”

“你指的是那人留下达尔文后开车离开，达尔文从店里追出去那会儿?”

“对。那人又停下车，将达尔文抱着送回店里了。抱着啊，走了好几百米，你说他对狗好不好?”

“那时候是上午、下午还是晚上?”

老板正苦思冥想，这时，老板娘送菜进来。

之前几次进出包间，老板娘知道他们在聊达尔文，插过几次话。

这下老板让抓到了帮手。

“你记性比我好。你想想，那男的送达尔文来那天，下没下雨?”

“上午下了，中午就不下了。”老板娘果然记性好，脱口而出。

“那男的开车走，达尔文追出去那会儿，大概是啥时候?”

“七点多钟，不到七点半，天将将要黑。”

“你确定?”江小流问老板娘。

马一路看江小流问话实在太直接，赶紧用他的人间烟火气加以调和润色。

“科学家说女性记忆力就是比男性好，特别是在生活细节上。”马一路尽量使自己的问话别太像警方的讯问，一来伤害他人感情，二来容易穿帮。“我们就是挺好奇，差不多两年前的事情，老板娘怎么这么有把握?”

老板娘狠狠地瞪了老板一眼。

马一路不知为什么，隐隐觉得老板娘那个白眼是赠给江小流的。

“我当然有把握了，我又不是个呆瓜!”老板娘说，“那天是我生日。呆瓜记不住我生日，我自己还记不住?”

“你生日是6月17号还是18号?”江小流问。

“18号，18号，女人十八一枝花……”老板显然在为自己忘记了老婆生日弥补过错，“我也想起来了，确实是18号，我老婆生日。那人走了以后，我还给老婆下了碗寿面。是吧，老婆?”

“现在认错晚了。”老板娘撇撇嘴，转身要往外走。“你们吃。我去烧菜。”

虽然对老板不太满意，生意该做还得做。

马一路忽然意识到，对他们来说，也许老板娘提供的信息比老板更有价值，忙起身拦住老板娘。

“菜够多了，不用做了。”马一路又发挥了嘴甜的特长，“大姐累了半天，也坐下歇歇，一起聊聊。”

“那哪行？”老板娘脸一沉，“剩下的菜都准备上了，你们不要，算谁的？”

“担心这个呀？”江小流说，“菜不用做了，钱我照付。”

“这怎么好意思？”老板娘如释重负。

矛盾立刻解决了。

“送你们狗的人，二位知不知道姓名电话？”马一路问夫妻俩。

“不知道。他没说，咱也没问。”

“那人长什么样，你们还记得吗？”马一路问夫妻俩。

“长得普普通通，”老板娘冲老板努努嘴，“跟他差不多成色。”

“他哪有我气派！”老板立刻挺起圆鼓鼓的肚子，显示自己的“气派”，然后呼一口气，身体缩起来，说话声音也软了，明显蔫了。“人是好人，就是有点儿蔫头耷脑，感觉……日子过得不咋样。”

“你咋知道人家过得不咋样？”老板娘顶他，“人家开的车比你的店还值钱呢。”

“谁知道那车是不是他的？一个老男人开辆红色小车，看着别扭。”老板对马一路说，“我不是吃不着葡萄说葡萄酸，说不清咋回事，反正就是这感觉。”

“说了半天，还是不知道他长什么样。”江小流说，“身高、体重、年龄，鼻子、眉毛、眼睛……这才是形容长相。”

受江小流启发，老板和老板娘一起冥思苦想了一会儿。

“不高、不矮、不胖、不瘦……有点儿蔫头耷脑。”老板说，“我就能想起这个。”

“年龄也说不好，说四十多也行，五十差不多，六十也说得过去。”老板娘说，“反正不是年轻人。”

江小流对这样的回答不满意，但马一路在下面用脚轻轻碰碰她的脚，江小流便闭嘴了。

“你们的意思我明白，有些人就是这样，长相让人记不住，就记住那感觉了。”马一路笑容可掬地对夫妻俩说，“这人挺神秘啊。那他应该也没告诉你们，他打算去哪儿?”

夫妻俩都摇头。

马一路绞尽脑汁，隐约觉得还有什么该了解的，却一时想不出来。

就这样结束，又实在不甘心。

马一路想了想，站起身，看着江小流。

“想不想去卫生间？从下午憋到现在。”马一路问。

“不想。”江小流干脆地回答。

马一路冲江小流使眼色，被老板娘发现了。

“你男朋友想让你和他一起去卫生间，有悄悄话对你说。”老板娘直言相告，“收银台左手就是。”

马一路红着脸，和江小流从包间出来。

既然被戳穿了，也不用再装模作样去卫生间，马一路直接把江小流拉到角落里悄声说话。

“我总觉得还有个重要问题得问，就是想不出来。老板话太多，我脑子里全是线头，你帮我理理，最好把核心意思一二三四列出来。”

“好。”江小流说，“第一，2016年6月18号中年男人来吃饭，其实是给达尔文找新家。第二，不确定男人的姓名、长相、年龄和去向。第三，男人开了辆红色的车。第四，达尔文时不时跑出去。第五，中年男人打电话来问达尔文怎么样……”

“停!”马一路眼睛一亮，“我知道要问什么了!”

“中年男人是什么时候打电话来的，”江小流也反应过来，“说不定无意中留下了电话号码。”

“你太聪明了，江小流!”

“是心有灵犀。”

马一路下意识地伸手捧住江小流的脑袋，在她的额头上啄了一下。

啄完，才反应过来。蒙了。

低头一看，江小流正仰头看他，一双眼睛黑白分明。

“对不起，对不起……”马一路一连说了十几个对不起，“真不是故意的，我……”

“老板娘在偷看咱们。”江小流说，“要装就装像点儿。”

江小流踮起脚，仰起头。马一路猝不及防，嘴唇被一层柔软温润的东西覆盖。

只是短短一瞬。

江小流的嘴唇离开了马一路的嘴唇。

“先把问题想清楚，”江小流用她一贯的冷淡语气叮嘱马一路，“你问，我记。”

回到包间，马一路已经在心里明确了思路。

核心问题是：给饭店老板送狗的中年男人后来曾打过一次电话，询问达尔文的近况。这个电话是什么时候打的。

看起来很简单的问题，弄到一个明确的回答并不容易。

“电话是我接的，就是饭店的固定电话，”老板娘说，“啥时候的事情可记不住了。”

“大概什么时候？”马一路发挥社区民警的工作经验，耐心细致，循循善诱，“比如说，是刚送完狗？还是过了好久？还是最近？大姐记性这么好，这个总有印象。”

“肯定不是刚送完狗。得有一阵子了。”

“有一阵子，大概是多久？几个月？半年？一年？”

“差不多……大半年？还是一年？真记不清了。”

马一路态度太好，以至于老板娘都有些为自己不能提供准确回答暗自羞愧。

这种羞愧，马一路也感觉出来了，便极力安慰，那种温暖简直能融化寒冰。

老板娘觉得自己就是那块寒冰，冻僵的回忆开始慢慢回温、消融。

“哎，有点儿影子了！”老板娘忽然激动起来，“接电话那天特别冷，饭店没客人，就没舍得开空调。我手冻僵了，电话拿在手里都拿不住，还掉了一次。”

“是不是去年过完年？”热心的老板好一会儿使不上劲，干着急。这时总算有机会接上话，“我记得有一天你唠叨半天，说生意不好，空调电费都挣不回来，逼我把空调关了。”

“就是那天！”

“去年过完年？”马一路赶紧追问，“确定是去年？2017年？”

“没错。过年饭店关门休息，年初五开门迎财神。好像就是迎完财神没两天。”

“没两天大概是几天？三天、五天还是七天？”

江小流用的是刚才马一路的问话方式：“有一阵子，大概是多久？几个月？半年？一年？”太惟妙惟肖，而马一路就在旁边，看上去有些诡异。

老板和老板娘都被吓了一跳。

马一路赶紧接过话：“刚过完年，客人肯定不多。你们做过路生意，很多跑车的都是正月十五过后才出门……”

“有了！”老板娘似乎对马一路的启发格外敏感，语气确定地说，“就是元宵节前两天。正月十三，不会错。”

“刚才你说年初五过后没两天，现在又说元宵节前两天……”江小流说，“这两天差别挺大的。”

“差不多，差不多……”马一路又在桌子下悄悄用脚碰碰江小流的脚，桌面上，他仍是笑容满面，“大姐肯定记得电话是上午、下午还是晚上打来的吧？”

“上午。”这次老板娘毫不迟疑地就给了答案，“我当是客人打来的，还想着财神挺照顾生意，没到中午就有人订餐了。结果不是。”

“当时他怎么说的？”

"他挺客气。我不是当他要订餐嘛，他先道歉，说不订餐。又问有没有打扰我做生意，然后才问达尔文怎么样……"

"他没自我介绍？"

"他一问达尔文我就想起来了，用不着介绍。他说话有一点口音，不是我们这儿的人，也不是宁江人，应该再往南一些。"

马一路看了江小流一眼。江小流立刻明白了他的意思。

为避免再次造成惊吓，江小流低下头，不让老板夫妻看到她的脸。

"达尔文！"

是录音里那略显急促、压抑、短短的一声低唤。

"就是他！"老板娘还是被震惊了，"妈呀，你一个小姑娘，咋学一个老男人学那么像！"

"就是就是，太像了！"老板也一迭声地说。

更意外的事情发生了。

原本关着的包间门，仿佛有人在外面抓挠。门只是虚掩着，几下抓挠之后，门开了。

达尔文站在包间门口，耳朵支棱着，警惕地张望。

老板看见达尔文，一愣，随即从椅子上起身，走到包间门口，俯身搂住达尔文，抚摸它。

"这家伙，别是以为那人又来了吧？"

马一路转脸看着江小流。江小流看见马一路目光发散，像飘到另一个世界去了。

这种表情，他们曾在普克脸上见过。每次看见这表情，他们都知道，普克脑海中有重要的信息飞过。

"想问我什么？"江小流低声问。

"狗……"马一路喃喃低语，"达尔文……"

"达尔文怎么了？"江小流迅速筛选脑海中关于达尔文的记忆，"狗，达尔文……是不是狗和达尔文同时具备的信息？"

马一路仿佛看见夜空中一道流星划过。他闭上眼睛，真切体会到普克曾有过的感觉。

马一路睁开双眼。

经过一个漫长的下午和傍晚，他的眼睛已经熬红了，又瞪得老大，看上去有些吓人。

“达尔文怎么进来的?”马一路问江小流，非常严肃，“不是指今天，是……”

“2016 年 6 月 18 号那天。”江小流直接接过马一路的话，“那人结账出去，过了几分钟，牵进来一条狗。”

“牵!”马一路说，“那人带了达尔文的牵引带!”

“可能还有达尔文的食盆和狗垫。”江小流说，“这重要吗?”

马一路没吭声，但他的眼神和表情都回答了江小流。

重要。非常重要。

“大哥大姐，”马一路情不自禁将饭店老板和老板娘视作了亲人，态度无比诚恳，“那人把达尔文送你们的时候，有没有留下狗绳？或者别的什么东西?”

老板狠狠拍了一下自己的大腿，老板娘看着都疼，赶紧伸手帮他揉了揉。

“刚才我说那人是好人，就是说话不老实，有个证据我咋也想不起来。你这么一问，我想起来了!”老板兴冲冲地说，“他用狗绳牵着达尔文来的。我们答应留下达尔文，他又回车上拿了个狗垫，说省得我们破费买新的，而且达尔文喜欢这个窝。明摆着那狗绳和狗垫就是达尔文以前用过的，他还蒙我们说不是他的狗，是他救下来的。你说，这算不算证据?”

“绝对算!”马一路按捺住激动的心情问，“他带来的狗绳和狗垫，你们还留着吗?”

老板扭脸看向老板娘。显然，这种家庭大事都由老板娘安排。

老板娘叹口气，目光在马一路和江小流之间，雷达一般扫过来扫过去。

“你们俩给句实话，问了这一晚上的话。到底你俩是间谍，还是达尔文是间谍?”老板娘说，“绳和窝都在外面那间狗舍里。说好了，你们自己爬进去拿，我可不管啊。”

3

扫一扫
听本节

晚餐结束的时间，和余明白预计的差不多。

整整两个小时。刚好够双方礼貌地聊完天，不至于太深入，也不至于太敷衍。

如女儿所说，黄远辉的父母都很随和。尤其是黄远辉的母亲，完全当得起“慈母”这个看似普通、实则不易的称呼。

这一点，最令余明白感到欣慰。

双方家长是第一次见面。从对方的态度看，他们对余思很满意。

考虑到儿子黄远辉已经29岁，他们希望能尽快进入下一个流程。

余明白只表达了一个观点，一切由女儿余思自己决定。女儿愿意嫁，他这个父亲全力支持。女儿想再等等，他也绝不会催。

对余明白的态度，黄远辉父母不仅充分理解，而且相当赞赏。

“其实我们家也一样，儿女的情感、婚姻，我们不干涉。”黄远辉父亲曾是大学老师，后来成功转战商界，难得仍保留着几分读书人的耿直和清雅。“这次是远辉告诉我们，他俩都做好进入婚姻的准备了，我们才约您见面。没有催促的意思，主要是想表达一下我们的诚意。”

黄远辉的母亲对丈夫基本只表达赞同与附和的意见。

虽然是夫唱妇随，但通过种种细节可以看出，他们的夫妻关系相当亲密。

黄远辉则不必提了。余明白了然于心。

父女俩提前在包间碰面时，余明白不小心说出了黄远辉的名字，当时令余思颇感惊讶。余明白解释说，以前女儿电话里曾对他提过一次，他记住了。

其实并非如此。

余明白用了将近半年的时间去了解黄远辉。

性格、为人、事业、家庭、情感关系……直到余明白认定，这个名叫黄远辉的小伙子，是值得女儿余思托付终身的人。

只是这一切，余明白都没告诉过余思。

和那些余明白独自经历过的秘密一样，这一切将被永远深埋心底。

这是一次愉快的晚餐。

余明白在所有菜品上齐后，借口去洗手间提前结了账。

这是余明白有生以来吃过的最昂贵的一顿饭。是他自己看着菜单上的价目表点的菜，余思和纯朴的胖姑娘都没拦住他。

从早到晚挂在高层建筑的外墙，冒着危险，透支体力，拼命挣钱、省钱、存钱。

结完账，回到包间，余明白微笑着告诉准备去结账的未来女婿，他已经付过钱了。

这种尊严感，不是谁都能体会。

为了女儿的未来，为了女儿的幸福，余明白觉得很值。

离开饭店前，余明白悄悄给那个残留着乡间拙朴气息的胖姑娘塞了两张百元大钞。胖姑娘面红耳赤地推拒这笔“小费”，余明白特地解释这不是小费，而是一份“父亲的感激”，惹得胖姑娘眼圈都红了。

胖姑娘一直将他们送出饭店。趁大家不注意时，她对余思说了一句话，然后跑回饭店。

“你好幸福，有这么好的爸爸。”

余明白没注意到这个细节。他正忙着和黄远辉的父母客气地道别。

很多事情都提前想好了，这个环节，却在事先的安排中疏漏了。

余明白是独自来饭店的，路远，坐的公交车。

他怕迟到，怕太匆忙弄得一身臭汗，预留了太长时间，所以到得那么早。

余思是从医院下班后，骑共享单车来的。

黄远辉听从余思建议，开车接父母一起到的饭店。

余明白原以为，晚饭后他会和黄远辉的家人以及女儿余思在饭店门口分手，各自回家。

没想到此刻出了意外。

黄远辉把车开到饭店门口。余明白正准备和黄远辉的父母挥手道别，却意识到黄远辉拉开车后门没有请自己父母上车，而是请的他自己。

“叔叔，我和思思送您。”

余明白一惊。

“不用，不用，”一惊之后，余明白迅速想出拒绝的理由，“你还是送你父母和余思吧，我一个人打车很方便的。”

“别客气，远辉和余思送你是应该的。难得见面，你们还可以再聊聊天。”黄远辉的父亲随手一指，如同变魔术似的，一辆黑色奔驰悄无声息地驶过来，“我们有司机送，早就安排好了。”

这样的情势，只有接受，不可能拒绝。

余思自然是坐在黄远辉身边副驾驶的位置。

余明白独自坐在后排。虽然是从右门上的车，但他还是挪到了左边的座位。

这个座位在驾驶座后面，黄远辉不会很方便看见他，而他可以很方便地和斜前方的余思交流眼神。

一坐定，余明白就想到，接下来他必须为自己找一个“合适的住址”。

当然不可能是他现在住的那个地方。

因为他告诉女儿，也告诉今晚在场的每个人，他是临时来平川出差的，住几天就走。

“叔叔住哪个酒店？”黄远辉果然问，“我看看我知不知道在哪儿。不知道我就用导航。”

心理预案很重要。哪怕只是提前两分钟。

对余明白来说，这是血淋淋的教训。

选一个离黄远辉和余思的工作地点及住址都远的酒店，相对更安全。

短短两分钟内做出这样的选择，对一个临时来平川出差的人，几乎不可能，但对余明白来说很简单。

余明白报出一个符合设定条件以及自己身份的酒店。

三星级，水准与今晚就餐的饭店档次相当，与自己目前的“职业身份”相当。即使水准略低，也可以用“节俭”来解释，同时更能突出今晚晚餐的隆重，合乎情理。

这样的酒店报出来，黄远辉较大概率不会知道酒店的星级，那些琐碎的细节似乎是有些思虑过度。但余明白清楚，宁可思虑过度，也不能不防万一。

生活往往就毁于那原以为永远不会发生的“万一”。

酒店离黄远辉的日常活动范围很远。黄远辉果然不知道地点，打开了语音导航。

导航里那个温柔的女声娇嗲地报出了酒店的简要信息，包括它的星级身份，然后向驾驶员求证信息是否准确。

黄远辉迟疑了一下，带着笑意说：“本来我和思思说，叔叔对平川不熟，我来安排酒店，思思不肯。”

余明白温和地接话：“和她没关系，是我不想麻烦你，这酒店挺好。”

黄远辉如果再多说就会显得不礼貌。如余明白预期的一样，他没再坚持，确认了导航地址。

之前饭桌上交流了两个小时，该谈的都谈得差不多了。此时三个人处于同一封闭空间，忽然陷入一种微妙的沉默。

这种沉默，拖延越久越古怪。余明白决定率先打破。

“小黄，给你讲个笑话。”余明白说，“有一个小姑娘，大概四五岁吧。自己坐着玩橡皮筋，忽然啪的一下，橡皮筋勒断了，弹到小姑娘的右手。小姑娘疼得眼泪快流下来了。然后她就伸出右手，使劲打自己的左手。这下子，左手右手一起疼，小姑娘终于忍不住哭了……”

余明白坐在黄远辉身后的位置，慢悠悠地讲着。

虽然看不见黄远辉的脸，却看到正驾车的黄远辉伸手握住旁边余思的左手。

余思侧过脸，对黄远辉微笑。又将目光继续后移，和余明白的眼神相遇。

她微笑着，凝视了父亲几秒钟。余明白也微笑着凝视她，然后将脸转开，望向窗外，继续讲他的“笑话”。

“小姑娘的爸爸就拉着她的手问她，这只手已经够疼的了，为什么还要打那只手呀？小姑娘一边哭，一边说，谁让它们长在一起呀？要疼一起疼。一起疼就不那么疼啦。”

余明白说到一半时，余思用右手掩面无声地笑起来。

前方的黄远辉紧紧攥着余思的右手，拉到嘴边亲了一下。

余明白看见黄远辉投向余思的眼神。短短一瞥，也能看出那眼神中的亲昵与怜惜。

“小姑娘好聪明！”黄远辉笑着说，“小小年纪说的话就这么富有哲理。”

“是呀，她从小就很聪明。”余明白说。

“还没讲完呢。”余思笑着提醒黄远辉。

“是吗？”黄远辉很凑趣，“叔叔，然后呢？”

“她哭着说完那句话后，爸爸就抓起她的小手，重重地打了好几下。”余明白继续。

“啊？”黄远辉明显感到很意外，“为什么要打她？”

“爸爸说，谁让你打疼我女儿的？”余思抢在余明白之前回答了黄远辉的问题。如此迅速，像是那段记忆就在嘴边，等待破茧而出。“谁让我女儿哭，我就让谁哭……然后我就哇哇哭得更厉害啦。”

黄远辉先是想笑，又有些笑不出来。他想了想，微微偏过脸，抬头看着后视镜。

余明白的目光与黄远辉在后视镜中相遇。黄远辉的认真里透出一丝困惑。

“然后呢?”黄远辉问，不知是问的谁。

余明白等的就是这句“然后”。

“然后爸爸用一条钢尺把自己的手打肿了。”余明白平静地说，“爸爸对女儿说，记住啦，以后不要伤害自己，爸爸也不会让任何人伤害你。讲完了。”

车里沉默了。

足足过了半分钟。黄远辉开口了。

“叔叔请放心，我会永远保护思思，不让任何人伤害她。”

“叔叔相信你。”余明白说，“那叔叔就放心了。”

又沉默了一会儿。

“小黄，麻烦你过了前面路口停一下车，”余明白客气地说，“我忽然想起还有件工作上的事情要和人谈，暂时不回酒店，谈完再回去。”

“那……叔叔和人约在哪儿见面？我们送叔叔过去。”黄远辉说话更加客气。

“还没约，下车了再约。”余明白的口气变得略强硬了一些，“不用和我客气，你只要照顾好思思，就是对叔叔最大的尊重，叔叔很感激你。”

“叔叔言重了，”黄远辉有些不知所措，但还是很诚恳，“照顾思思对我来说不是义务，是发自内心的感情。”

“我明白，但还是要谢谢你。也希望你们在一起，彼此能给对方幸福。”余明白说，“就在这儿停吧，谢谢。”

车在路边慢慢停下，余明白从左边座位挪到右边座位。

余思在前面准备解开安全带，被余明白伸手按住肩头。

“不用送爸爸，你了解爸爸的性格。”余明白的手在女儿肩头停留了片刻。这是几年来，第一次与女儿如此真切地接触。他努力克服了内心的不舍，将手从女儿肩头拿开，淡淡地说，“工作不要太辛苦，保持联系。再见。”

“好的，爸爸再见。”余思没再坚持，“保持联系。”

“叔叔再见。”黄远辉说，“我会好好照顾思思。”

余明白对黄远辉点点头，没再说什么，推门下车，关上车门。

他站在路边，等着车开走，车却停着不动。

余明白忽然想起，黄远辉是个有教养的小伙子，也许是出于礼貌，不便扔下他先离开。

余明白有意拿出手机，假装拨号，一边拨一边弯腰让驾驶座上的黄远辉可以透过车窗看见他的动作，然后对黄远辉摆摆手。

果然，黄远辉这才将车缓缓开出。

余明白将手机放在耳边，看着黄远辉的车远去，直到融入更远的黑夜，他这才将手机放回包里。四下看看，辨认方向。

夜晚的平川，还是会令余明白感到陌生，毕竟不是土生土长的家乡。他想了好一会儿，意识到这里离他要去的地方很远，正好是城市对角线的两端。

余明白走了两个路口到公交站台，等了 20 分钟，才坐上一趟公交车。

这是最后一班公交车了。车上只有两三个乘客。余明白坐在车尾的一个窗口，这里有半扇可以推开的车窗。

风呼呼地吹在余明白脸上。五月下旬，平川的夜晚还有一丝凉。比宁江凉。

余明白的目的地是他在平川真正的住处。

并不是什么酒店，只是城郊接合部一间几平方米的出租屋。

出租屋是一个由老旧小区的自行车棚改建的。有些业主将其当成储藏室，有些拿来出租贴补家用。严格地说，都算违章建筑。

对余明白来说，这里除了便宜，更大的优点是，生活在这里的人如同城市的蟑螂，无人关心，无人过问，也无人知晓。

公交车驶过城市的街道，驶过一幢幢新的、旧的建筑。

余明白试图用目光在夜色中搜寻，自己曾在哪幢楼的哪扇窗内吊过窗架，安装过玻璃。

黑夜融化了一切，什么也认不出来。

没什么可惆怅的。本来就是个临时谋生的饭碗，连职业都称不上。

何况余明白根本不想在这个城市留下任何痕迹。

如同今晚之前的那些日子一样，悄悄生活在女儿身边。小心地隐藏，不让她看到爸爸的影子。

这样就可以抹去过去，抹去生活的倒影。

眼里只有现在和未来。

扫一扫
听本节

4

马一路和江小流从好再来饭店返回704时，除了带回达尔文的牵引带和狗垫之外，还有满满几大盒打包的剩菜。

江小流本来不让马一路打包，马一路念叨了好几遍“谁知盘中餐，粒粒皆辛苦”。

“可以给达尔文吃，”江小流说，“不算浪费。”

“负责的养狗人，绝不给狗吃人饭。”马一路说。

“谁说的？”江小流半信半疑。

“狗司令说的。”马一路挺起胸脯。

“多扎几层塑料袋。”江小流让步了，“那么多怪味混在一起，我会吐。”

“回去我负责帮你清洗后备厢，保证清得比第一现场还干净。”

收获满满的马一路忍不住耍了个贫嘴。没办法，心情实在太好了。

“那么多怪味”，除了指打包食物的味道之外，指的是马一路爬进狗舍，打着手电，从各种杂物里翻找出来的牵引带和狗垫发出的气味。

别说江小流，马一路在狗屋里也差点儿吐了。

怕雪上加霜，给狗屋制造更多的垃圾，马一路硬生生咽了回去。

马一路知道有些人有囤物癖，尤其是老年人。他在所辖社区不止一次遇见过。

达尔文是条狗，没想到也有囤物癖。

邱妍家用过的牵引带和狗垫，老板娘悄悄扔过几次，都被它自己衔回来了。老板因此认定，达尔文肯定有寻回犬的血统。

啃过但没咬碎的大骨头，田野里捡回的各种不知名残骸，也藏在它的“别墅”深处。

所幸如此，马一路才得到了他最想要的证物。

回程中，江小流一直坚持掩着鼻子和马一路交流。

“那些怪味都被关在后备厢了，你用不着捂鼻子。”马一路好心相劝。

“你不在后备厢。”江小流看着马一路，面无表情。

马一路这才意识到，自己曾在那栋“别墅”的空气里至少熏了20分钟。他闻闻自己。

“真不好意思，忘记这茬了，”马一路真诚地道歉，“要不我把衬衫脱了扔后备厢？”

不等江小流回答，马一路自己又反应过来。他就穿了件短袖，脱了就只能半裸，更不妥。

何况还有裤子。

“别管了。”江小流切换了话题，“那些东西真能提取到邱妍的DNA？”

“不一定，但有可能。”提到邱妍，马一路自然而然严肃起来，“狗垫不好说，但邱妍每天遛狗，和狗绳直接接触，提取DNA的可能性很大。”

“都快两年了。”

“现在的刑侦技术很先进，二十年前的证物上都能提取到DNA，两年不算长。”

“提取到邱妍的DNA能说明什么？”

“说明达尔文确实是邱妍的狗，不再只是咱们的凭空猜测。”

“那又说明什么？达尔文又不是凶手。”

“达尔文确实不是凶手，但把达尔文从第一现场带出来的人，就有可能是凶手。”

江小流想了想。

“明白你的思路了。”她说。

“我……什么思路?”马一路问。

“接下来咱们根据那个打到饭店的电话锁定打电话的人，就能证明是那人把达尔文从第一现场带走的，也就能证明他是杀死邱妍的凶手。”

“你说得有点儿快，让我想想。”

“就是普克说的证据链。”

“好像是这个思路，不过好多细节我还没想太清楚。”

“还有一个问题。”江小流又说。

“你尽管问，我尽力答。”马一路尽力表现出谦虚。

“怎么确定从狗绳、狗屋里提取的 DNA 是邱妍的 DNA?”

“技术部门有办法。”

“我知道可以用头发、皮屑、邱妍用过的物品去找 DNA，但邱妍早就消失了，这些都找不到怎么办?”

“可以和邱妍的母亲进行 DNA 比对。”

江小流不说话了。

“没问题了?”马一路半开玩笑半认真地说，“难得有这种你不懂、我半懂不懂的机会。”

“我知道你什么意思。”

“我什么意思?”

“我不想谈邱妍的母亲。”

“为什么?”

江小流又沉默了。马一路不敢太强迫她开口。

“实在不想说，就不说了。”马一路说，“要不我给你唱首歌? 本人还有一个外号，叫马路天使，周到夸我的歌声和天使差不多。”

“周到夸你?”江小流说，“那我想听。”

周到是光明路派出所的老资格刑警，逮着一切机会挖苦打击马一路。

“我给你唱首我最喜欢的歌吧，《我的太阳》。”

“帕瓦罗蒂唱过的《我的太阳》?”

“想不想听?”

“唱吧。”

“我可真唱了啊。”

马一路开始唱，而且用的是意大利语。在他开唱之前，江小流已经腾出捂鼻子的手，虚掩在耳朵上。

马一路唱了两句后，江小流放下手，怔怔地看着马一路。

唱到最高音处，马一路嗓子破音了，不无遗憾地停下来，扭头看看江小流。江小流眼睛一眨不眨地看着他。

“我以为你又想逗我笑，”江小流说，“结果不是。”

“这意思是我唱得还行?”马一路欣慰地说，“可惜高音每次都唱不上去，要不然我起码混个宁江警界的马瓦罗蒂!”

“我对你撒谎了。”江小流说。目光完全不回避马一路。

马一路一愣。

“你想知道我们家的事故真相，我不想说。”江小流说，“我当然有不想说的理由，但现在我发现，我更不想对你撒谎。”

马一路开着车，转脸看一眼，又扭回头看路。忍不住又看一眼，又回头看路。

“我……我都不知道说什么好了。”马一路说。

“心理咨询师说，其实我不是真的失去情感，我只是把情感隔离了，关进了小黑屋。”江小流说，“他不知道我是怎么做到的，我也不知道。”

“邱妍的母亲……”马一路犹豫了好几秒钟，才下决心问出来，“让你想起你妈妈了?”

马一路用的是“想起”这个词，而不是“想”或“想念”。

普克说得太对了，文字是那么丰富而微妙。

“其实她一直都在，我把她隔离了。”果然江小流注意到马一路微妙的用词，“有时候她会跑出来，我再把她关起来。”

这当然不会是“想念”，甚至都算不上“想起”。

直接用“她”指代“妈妈”这个称呼，更别提用“隔离”“关”这样的词汇。

什么样的母女关系才有这样的心理距离？

马一路无法回答自己提出的这个问题，只觉得心里拔凉、拔凉，还隐隐作痛。

“我……还是不知道该说什么。”马一路说的是心里话，“就觉得……挺心疼的。”

“我不了解邱妍。但今天从她母亲家出来，我心里在想，也许邱妍死了比活着还要好。”

马一路很震惊。

“你可以批评我的想法。”江小流从他的表情看出来了，“但我就是这样想的。”

马一路沉默了一会儿。

“咱们换个话题，行吗？”

连心理咨询师都无法解决江小流的问题，对于这个话题，马一路就更不知道如何进行下去了。

“那你接着给我唱歌吧。”江小流对马一路的提议十分配合，“高音部分可以跳过去。”

一路开车，一路唱歌。和江小流一起回到704时，已经是深夜了。

拎着满满一大袋打包盒，以及同样用塑料袋装起来的狗垫、狗绳上楼，马一路自觉地让江小流单独先坐电梯，他等下一趟。

马一路走进704时，江小流已经和普克、彭大勇一起等了他几分钟。

看见彭大勇也在，马一路有些意外。

“走的时候是陈奇峰，回来就变成彭所了。”马一路讪笑。

“陈奇峰回家了。”普克告诉马一路，“情绪基本稳定，你放心。”

彭大勇神情严肃，马一路看见他就有些惴惴不安。

马一路还没来得及问候，就看见江小流已经开始“回放”几分钟前的场景。

江小流准备用钥匙开门，听见门内的说笑声后停下。

“……这小子，没想到进步真挺快。”一听就是彭大勇的声音，“也不奇怪，名师出高徒，有你这个好老师在这儿，错不了！”

“主要还是他自己悟性好，另外说明你有眼力。”普克说，“好好培养，以后他们肯定比咱们当初强。”

江小流开门进来，彭大勇一愣，探头往江小流身后看。

“怎么就你一个？马一路呢？”

“他坐下一趟电梯。”

“你们俩……闹矛盾啦？”

“为什么这么问？”

“一个电梯还装不下你们俩？”

“他回来你们就知道了。你们刚才在表扬马一路？”

“别告诉他啊……更别回放给他看！”彭大勇赶紧叮嘱。

“有进步就应该表扬，年轻人才有信心。”普克笑着说。

“不行，表扬太多会翘尾巴。年轻人一翘尾巴就……别说了，那小子上来了。”

江小流以彭大勇正襟危坐并摆出严肃的表情作为这段回放的结尾。

“你看你，都说了别回放给他看嘛。”当着马一路的面，彭大勇有些尴尬。

“你确实说了，我答应了吗？”江小流若无其事地反问。

彭大勇只能用转移话题的方式转移自己的尴尬，皱起眉头，用手扇风。

“什么味儿？熏死人了！”

马一路将装有狗垫、狗绳的塑料袋往彭大勇面前一抬手，彭大勇连连后退。

“这可是重要证物！”马一路兴冲冲地说，“达尔文在邱妍家的狗垫和牵引带，上面很可能有邱妍的DNA！我冒着被熏晕的危险从达尔文的‘别墅’里找出来的。”

普克之前显然已经和彭大勇交换过信息，彭大勇一听，又走回马一路面前。盯着装证物的塑料袋看看，又转向马一路手中另外拎的那一大兜。

“都是证物？”

“这一兜不是……”马一路略有些难为情。他的节俭常被彭所拿来当成笑话，一时想不出怎么解释才能保住面子，“这一兜是……”

“马一路带给大家的夜宵。”江小流语气淡定，帮马一路圆了这个小谎，“今晚有好多信息要回放，会睡得很晚。”

从“金毛狮后”和露西的主人老先生开始，直到离开路边饭店“好再来”。

江小流把整个过程给大家“回放”了一遍。

马一路拉着江小流离开包间假装上洗手间，以及马一路和江小流之间那两次“小动作”，也没被她遗漏。

马一路面红耳赤，准备为自己的情不自禁做出合理解释，发现普克和彭大勇都全神贯注于接下来的内容，根本没注意他的反应。

马一路及时闭嘴。

“马一路带给大家的夜宵”也有了直观的解释。“回放”到这个情节时，彭大勇不动声色地扫了一眼茶几上那一摞打包餐盒。

在听马一路与江小流在返程车上那段关于DNA的对话时，普克和彭大勇的聚精会神都写在了脸上。

“提取到邱妍的DNA能说明什么？”

“说明达尔文确实是邱妍的狗，不再只是咱们的凭空猜测。”

“那又说明什么？达尔文又不是凶手。”

“达尔文确实不是凶手，但把达尔文从第一现场带出来的人，就有可能是凶手。”

“接下来如果咱们根据那个打到饭店的电话锁定打电话的人，就能证明是那人把达尔文从第一现场带走的，也就能证明他是杀死邱妍的凶手。”

“怎么确定从狗绳、狗屋里提取的DNA是邱妍的DNA?”

“技术部门有办法。”

“我知道可以用头发、皮屑、邱妍用过的物品去找DNA，但邱妍早就消失了，这些都找不到怎么办?”

“可以和邱妍的母亲进行DNA比对。”

至此，江小流终于结束了今晚的“回放”。

说“今晚”其实不太准确，已经过了零点。他们在704迎来了新的一天。

普克和彭大勇没有立刻说话。他们各自凝神思索了一会儿，忽然同时看了对方一眼。隔了十二年，老搭档的默契仍在。

“精彩。”普克对马一路和江小流说，“你们的配合天衣无缝，无可挑剔。”

“普克的观点就是我的观点。”彭大勇目光转向茶几上那堆打包的餐盒，“马一路去拿几副碗筷，咱们边吃夜宵边慢慢聊，商量一下后面的方案。”

马一路立刻起身走向厨房。

“别给我拿，”说了太多的话，江小流的嗓子有些嘶哑了，“别让我影响你们的食欲。”

扫一扫
听本节

5

彭大勇有句口头禅，光明路派出所的民警们都很熟悉。

人是铁，饭是钢，一顿不吃饿得慌。

那天晚上马一路没舍得浪费、打包带回来的剩菜，为三人小组及他们的直接领导彭大勇在凌晨讨论会上提供了重要能量，帮他们提前看到了曙光。

首先确定的是，那个原本虚无缥缈、只存在于录音中的影子被马一路和江小流抓住了。

通过那条名叫达尔文的串串狗。

彭大勇几乎打了包票，只要经费能解决，极可能从达尔文的牵引带和狗垫上提取到邱妍的 DNA。

江小流立刻表态经费不是问题。

大家都明白她的意思，虽然现在遇到这种情况她已经不再轻描淡写说出那句“我有钱”。

得到邱妍的 DNA 后，需要与邱妍母亲的 DNA 进行亲子比对。以现在的刑侦技术来说，这不是难题。

那个为达尔文找到新家的中年男人，好再来饭店的老板和老板娘对他的外貌有各自不同的描述。有模拟画像专家在，画出个八九分，就可以成为寻人参考。

中年男人开的那辆红色轿车最容易核实。陈奇峰第一次对三人小组讲述离奇案情时，就不止一次提到邱妍的车，他对此车应该有了解。即使不确定，通过邱妍的身份信息也能从交管部门查到。

但彭大勇担心，就算车辆信息俱全，想通过近两年前的道路监控获得线索的可能性极小，除非有巧合或奇迹的发生。

刑事侦查的一个原则是，不能指望奇迹或巧合发生。

将达尔文留在饭店大半年后，送狗人曾打来的那个电话，成为目前至关重要的线索。

根据江小流的“回放”，电话呼入的时间被圈定在2017年2月1日到2月11日之间，即去年农历新年的年初五至正月十五。为保险起见，将时间比老板娘的模糊描述前后各放宽了几天。

距今也有一年多了。

不过根据彭大勇的经验，这个时段的数据在电信后台应该还能查到。

“这人那么狡猾，就算查到那个电话，说不定也已经过处理。”江小流说，“现在网络电话随便改号，冒充110的诈骗电话我都接到过。”

“你说的情况确实存在，但这人毕竟不是骗子，不一定像骗子那样办事儿。”马一路说。

“不是骗子，只是个杀人分尸的凶手。”江小流说。

“我不是想替他说好话，我只是想表达……我的感觉。”马一路辩解，说完这句，下意识地瞄了彭大勇一眼，怕挨骂。“这人确实又凶残又狡猾，但普克分析过他的个性，他也有很矛盾的另一面……是吧，普克?”

“我同意马一路的观点。”普克说，“先不提之前对这人的性格分析，单从他打电话这个动作看：他打电话到饭店，只有一个内容，确认达尔文还在这个新家，而且生活得不错。这个动作意味着什么？意味着打电话时他处于一种相对放松的心理状态。”

“有道理。”彭大勇说，“在这种心理状态下，戒备程度通常会比较低。”

“而且那时候还是过年！中国人过年的时候心里最容易动感情！”马一路说。

“不一定。”江小流淡淡地说。

“当然，我指的是一般人，”马一路不敢过于坚持，小心组织措辞，“也有不一般的人。”

“马一路说的对。春节对大多数中国人来说，不仅仅意味着放假，更意味着亲情、家庭……这些与感情关联的内容。”普克说，“这人给达尔文找了个新家，过了大半年打来一个电话。这之前的大半年他没打，之后的一年多也没再打，足以说明他打电话的原因就是过年触动了他的感情。”

“我还有个感觉！”彭大勇在场，马一路稍显顾忌，“能不能说？”

“废话！”彭大勇毫不客气，“案情分析会，有话必须说！”

“我忽然想到，陈奇峰在放那支录音笔时，凶手是完全不知情的。”马一路说，“将近46小时的录音，只录到凶手一句话……”

“就三个字，达尔文。”江小流补充道。

“对，就叫了一句达尔文，还是在他毫无心理准备的情况下，一着急叫出来的。除此之外，所有的时间里，他一句话也没说过。这说明什么？”马一路问。

“说明他特别谨慎？”彭大勇说，“你们得出过这个结论。”

“马一路这个问题问得特别好！”普克说，“以前我一直把这个现象归结为凶手的谨慎。他当然很谨慎，但现在我突然意识到，除此之外，他还很孤独。”

“明白了。”江小流语气平静，“一个孤独的人，可以很多天不说一句话。”

“像我这种人，就算一个人待着，也会唠唠叨叨、自言自语说个没完！”马一路说。

“还算有点儿自知之明！”彭大勇笑了。笑罢，又回到刚才的思路，“这么一分析，那个电话更有价值了。那人打电话时应该不会过于处心积虑，刻意伪造电话号码。”

“否则他根本就不会把达尔文留在世上。”普克说。

“更别提费那么大力气，给达尔文寻找一个新家。”马一路说。

“超温暖的家。”江小流补充。

能在圈定的时间内锁定那个来电，或许就能锁定那个男人所处的地理位置。

如果运气足够好，他用的是合法使用的手机号码，那简直值得欢呼了。

现代社会，一张真实的身份证，一个手机号码，基本可以揭开一个人绝大部分的伪装。

这些日新月异的变化，对记忆停留在十二年前的普克来说，如此新鲜，令他惊叹。

普克一次次将他心目中的要点，用他那个“古董”录音笔录下来。

每次看见普克录音，彭大勇都会在心里对自己提出同一个问题。

该不该告诉普克他曾经历的那个悲剧?

正是那个悲剧使普克的记忆开始萎缩，逐渐回撤，直至回到2006年夏天那个星期六的傍晚，普克认识米朵前的那一刻。

天将亮时，每个人都疲倦到了极点，包括江小流。

普克手里拿着录音笔，已经睡意沉沉。

“大勇，还有什么我该记住的?”普克迷迷糊糊地对彭大勇说，“我快撑不住了。”

正是这句话，一下子令彭大勇找到了答案。

不告诉普克，永远不告诉他。

如果必须有人记住那些痛苦，不该是普克。

彭大勇情愿自己就是这个人。

谁让他们是那么多年，那么默契的好兄弟、好搭档。

彭大勇歪倒在沙发扶手上入睡之前，依稀看见斜对面的马一路和江小流。

他俩也撑不住睡着了。

马一路坐在地毯上，背靠沙发。沙发上的江小流一手撑着下巴，瘦瘦的胳膊肘支在马一路的肩上。

又是一对好搭档。

彭大勇咧着嘴，带着自豪的微笑进入梦乡。

扫一扫
听本节

6

三人小组的运气不错。或者说，彭大勇的运气更不错。

不过按周到的说法，是“那小子”运气太好，踩狗屎都能踩到宝。

“那小子”，没有任何疑义，指的就是马一路。

六一国际儿童节那天，彭大勇给他眼里总不够成熟的马一路送了份儿童节大礼。

技术部门马一路从达尔文新家的“别墅”里捡回来的牵引带和狗垫上，都成功采集到多种 DNA。有人类的，有动物的。

虽然江小流不在乎钱，彭大勇还是本着细水长流的精神，仅要求技术部门对人类 DNA 做了鉴定。

共有五名不同人类 DNA 样本。三男二女。

好再来饭店的老板和老板娘各有贡献。

陈奇峰的 DNA 在狗垫上出现。狗垫放在卧室床边的角落，来源清晰合理。

排除这三人的 DNA 后，另外各有一男一女的 DNA 分类待查。

普克和马一路又去了一次邱妍母亲家。特地没叫江小流一起。

除了取得邱妍母亲的毛发，还意外得到邱妍父亲和邱妍本人的旧物。

是邱妍父亲的一把骨灰。

和邱妍小时候用过的一个发夹。发夹缝里卡着一根细软的头发，是邱妍的。

这两样旧物被保存在属于邱妍的一个“百宝盒”里。

据邱妍母亲介绍，邱妍父亲没有墓地，只留了这一把骨灰。其余的骨灰，被她从殡仪馆回来的路上，随手扬洒在路上了。

邱妍的“百宝盒”，是小时候拿来收藏她珍视的各种宝贝的。邱妍离家生活后，百宝盒里的东西都被邱妍母亲扔了。只有这个发夹，是邱妍母亲送给女儿的，所以留下了。

得知警方需要邱妍的 DNA 样本，以调查她的“失踪”，邱妍母亲提出了她的困惑。

“上次来的那个小姑娘，”邱妍母亲所指的应该是江小流，“一副要死不死的模样。她不是说邱妍已经死了吗？怎么现在又说是失踪？”

那一刻，马一路彻底体会到什么叫透心凉，也明白了上次江小流为什么会失控。

本来马一路很想问问邱妍的母亲，她和女儿到底有什么深仇大恨。

后来马一路放弃了。

放弃的原因与江小流无关。和前两年宁江市的一条社会新闻有关。

有个小区的业主找派出所报案，说好几天没看见对门邻居家的两个小女孩儿出门了。

该业主知道，小女孩儿的妈妈是个吸毒人员，才二十多岁。两个女儿，一个四五岁，另一个刚满周岁。

年轻妈妈因为吸毒被抓过，放了。出来后一个人照顾两个女儿，必定很艰难。

左右邻居就算不同情这个年轻妈妈，多少也有些同情那两个女儿。

平时经常搭把手，帮帮忙，有时年轻妈妈出门去“找生计”，打个招呼，邻居还会将孩子留在自己家照看两天。

可这次年轻妈妈出门好几天，临走没打招呼，也不知是如何安排孩子的。

邻居觉得实在不对劲了，便去敲门，但怎么敲也不应。

只好报警。派出所民警跟着邻居上门，同样敲不开，最后强行破门进入。

最后发现两个小女孩儿都已经死了。

是饿死的。

稍大的那个姐姐，死在卧室门口。她努力想把门打开，妈妈特地用东西卡住卧室门，以免女儿从里面打开门逃出来。

在这个人人嚷着要减肥的时代，两个小女孩儿被她们的妈妈遗弃在家中，活活饿死。

后来警察找到小女孩儿的妈妈，才发现她又怀孕几个月了。

这个新闻不仅在宁江传得沸沸扬扬，也上了全国的热搜。

马一路当然也知道新闻的大致内容，但他没敢细看，怕自己受不了。

受不了的具体内容，马一路跟谁也没说过，包括他母亲。

那几天，马一路的母亲天天念叨这个新闻，痛骂那个饿死女儿的年轻妈妈。马一路总是借故走开。

马一路受不了的是脑海中一个幻象。

幻象中，他就是那个接受业主报案的社区民警。他亲眼看见了两个被妈妈饿死的女儿。

同样在这个幻相中，马一路不顾自己警察身份，找到了那个年轻妈妈并将她处决。

这个幻相折磨了马一路很多天。

后来才慢慢淡去。

不是因为遗忘了那两个死去的小女孩儿。她们始终留在马一路的记忆深处。

马一路不再像开始那样为她们感到痛苦，他找到了减轻痛苦的方法。

大家常笑话马一路年纪轻轻，处理社区里那些鸡毛蒜皮的纠纷时不厌其烦，婆婆妈妈的程度甚至超过一些跳广场舞的阿姨、大妈。

和那些说话啰唆、没完没了的老人聊天，帮他们在菜场砍价，一次次叮嘱他们多锻炼身体，少买保健品，不要相信路上捡的中奖彩票。

马一路也不明白为什么，做这些事情的时候，他的痛苦开始减轻。

偶尔他会想，说不定哪天有人和他闲聊时，随口告诉他，楼里邻居家两个小女孩儿，已经有两天没露面了。

如果那样，马一路还来得及去敲门。她们就不会被活活饿死。

马一路不是哲学家，也不是心理学家，他就是个小警察。

为什么会有饿死女儿的妈妈，为什么会有邱妍母亲这样的妈妈，这不是马一路能想明白的问题。

索性就不去想了。

这样一来，倒是理性多了。

有一个问题，普克已经忘记了，江小流又没来，马一路自己想起来便问了。

关于母亲节那天邱妍母亲收到的那份节日礼物，陈奇峰说，是一张母亲节贺卡，还有一朵永生花。

马一路问邱妍母亲，礼物还在不在，回答是都扔了。

礼物是快递寄给邱妍母亲的。陈奇峰打电话时，邱妍母亲曾热心地帮他查看过快递包装，上面没留发件人的电话。现在包装当然早就扔了。

“包装扔了，上面也没留发件人电话，”马一路仍不甘心，追问邱妍的母亲，“但快递是从哪个地方寄来的，总有印象吧?”

平时马一路和老年人说话，总是一口一个“您”，现在是能省则省。

好在邱妍的母亲似乎也并没察觉。对马一路的这个问题，她认真回忆了一会儿。

“平川。”邱妍的母亲对马一路和普克说，“我虽然老了，但比邱妍脑子清楚。那朵假花是从平川寄来的。”

“能确定吗?”

“我又不是邱妍。”邱妍的母亲不以为然地回答，“我说话是负责任的。拆快递的时候我还想，平川没有亲戚朋友，谁寄来的呀? 要是四川，说不定是我的大学同学。那个同学很滑稽，当年追求过我……不过也不会是他，前几年听说他也死了。”

马一路转脸看看普克，说：“我没什么可说的了。”

普克看出了马一路的克制。他想了想，转向邱妍的母亲，凝视着她因年老而浑浊的眼睛。

“听说有一次您发心脏病，是邱妍救了您，有这回事儿吗?”

马一路有些意外。不是因为陈奇峰把这件对马一路说过的事情又告诉了普克，而是因为普克用他的方式记录重要信息时，将这条信息列入“重要”的行列。

更让马一路意外的是，对普克的这个问题，邱妍的母亲回答得很干脆。

“对呀，有这事儿。”

“您醒过来的时候，打了邱妍一个耳光？”

“打了又怎么样？”她理直气壮地说，“又打不疼。”

“我只是奇怪，邱妍作为您女儿，到底犯了什么错？”普克不由自主放低了声音，像怕惊扰了邱妍似的，“让您这么恨她。”

“谁说我恨她了？”她笑着说，“她是我生出来的，如果我恨她，生出来的时候就可以掐死她。”

马一路实在忍不住，站起来拉了普克一把，普克也跟着站起来。

“不再坐坐啦？”邱妍母亲的语气听上去竟然有一丝依依不舍，“我一个人也挺无聊的。”

离开邱妍母亲家时，马一路没说话。倒是普克除了道别，特地多说了一句话。

“永生花不是假花，”普克说，“不过对您来说也不重要。”

出门后，马一路和普克都沉默了一会儿。

“没想到你也知道永生花。”马一路说，“永不凋谢的鲜花，这些年才有的新玩意儿。”

“上次和江小流来，听邱妍母亲提到。回去查了一下才知道什么叫永生花，特地记下来。”普克说，“世上没什么是永生的，本来母爱算个例外……”

普克叹了口气，没说完。

“从她身上我可看不出一分一毫的母爱，”马一路恨恨地说，情不自禁模仿刚才邱妍母亲的语气腔调，“如果我恨她，生出来的时候就可以掐死她……有这样的母爱吗？”

“江小流和她母亲是不是也有什么状况？”普克忽然问。

马一路一愣，看看普克。

“你这样的性格，今天这种反应很正常。可江小流那天反应也比较激烈，和平时不太一样。”普克解释，“和我之前记录中的不一样。”

马一路认真地思考了一会儿。

“有件事情今天正好和你声明一下，”马一路诚恳地对普克说，“凡是江小流的个人情况，我都不方便和你谈。不是因为我喜欢她，或者别的什么，这种感觉就像……就像……”

“像一种背叛？”普克帮马一路选择了一个词。

“对，背叛。”马一路说，“除非哪天她当着咱俩的面一起谈，那我就没任何避讳了。”

“明白了。理解你的感受，也尊重你的选择。”普克坦然地说，“这个要点我会记下来。”

马一路犹豫了一下。

“另外我想强调一下，普克，我很崇拜你，也特别信任你。这绝对是我的心里话！”

“是不是担心刚才说的话会影响我对你的判断？”普克对马一路微笑，“如果我是那样的人，大勇就不会放心把我交给你了。”

马一路心中涌起一阵热潮。

如果普克说的是“大勇就不会放心把你交给我了”，马一路不会如此感动。

“……大勇就不会放心把我交给你了。”

普克这样说，意味着什么？

对彭大勇来说，普克既是个刑侦天才，又是个失去独立生存能力的“婴儿”。

彭大勇对普克的保护，是一种母亲对婴儿的保护。

普克深深了解这一点。

“大勇就不会放心把我交给你了”，是普克对马一路的信任，更是彭大勇对马一路的信任。

马一路没再和普克继续聊这个话题，那种自豪感却在心里持续了很久。

因此，六一国际儿童节那天，彭大勇又调侃马一路是永远长不大的儿童时，马一路不仅没觉得尴尬，反而很凑趣地和彭大勇开起了玩笑。

“别光嘴上祝我儿童节快乐呀，”马一路说，“小气鬼，也不给我发个儿童节大红包！”

“行啊，”彭大勇立刻拿起手机，“说发就发！”

马一路的手机收到微信提示音，一看，果然是彭大勇发来的红包。

“我开玩笑的……”马一路不好意思了。

“别不好意思，我特地打电话把你叫到办公室，就是想给你送份儿童节礼物。”彭大勇难得这么认真地解释，“你喜欢红包，那是帮我忙，省事儿了！”

“干吗呀，彭所？我怎么觉得心里不太踏实？”

“先把红包领了再说。”

“真不好意思领……”

“小红包，逗你玩的。儿童节嘛，凑个趣。”

“那我可真领了啊。”

“马上领。别养成拖拖拉拉的毛病。”

马一路把红包点开，吓一跳。居然是两百元的大红包。

“彭所，别吓我……”马一路真有些紧张了，“您那点儿私房钱，发这么大红包，太违常理了。我……我还是还给您吧。”

“你小子，现在都敢当面嘲笑我了……”彭大勇笑容满面，看上去并没有被嘲笑的不适感，“幸亏今天是六一儿童节，不是520。520的红包咱也不是发不起，主要怕你嫂子看到，解释起来麻烦！”

马一路看出彭大勇是真高兴。灵机一动。

“彭所，是不是技术那边有啥结果了？”

“这是今天送你的第二份儿童节礼物。”彭大勇说，“这可是份大礼。”

邱妍的案子是以失踪人口调查立的案，自然不能“享受”命案调查的种种“待遇”。

三人小组成立之初，在调查李雪一案时，就曾经历过类似的窘境和尴尬。

直到案件的推进，成立了命案调查专案组。在彭大勇的争取和省厅领导支持下，三人小组获得与专案组共享技术信息的“特权”，三人小组这才如虎添翼，最终成功结案。

彭大勇私下经常抱怨，现在当刑警没意思，所以转行到派出所。说到底，技术力量的强大，降低了刑警靠斗智斗勇赢得胜利的成就感。

但彭大勇当然明白，对整个社会而言，技术进步意味着安全保障的巨大提升。

否则，彭大勇就不可能在六一国际儿童节这天，给马一路送上这份特殊的“礼物”。

从达尔文的狗垫和牵引带上采集的 DNA，经过各项比对，可以确认来自邱妍本人。

除了邱妍的皮屑和毛发，还采集到邱妍的血液。

血液在狗垫上找到多处，在牵引带上只有极不显眼的两个小点。

所有血液的新鲜度都基本相似，可判断为来源于同一时间段。

牵引带上的两点血迹，均呈喷溅状，说明牵引带上的血液很可能是邱妍遇害时留下的。

按陈奇峰的回忆，狗垫平时铺在邱妍的卧室角落。上面的血迹可能是在邱妍死后，两条狗沾到血迹，又返回狗垫时蹭上去的。

牵引带平时就挂在客厅椅背上。邱妍可能就在客厅遭袭，致使血液喷溅到牵引带上。

仅仅这两滴喷溅状血液当然不可能致死。第一现场必定存在大量受害者的血液。

凶手用缜密的方式处理了那些血液，却没注意到牵引带上留下的那两滴。

狗垫是深棕色虎斑花纹的棉垫，虽然蹭了多处血迹，但用肉眼根本看不出来。

否则以凶手的谨慎，断然不会将这两件杀人现场的重要证物，与受害人邱妍的狗一起带走，并留给他人。

至此，技术采集到的共五份人类DAN样本，四名都有了着落。

根据排除法，剩下的那份男性DNA样本，极有可能来自凶手本人。

这还不是全部。

彭大勇把这份儿童节大礼的最后一环呈现给马一路时，马一路忍不住喊了一句。

“妈呀!”

那是厚厚一叠由电信部门提供的原始数据。

将达尔文送给好再来饭店的那个中年男人，在送出达尔文大半年后，于2017年的春节期间，用一个手机号码拨打了“好再来”的固定电话。

讨论这个电话时，三人小组根据各种因素推测，这个受情感干扰的电话，很可能会成为追查凶手身份的重要线索。

“让你们说对了。那人打电话时确实没刻意防备，用的就是他那大半年常用的一个手机号。号码是阳城号码，号码登记的身份证不是。但查了那个身份证，身份证是盗用的，和这案子没关联。从手机号的使用情况推断，送狗的人离开宁江，直奔阳城，在阳城用他人身份证办了个手机号，用了大半年。接着凶手就离开阳城，去了平川……”

“平川?!”

马一路脑子里瞬间闪过邱妍母亲的脸以及曾说过的话，过电般打了个激灵。“我虽然老了，但比邱妍脑子清楚。那朵假花是从平川寄来的。”

邱妍的母亲果真没记错，那份邱妍绝不可能寄出的母亲节礼物，是凶手从平川寄出的。

虽然马一路此时根本顾不上去想，凶手为什么要替被他杀死的邱妍寄一朵永生花给她痛恨的母亲。

“对，平川。在平川继续用了半个月左右阳城的号，之后就不用了，估计是换了新号。本来以为这条线就断在平川了，结果又拎起一根线头。

说起来比较复杂，看你猴急的样儿，我就直接说结果吧。阳城的号在弃用之前，和一个平川的手机号有过一次交集。一查这个平川的号码，查到一个身份信息。再查查过往记录，感觉这个身份证的主人，就是你们要找的人。”彭大勇故意停顿了一下。

“这么确定?”马一路勉强按捺住自己的急切心情，“什么样的人?”

“这人叫余明白，现年 52 岁。户籍在易水，年轻时在阳城工作。2011 年来到宁江，有个宁江的手机号。2016 年 6 月下旬，将宁江的手机号停用销号。从手机号、身份证使用情况看，2011 年到 2016 年 6 月主要定居在宁江，偶尔去易水和平川。”

“易水是他户籍所在地，平川呢?”

“他有个女儿在平川，先是读了个护校，好像是中专，毕业后没直接工作，又继续读书，现在在平川一家医院当护士。”

“有女儿说明有老婆。他老婆是不是在易水?”

彭大勇听了马一路这个问题，微微一愣。

“这个我倒没在意。户籍资料显示是已婚……你怎么知道他老婆在易水?”

“这些年他除了在宁江，就是在易水和平川。平川有他女儿，老婆应该就在易水了。”

“刚想夸你成熟，你又简单了。”彭大勇说，“既然有老婆，老婆当然跟他一起。住宁江，去阳城，去平川……干吗非得在易水?”

马一路眨巴几下眼睛，想过来了。

“对呀，我这脑子怎么想的?”马一路说，“一想到这人，就觉得他是一个人……他是有家有老婆的呀。”

“不怪你，到底没结婚，没经验。”彭大勇说，“再说你们之前对这人做过各种分析，认为这人比较孤独。所以产生这种错觉不奇怪。”

“谢谢彭所给我找台阶，不过……”

“不过什么?”

“我说了，您别觉得我是为了找回面子，故意跟您较劲啊。”

“现在你非说不可了，不然就是为了找回面子，故意制造莫须有的悬念!”

马一路笑了。

他忽然想起，有一次普克曾说他和彭大勇很像，那时马一路心里颇不以为然，现在却觉得，普克真是火眼金睛。

“我第一反应这个余……”马一路一下子忘了刚听到的名字。

“余明白。”彭大勇说完又念叨了两遍，比较名字重音的区别，“余明白，余明白……我这么一念，保证你再忘不掉了。”

“余明白，余明白……”马一路按彭大勇的读法重复了两次，“真是，这回记住了!”

“接着说。”

“我第一反应是，余明白来来去去总是一个人。有可能像您说的是种错觉，也可能不是。”马一路说，“我们一路查到现在，听到看到的都是一个人的信息。当然，有可能余明白根本就不是我们要找的凶手，也可能是他老婆一直藏在他背后。不管怎么说，不能只凭日常经验就做判断，得通过调查，拿到证据才能说话。彭所，我这建议您觉得有没有道理?”

彭大勇认真听完马一路的话，盯着马一路看了几秒钟，咬牙切齿地挤出几个字。

“开始给我当老师了?”

“打死我也不敢，”马一路吓一跳，“您千万别……”

“得了，少装孙子!”彭大勇忽然笑了，“刚才你那堆话，虽然啰唆了点儿，但有道理。我无条件接受。是我倚老卖老，有些细节自以为是了。”

马一路赶紧以手抚胸，帮自己顺气。

“不带这么吓唬儿童的……”

“话说回来，我倒真有点儿纳闷，”彭大勇打断马一路，转回正题，“说半天了，你一直没明确表态。你认为这个余明白到底是不是你们要找的人?”

“不是我们要找的人……”马一路顺便又小小地“整”了彭所一下，

“我觉得这个余明白，就是咱们要找的人!”

彭大勇愣着，没回过味儿来。

“‘咱们’就不光是三人小组了，也包括您。”马一路解释，“别骂我矫情，我这都是跟您的好朋友普克大神学的。”

“再这么下去，普克都被你带坏了!”彭大勇笑骂，“我送你这么一份儿童节大礼，难道你不该回我一份大礼？注意啊，此礼非彼礼。跟我玩文字，小样儿!”

马一路定神想了想，很争气地领悟了彭大勇的笑骂。

“彭所，我老实和您交代，其实我现在特别兴奋特别激动，就是为了在您面前显得成熟才假装平静的。”马一路一改之前的各种调侃、较劲、耍嘴皮，只剩下发自内心的诚恳，“特别感谢您，这是我这辈子收到的最好的儿童节礼物。”

马一路上前两步，张开双臂，紧紧拥抱了彭大勇一下。

然后松开被惊呆了的彭大勇，迅速转身，逃也似的离开所长办公室。

扫一扫
听本节

7

虽然还没到庆功的时候，704 还是小小地热闹了一下。

彭大勇借开案情分析会的名义，带来一瓶珍藏多年的老酒，非拉着普克和马一路陪他喝。

江小流，彭大勇是不敢拉的。拉也没用。

马一路身高体壮，本该是块能喝的料。但光明路派出所的都知道，他是徒有其表，只能坐在酒桌边吓唬人，一端杯就露馅儿。

马一路和江小流都没想到，普克不仅能喝，而且懂酒。

品了一口，简单点评几个字，就让彭大勇心花怒放，好像那酒是他亲自酿造的一样。

“问你们一个问题，”彭大勇咂一口酒，像慢动作一样把整个过程的细节展现得淋漓尽致，“喝到好酒是一种什么感觉?”

“难受。”江小流说。

“我指的不是生理感受，是一种……比喻。”喝了酒的彭大勇比平时文艺多了。

“我说的就是比喻。”江小流说，“不过我不知道什么是好酒，对我来说都是酒精。”

“马一路说。”彭大勇放弃追问江小流。

“我也不知道什么是好酒……”

“少来这一套!”彭大勇不留情面地揭发马一路，“那年你父母请我吃饭，那瓶五粮液我看你可没少喝!”

“我那不是心疼嘛，我爸自己都没舍得喝的五粮液，不能全让你喝了。”马一路半开玩笑半认真，“好吧，我承认好酒没那么辣，喝下去，热乎乎地往下走，像……”

马一路忽然停下，下意识地侧过身，避开江小流。

“像什么?”江小流看马一路不说了，偏偏追问。

“像……”马一路慌不择路，被逼无奈抓了一个词，“像人生。”

“为什么?”江小流不解。

“其实马一路是想说像恋爱，”普克笑着对江小流说，“又怕被你误读，又怕被彭所嘲笑，只好随便抓了个词。”

马一路面红耳赤，赶紧摆摆手。

“我真不会喝酒，只能胡说八道。”马一路自作主张，“该普克了。”

“我的感受可能要让大勇扫兴了，”普克说，“对我来说，喝到好酒的感觉，就是喝到好酒的感觉。”

“这算什么感觉?”彭大勇听了果然皱眉。

“如果非解释不可，只能说，那是一种真实的感觉。”普克说，“真实的感觉是任何虚假或比喻都不可替代的。”

“听不懂。算了，其实我就想让你们听听我的想法。”彭大勇很坦白，“喝到好酒的感觉，就像破案。”

“破案？”马一路凑趣地追问。

“一开始很疑惑，接着就调动味蕾四处寻找，然后不停地咂摸，再然后是怀疑，再寻找，再咂摸，再怀疑……最后眼前一亮，所有的记忆细胞全跳出来，连在一起，那叫一个爽！和破案的过程一模一样。”

彭大勇一气呵成，说完，仰头将杯中酒一饮而尽。

马一路、普克和江小流，不由自主地互相交换了一个眼神。

对于彭大勇这个“比喻”，他们显然有各自不同的评判，但解读却是一样的。

普克第一个说：“剩下的酒先留着，留到真破案的时候再喝。”

“我同意。起码抓到凶手再说。”马一路说。

“抓到凶手也不见得就破案了，”江小流说，“前面有例子。”

江小流说的“例子”，指的是李雪案。因为同案重要嫌疑人李方正的死，失去太多重要证据，至今仍在补充侦查阶段，结局不明。

彭大勇本来已经准备再给自己倒上一杯，听完这些话，再看看他们的表情，不好再倒了。

“你们这意思，是说我盲目乐观了？”

彭大勇问的是“你们”，眼睛却盯着马一路。明摆着，柿子专挑软的捏。

马一路悄悄瞟一眼普克，又瞟一眼江小流。心里暗暗叫苦。

正琢磨如何措辞，普克挺身替他挡箭。

“大勇，既然是案情分析会，不如咱们就分析分析案情。”

“不是我不想分析，案子交给专案组了，剩下的事情就是抓人了，还有什么可分析的？”

彭大勇说的是实情。

录音笔事件以邱妍失踪立案，调查到现在，各种证据形成的证据链，已充分说明邱妍很可能被杀害并被分尸、抛尸。

多年来，宁江公安始终保持着“命案必破”的记录。每起命案必然成立专案组，便于整合资源，集中力量，共同侦破。

邱妍案的所有物证资料都已转到专案组。

各种刑侦技术手段也都可以依法使用，效率立刻提升。

经查，余明白2011年来宁江后曾与邱妍有过生意上的合作，确定两人相识，且两人银行账户有过钱款往来。

邱妍破产后，卖掉她名下的两套房子还债，仍有部分债务未能清偿。有债权人表示，余明白曾以邱妍朋友的名义，出面协调过双方的债务纠纷。

当时双方还去了派出所，并在派出所留有身份证号码及本人签名。

经好再来饭店的老板夫妻证实，将邱妍的狗送给他们的人，与余明白身份证上的照片相符。

余明白的身份证在2011年至2016年6月之间，处于正常使用状态，多次购买火车票，往返于易水、平川两个城市，且多次通过网络平台预订易水和平川的酒店。

2016年6月之后，此身份证再没有使用过。该身份证名下的宁江手机号呈现同样规律。这个时间与邱妍“失踪”的时间相符。

到目前为止，综合所有证据，可以确定余明白为邱妍案唯一的嫌疑人。

基本确定余明白就在他女儿定居的平川市。

专案组已安排了侦查员前往平川，待核实相关线索后，即可正式抓捕嫌疑人余明白。

“你们说，抓人有什么可分析的？这也不是你们的长项对不对？”

彭大勇虽是提问，语气表情完全可以当作总结。

“余明白现在是邱妍案的重要嫌疑人，这没问题，但目前证据够不够正式抓捕？”普克直言不讳，“看上去证据很多，但都是间接证据，直接下逮捕令比较危险。”

“就算抓不了，传唤肯定没问题。只要能弄到他 DNA，和第一现场的对上号，那就是铁证了。”

“万一和现场的对不上号呢？”普克问。

狗垫和牵引带上采集的 DNA，经鉴定都有了着落，只有一名男性 DNA 样本，等着某人对号入座。大家普遍怀疑那个样本的唯一出处就是凶手，这是彭大勇和普克都了解的情况。普克提出这个问题，让彭大勇一愣。

“就算对上号，也不算铁证。”没等彭大勇回答普克，江小流的问题也来了。“既然余明白和邱妍是熟人，留下 DNA 很正常。”

“这么一想，还真是挺麻烦的。”马一路本来只觉得还不到喝庆功酒的时候，普克和江小流的问题一出来，他发现脑海里曾有过的担忧又冒出来了。“哪怕再进一步，通过录音鉴定那个叫达尔文的声音就是余明白，也只能证明余明白在邱妍死后去过第一现场，没法咬定就是他杀的人。”

“如果我是余明白，而且我确实是杀死邱妍的凶手，现在被你们抓住，我也可以给你们编一个听上去不可思议，但逻辑上无法推倒的故事。”普克说。

“彭所，普克讲故事可好听了，我们已经听过好几次了，听得我一愣一愣的……你想不想听？”马一路问彭大勇。

“你以为人人都是普克？”彭大勇有些不服气。

“从我们获得的所有信息看，这个人编故事一定比我更严谨，绝不能小觑。”普克说。

“他会编，我就不信咱们不会拆。”彭大勇顽强反击，“从零开始，都到这一步了，总不可能还是零吧？”

“没尸体，没目击者，录音没画面，电话、信息、监控没记录。”江小流问，“怎么拆？”

“先让我想想……”彭大勇头上开始冒汗了。

“大勇，你思考之前，我先问一句。刚才你提到侦查员已经去平川了，接下来他们的行动方案你了解吗？”普克说。

“这次咱们没进专案组，他们肯定不会跟我说。不过按常规来看，估计他们会先接触余明白的女儿，从侧面掌握余明白的情况，然后再动手。”彭大勇如实回答。

“侧面？”江小流不解。毕竟她只是个刚入行的临时工协警。

“就是先向余明白的女儿打听余明白在哪儿，最近有没有联系，知不知道余明白犯案……”马一路解释给江小流听，“要是能通过他女儿说服他自首，那是最好的啦。”

“把案情告诉他女儿？万一他们是同伙怎么办？”江小流问。

“当然不可能直接告诉他女儿。”彭大勇笑了，“侦查员又不是吃干饭的，都受过专业训练。这么跟你说吧，就我和普克以前办过的案子，至少有三起是我们通过嫌疑人的亲属，劝嫌疑人投案自首的。”

“如果他女儿很聪明，和爸爸感情又很深……”

江小流罕见地没把一句话说完就停下。彭大勇立刻挑明了江小流的暗示。

“通知余明白逃跑？顺便给你普个法，那叫包庇。包庇也是犯罪，懂了吧？”

彭大勇刚才一直被三人“吊打”，总算找回一点儿老刑侦的“熟旧感”。还想借给江小流普法，维护一下老刑警的尊严，704 忽然响起了敲门声。

“你们谁约了人？”马一路感到有些奇怪，起身往门口走。

“我没约。”江小流说。

“我也没有。”普克说。

“我更没有了。我就是来喝……”彭大勇及时改口，“来开案情分析会的。”

“没按楼下门铃，直接上来敲门。不是楼里邻居敲错门，就是抄水表或者收物业费的，也可能是尾随业主潜入的小偷……”

自从认识江小流和普克，尤其是成立三人小组后，马一路似乎对学习上了瘾。孜孜不倦，抓住每一个练习分析推理的机会。即便走过去开个房门，也要先分析一通。

门一开。

“妈!?”马一路呆了。

马一路的母亲笑眯眯地站在门口，大声答应：“儿子!”

马一路的第一反应是，赶紧往外迈一步，用身子挡住母亲。

“妈，你怎么……”

马一路母亲对付儿子具备充分的实战经验。

直接把马一路往旁边一拨拉，自己满面笑容地走进门。

“不好意思，打扰各位了，我是马一路的妈妈。”说着，回头问马一路，“要不要换鞋?要换就给妈拿双拖鞋，没拖鞋有鞋套也行，鞋套也没有就给妈拿个拖把，妈自己把鞋蹭蹭。”

“妈，我们……开案情分析会呢。”马一路站着不动，试图负隅顽抗，“这不合适。”

“开会?”

马一路母亲探头往餐桌方向张望。这时，餐桌前的几个人才反应过来。

普克和彭大勇都站了起来。

江小流犹豫一下，看看他们起身，也站起身。

满满一桌菜，看上去颇丰盛。只是都用餐馆的方便餐盒装着。是江小流叫的外卖。

为了配彭大勇珍藏的老酒。

除了江小流，每个人面前都有酒杯。

彭大勇主动和马一路的母亲打招呼：“马老师，稀客、稀客……”

“哎呀，彭所也在呀。”

马一路母亲看儿子站着不动，没有听吩咐安顿她的意思，把脚在门口地垫上使劲蹭蹭，从马一路身边走过，径直走到餐桌前。

“彭所也在，我更得来打个招呼。不过我和彭所说过好多次啦，我既不是老师，又不姓马，彭所见面就叫我马老师，我都不知道答应好呢还是不答应好。”不等彭大勇回答，看看桌上的菜，“哟，一桌子菜倒挺像样，怎么都装塑料盒子里？好歹换上家里的餐盘呀，那才像个聚餐的模样。”

马一路赶紧跟到母亲身后，心一横，绷着脸，严肃地说：“妈，我们不是聚餐，真是开会。”

“马……妈妈，马一路说的是真话，”彭大勇也配合马一路，“真在开案情分析会，只是顺便填肚子。”

“还有酒呢。马一路，你居然也喝酒？你不是和妈妈保证过，在单位一滴酒都不喝吗？”

“我没喝……”

“酒杯摆在那儿呢。一，二，三……三个酒杯，就小姑娘面前没酒杯……”

母亲火眼金睛，盯上了江小流。

马一路觉得自己眼前直冒金星，血往上涌，完全失去了思考和应对的能力。

彭大勇和普克也有些不知所措。毕竟眼前这位自来熟，不是别人，是“马妈妈”。

所有的目光都停在江小流身上。

江小流站在桌前，看了“马妈妈”两秒钟，伸手将马一路的酒杯拿起来。

本来彭大勇就只给马一路倒了小半杯，马一路抿了两口，还剩个杯底。

江小流把杯子送到自己嘴边，一仰头，喝掉了。

甚至还对彭大勇的母亲微微一笑。

不知这笑容是来自对哪位人物的记忆。笑容自然甜美，透出青涩的味道。

“阿姨，我叫江小流，是马一路的同事。”江小流用日常少见的礼貌态度说，“我们在讨论案情。太血腥了，喝点儿酒壮胆。”

马一路的母亲端详了江小流片刻，将刚才自来熟式的热情，恰到好处地收敛了三分。

“你好，江小流，谢谢你对我家一路的关照……哦，我这个‘一路’指的不是那个‘一路’……瞧我笨的，说个话颠三倒四!”

“我明白您指的是马一路名字里那个‘一路’。”江小流对马一路的母亲仍报以微笑，外加她一贯的平静，“其实是马一路在一路关照我们。”

普克在旁边及时响应。

“您好，我叫普克，也是您儿子的同事。您放心吧，小马很成熟，我们都很信任他。”

马一路的母亲看一眼旁边的儿子。

马一路此时处于一种放空的状态，看上去略显呆滞，脸上却又浮现一种神秘微笑。

“真不好意思，打扰你们开会了。”马一路母亲对大家微微欠身，表示歉意，“儿子好些天没回家，我有点儿想他……大家继续吧，现在我放心了，我走啦。”

如同来时一样突然，马一路的母亲离开704时，也毫不拖泥带水。

马一路把母亲送进电梯回来后，还显得有些不放心。又打开门，探头往外看看，这才关上房门，走回餐桌前。

“我发誓，我没告诉过我妈我住在这儿，”马一路心情复杂地解释，“就说是单位给安排了间集体宿舍……不知道她怎么摸来的。”

“你妈绝对是高人!”彭大勇笑着说，“属于大隐隐于市的那种。”

“我好奇的是，大勇为什么要叫她马老师?”普克问。

“每次见面，光记得她那光辉形象了，老记不住姓什么，也记不住她是干什么的，反正叫老师都没错!”彭大勇瞟一眼马一路，“这话不许告诉你妈!”

马一路听见了彭大勇的话，却完全没入脑子。

他看着江小流，满怀感激。

“谢谢你啊，刚才对我妈那么……客气。”马一路说。

“用得体形容更合适。”普克笑着说。

“我一听马老师说‘小姑娘’，我那颗心啊，一下子拎到嗓子眼儿，就等着接下来的一二三四了……”平时江小流最反感陌生人用“小姑娘”这类称呼和她套近乎，彭大勇多次目睹江小流的反击，心有余悸，“说实话，简直不正常。”

江小流的表情早在马一路母亲离开704那一刻就恢复了“正常”。

她看着马一路，用马一路早已习惯的冷淡语气说：“你妈妈真好，那么爱你。”

马一路愣了一会儿。

“彭所，这酒能不能再给我倒一点儿？”马一路从江小流面前取回自己的酒杯，“一口就行。喝完，今晚我想回家去住。”

彭大勇二话没说，给马一路倒了大半杯。

“多倒了些，以示诚意。”彭大勇说，“喝多少你随意，千万别勉强，剩下的我不嫌弃。”

马一路端起杯子，一口气把酒喝光了，龇牙咧嘴，表情痛苦。

彭大勇一阵心疼。

“我先走啦，趁我还没晕，赶紧打车回家。”马一路说着往外走。

“谁让你走了？”彭大勇好气又好笑，“案情分析会还没结束呢。”

“反正今晚肯定结不了案，”马一路借酒壮胆，直抒胸臆，“您想扳回一局也得等明天了。各位明天见！”

说完马一路匆匆忙忙关上门走了。

“这小子！我有啥想法他能猜到？”彭大勇不知怎么，笑容有些讪讪的，“真把自己当神婆了。”

江小流的目光在彭大勇脸上扫了个遍：“马一路从来没想当神婆，只想当神探。彭所不信，我可以替马一路分析一下……”

“打住！打住！”彭大勇感觉自己处于X光机的扫描之中，及时制止江小流对他展开全方位的分析推理，“我承认今晚结不了案还不行？既然结不了，咱就不争朝夕了。我宣布，今晚的案情分析会到此结束！”

马一路匆匆离开704，对大家说“明天见”时，没想到“明天”来得这么快。

知道自己酒量浅，马一路不敢在路上多耽搁，出门看见一辆出租车直接就上了。

马一路到家时，母亲还没到。马一路的父亲看见儿子回家，有些纳闷。

“你妈不是跟踪你到704去了吗？怎么你回来了，她还没回来？”

“肯定是坐公交车了呗，她哪舍得打车呀，公交车肯定比出租车慢嘛。”

马一路舌头已经有些不灵活，但身体轻飘飘的，感觉很愉快，非常乐于和父亲交流。

“可是爸，我有一个问题，妈为什么要跟踪我？”

“还有一个问题，我今天根本没回家，她怎么跟踪我？”

“还有一个问题，她怎么知道我在明月花园9栋704的？”

“还有一个问题……”

马一路歪在沙发上，和衣呼呼大睡起来。

酒醉的马一路实在太沉，父母弄不动他，六月天也不怕他着凉，就随他睡在沙发上。母亲给他盖了条毛巾被。

凌晨四点多，马一路的父母都被吵醒，从卧室走出来。

手机在马一路身子底下压着，不停地震动，没震醒他，却吵醒了父母。

母亲从马一路身下抽出手机，看见来电显示是彭大勇的名字。

虽然舍不得，还是咬咬牙，硬把马一路摇醒了。

“你们彭所来电话，”母亲说，“这时候打电话来，肯定是要紧事儿，你咬牙接一下。”

父亲赶紧给马一路递上一杯水，马一路一边咕嘟咕嘟灌水，一边晕乎乎接起手机。

“彭所，我……”

“余明白自首了。”彭大勇在电话那头说。

“谁?”马一路嘴里含着一口水，还有些迷糊。

话一出口，突然清醒了。马一路被水呛到，一阵狂咳。

彭大勇像是就在等着这个期待中的效果，耐心地等了半天，根本没催马一路。

马一路总算咳完喘定，看看父母都在旁边不安地守着。他先安抚父母去接着睡觉，然后继续接电话。

这个过程中，无数个问题在马一路脑海中飞过。

其中一个问题是：记忆中昨晚的事情真是昨晚发生的?

会不会其实已经过了半个月?半年?甚至好几年?

否则，昨晚讨论时还只是个影子凶手的余明白，居然已经投案自首了?

“彭所，我知道您肯定不会说错，我就是怀疑自己听错了，”马一路对着电话那头的彭大勇开诚布公，放慢语速，一个字一个字地咬着问，“您刚才说，余、明、白、自、首、了?”

“余明白自首了。”彭大勇语气轻松地重复道，“而且是亲自赶回宁江市局自首的，现在被送看守所了。”

马一路沉默了一会儿。

“真不敢相信。”马一路不得不坦白，“我怀疑自己在做梦。”

“别说你，刚才他们给我打电话，我也以为自己酒还没醒。”彭大勇忍着笑说。

“谁给您打电话?专案组?”

“我知道你还是怕弄错了。本来可以等上班再说，可这案子是你们一手抓起来的，到了最重要的环节，你肯定不想错过。普克、江小流这会儿都不方便叫醒他们，我才专门给你打电话。”彭大勇在电话里非常耐心地解释，“老实说我也挺好奇。你要愿意，现在咱俩就可以赶过去，当面验验真伪。”

天刚亮时，马一路和彭大勇在看守所见到了余明白。

两位去平川抓捕余明白的侦查员，也连夜赶回来了。

余明白几个小时前来到宁江市局，对门口的执勤武警说自己杀了人，回来自首。

值班人员经过查询了解，核对身份证件，这才按程序将余明白送到看守所。

同步通知专案组负责人。

负责人通知在平川的侦查员。

侦查员接到通知时的反应，据说和马一路差不多。

“这反应速度也太快了！”其中一位侦查员也是老刑侦了，和彭大勇很熟，“下午刚让他女儿当我们面给他打了个电话，现在就回来投案了。”

“电话是当着你们面打的？”彭大勇那颗热爱刑侦的心仍未改变，充满好奇。

“当面，免提，从头到尾一个字不落。”

“怎么说的？让我学习一下，一个电话就让杀人分尸的嫌疑人自首，这可不是一般的能耐。”

“又不是我们的能耐。我们俩在旁边听着，没跟嫌疑人对话，就是他女儿说了几句。”

“那是他女儿的能耐？”

“他女儿压根也没劝他自首。俩人通话总共不到一分钟，想劝他自首都来不及说。”

“越说我越好奇了，反正不到一分钟，说给我们听听。这案子还是这小子张罗起来的。”

“这小子”，当然是指旁边的马一路。

“这就是你那个三人小组里的小‘保姆’吧？”在同行面前，侦查员说话大大咧咧，也不管马一路的感受。好在马一路皮实，知道这就是一线刑警的说话风格。“听说还有个小丫头，比执法记录仪还灵？”

“那是真灵！”彭大勇用上了激将法，“别说一分钟的电话，就算一小时的电话，她都能原样说给我们听，一个字错不了！”

“听说过她的特异功能，我可没那本事。”侦查员看似云淡风轻，其实多少有些暗自不服，“但我有手机呀。现在有手机，啥不能录？也一个字错不了！”

说完，侦查员播放了那段余明白父女的通话内容。

电话是余明白的女儿当着两位侦查员的面拨通的。号码是余明白在平川的手机号。之前正是通过这个手机号，才查到余明白的身份信息。

如侦查员所说，余明白父女的通话时间，总共不到一分钟。

“是我，爸。”

“我知道。打电话有事情？”

“你在哪儿？”

“你在哪儿？”

“我在医院。”

“哪个医院？”

“我在上班。爸，你还没说你在哪儿呢？”

“在平川。”

“可上次吃饭，你说你到平川出差，待两天就走的。”

“有什么事情吗？”

“你是不是有什么事情瞒着我？”

沉默。

“爸……”

“不用说了。爸爸的事情，爸爸自己处理，一向都这样。”

“爸……”

“不说了。再见。”

余明白与女儿的通话就这样结束了。但侦查员的手机录音里，还有几句侦查员和余明白女儿的对话。

“这就挂了？”侦查员显然没想到结束得这么快。

“嗯。”女儿的声音很轻。

“这反应……不对头呀。”侦查员没掩饰自己的怀疑情绪。

“开的免提，你们都听见了……”女儿的声音有些不安，停了停，“到底出什么事了？”

录音到此结束。

扫一扫
听本节

8

余明白对于自己杀害邱妍并分尸、抛尸一案，主动回宁江投案自首，详尽供述了案情经过。

审讯过程异常顺利。

“既然选择投案自首，对于自己所犯的罪行，我一定知无不言，言无不尽，对犯罪事实不会有任何歪曲或隐瞒。”

审讯一开始，余明白就对负责讯问的侦查员这样表态。

“如果在某些细节问题上我的表述出现含糊，完全是因为案件发生已经两年，而且案发时情绪不稳，可能存在记忆偏差，绝非刻意抗法。”

似乎读出了侦查员脸上习以为常的怀疑，余明白以更加诚恳的态度做出保证。

“五十知天命。到了这个年纪，我已经认命了，不希望自己像只老鼠，一辈子躲在阴沟里。”

余明白说这话时，两位负责讯问的侦查员都看清了他眼里深深的倦意。

侦查员们经历过无数次审讯，与太多嫌疑人斗智斗勇，积累了足够的阅历和智慧。

他们一致认为：诚恳的态度还可以伪装，那种身心俱疲的倦意，很难装出来。

按余明白的供述，他是在2011年春天到宁江的。

余明白在宁江并没有亲戚朋友，之所以选择这里，是考虑到宁江的经济发展环境不错，希望谋得事业上的改善。

也做了种种努力，但都没能如愿。

他和邱妍就是在这个过程中相识的。大概在2012年。

两人认识的时候，邱妍三十出头，有个男朋友，经济条件不错。

余明白很快意识到，即使到了宁江，以他各方面的现实条件，想找到合适的工作也非常困难，因此准备自己创业。

邱妍当时除了做代理化妆品生意之外，还有一套门面房。

余明白想租邱妍的门面房开店，邱妍觉得余明白为人比较忠厚可靠，建议两人合伙，余明白接受了这个方案。

两年后，邱妍因被另外的合伙方欺骗，不仅令自己的投资打了水漂，还欠了几百万的债。

男朋友跟她分手了。为了还债，她将一套自住房卖了，最后门面房也不得不卖了。

当时邱妍状况很惨。

余明白与邱妍的合作主要靠口头约定。邱妍为还债卖掉门面房，导致两人之间的经济账变得有些扯不清了。

按余明白的说法，除了将门面房卖掉，关停生意，造成一些无形损失外，邱妍还从他这里陆陆续续挪用过现金，总计超过十万元。

当然这种说法已无法向邱妍求证。

看邱妍状况不好，余明白当时也不好意思向邱妍要回这笔钱。毕竟两人除了合伙人关系外，也有几年朋友的交情。

之后有两年，两人一直没见面。

到了2016年，余明白自己急需用钱，实在没办法，便与邱妍取得联系。得知邱妍新租住的地点，他准备上门要回自己那笔钱。

要钱是件为难事。余明白在电话里没敢直接张口。

邱妍有两条狗。余明白知道邱妍爱狗，便买了一箱鸭肝，借口给狗送鸭肝。邱妍果然同意见面。

2016年6月15日下午四点左右，余明白带着给狗买的鸭肝来到邱妍租住的201室。

邱妍对余明白的态度比较冷淡。余明白感觉邱妍有些敷衍他，自己也觉得挺难堪。

为了要钱，余明白不得不假装没察觉邱妍的态度，希望能坐下，和邱妍好好聊聊自己的难处，再开口要钱。

邱妍看上去有些忙，当着余明白的面接了几次电话，还发短信、微信什么的。

余明白更觉得邱妍是以这种方式委婉地逐客。

平时他并不擅长调节气氛，邱妍扔下他接电话处理信息的时候，他只能逗邱妍的狗，一来缓解自己的尴尬，二来可以讨好邱妍。

好不容易等邱妍停下来“处理”和他的事情，没想到一开口就谈崩了。

邱妍不承认欠了余明白的钱。余明白想和她说理，却越说越僵，从说理变成争执。

争执的细节余明白记不清了。

不仅现在记不清，事发当时他也很恍惚，隐约记得邱妍侮辱了他的人格。因此两人从言语争执上升为肢体冲突。

发生肢体冲突的过程很短暂。邱妍打了他一个耳光，骂他废物、人渣，令余明白失控了。

余明白进门时看见门口地上放着个千斤顶，当时没多想。

彻底失控的时候，他随手抓起千斤顶砸向邱妍。

就一下。

邱妍倒地。挣扎几下后，很快就不动了。

看见一地的血，余明白就晕了。

并没有晕倒，只是迷迷糊糊，像时间停止了似的那种晕眩。

一直到邱妍的手机一再响起提示音，余明白才清醒过来。

事情已经不可挽回。

余明白看到邱妍手机上的时间，从此这个时间刻在了他的脑子里。

2016年6月15日19点27分，星期三。

然后余明白意识到，他必须想办法处理邱妍的尸体。

决定处理邱妍尸体的时候，余明白已经明白，只有分尸一条路可走。

邱妍租住的房子在二楼，老房子没电梯。

余明白很难把一具完整的尸体“安全”转移到楼下，并用车运走，而且要不被人发现。

何况看过太多新闻，无论将完整的尸体抛弃在哪里，都很容易暴露。

只能分尸，然后逐步抛尸。

201是个两室套，面积不大，又堆满了邱妍以前做生意时的各种存货。

发生冲突的地方是在门口的小客厅，邱妍也是在那里倒地死去。老旧房子隔音很差，门外上下楼的声音听得一清二楚，在此处分尸显然不合适。

余明白选中的分尸场所是邱妍所住的卧室。

虽然也堆了杂物，还住了狗，但有一张双人床。

余明白首先把尸体从小客厅转移到卧室的床上。

接着清理邱妍倒地后流淌的大量血迹。

那时天已经黑了。

余明白不敢开灯，所幸客厅有一个感应夜灯。借夜灯的光亮，余明白将肉眼可见的血迹清理干净。

邱妍养的两条狗，余明白都认识。一条狗叫老大，很老了，基本待在卧室不怎么动。另一条狗叫达尔文，年轻活泼。

两条狗都不明白主人已经死了。

余明白清理完现场时，已经是夜里十点多。两条狗平时早就该遛了。老大还算好，达尔文急得一直哼哼，要往门口跑。

余明白没办法，看看比较晚了，壮起胆，用牵引带拴着两条狗，下楼遛狗。

老大没走几步就走不动了。余明白就抱着老大，牵着达尔文，遛了半小时左右。

很幸运，遛狗时没遇到小区邻居。

这个过程中，余明白想好了接下来的计划。

下午邱妍当着余明白的面接过几个电话，其中一个电话是邱妍的房东打的。

当时邱妍没避讳余明白。房东急着卖房，想提前和邱妍解除租约，邱妍不同意。

挂断电话后，邱妍还和余明白抱怨了几句，说小区忽然成了学区房，房价涨了，房东见利忘义要毁约，就算退她房租、押金她也不干。东西多，搬家太麻烦，所以之前才和房东约好租三年。

余明白决定利用这个偶然得知的信息，解决分尸抛尸后的麻烦。

遛完狗回到201，余明白先给狗喂了狗粮，然后开始解锁邱妍的手机。

本来他还很担心这个环节会出麻烦，没想到出乎意料地顺利，用邱妍的指纹，直接就解锁了手机。之后余明白改了手机密码，方便处理后续事情。

分尸需要工具。余明白查看了邱妍家的厨房，没找到合适工具。

短暂休息了两个小时后，在6月16日凌晨三四点钟，余明白离开邱妍的住处，开着邱妍的车去买工具。

邱妍的车钥匙就在门口柜子上。车是以前邱妍事业风光时开的那辆，余明白认识。

有部分工具，是余明白回到自己租住的地方取的。大部分工具是余明白分次在一些开门早的店铺买的。

上午九点多，余明白开车带着各种工具返回201，开始分尸。

分尸持续了差不多整个白天。到傍晚时基本结束。

初步估算了打扫分尸现场以及抛尸所需的时间后，当晚余明白用邱妍的手机给邱妍的房东发信息，以邱妍的口吻向房东提出解约，并表示放弃剩余房租及押金，以弥补房屋混乱给房东造成的麻烦。

和余明白预计的一样，双方的“谈判”非常顺利，解决了余明白最大的隐忧。

与房东约定交房时间后，余明白必须尽快抛尸。

当天晚上，余明白将所有包装好的尸块转移到邱妍的汽车后备厢，开车离开小区，然后按事先确定的地点分批抛尸。

外出抛尸前，余明白又遛了一次狗。这次没带老大，只带了达尔文。他知道此时遛狗很危险，但受不了达尔文磨他，只能速战速决。

分尸使用的工具，以及卧室床上被血液污染的物品，没能一次带走，留待次日处理。

抛尸差不多用了一整夜。

6月17日早晨天快亮时，余明白开着空车回到小区，此时他已经筋疲力尽，必须睡一会儿补充体力。

邱妍卧室的床上，原来的物品已经被打包收好。余明白从柜子里找到干净的床上用品，铺好，在床上睡了两三个小时。

睡醒之后，余明白对现场进行最后的清理。

这个过程中，有人给邱妍发微信。这人在邱妍微信里的昵称是“疯子”，在手机通讯录里也是“疯子”。

余明白发现，邱妍死前接的电话中，其中一个就是“疯子”打的。

当时邱妍三言两语结束了电话，没听出什么名堂。现在余明白开始担心，这个“疯子”和邱妍的关系非同一般。

“疯子”问邱妍是否一切都好，余明白回复都挺好。

“疯子”立刻给邱妍打来电话。

邱妍死后，余明白曾关掉过邱妍的手机。与房东联系退租事宜打开手机后，余明白担心交房前房东还会联系邱妍，所以没关机。

现在“疯子”一再发信息、打电话，余明白意识到危机，又关掉了邱妍的手机。

中午时分，突然有人来敲 201 的门。余明白隐隐听到有个男声叫邱妍的名字。

当时余明白正在卧室收拾打包需要抛弃的物品。听到敲门声，达尔文冲了出去。余明白担心惹麻烦，追到门口，将达尔文抱回卧室，假装室内无人。

所幸敲门的人很快离开。

下午余明白出去了一次，买回几桶油漆。

天黑后，余明白将所有需要抛弃的物品转移到邱妍车上，开车带出去扔掉。

再回来时已经接近 6 月 18 日凌晨。

余明白按计划，将买回的油漆在室内四处泼洒，目的在于破坏原有的地板等设施，迫使新房主重新装修房屋。

18 日凌晨，余明白准备离开 201 时，忽然意识到，自己居然忘了考虑两条狗的问题。

如果早一些考虑到这个问题，余明白一开始就会把两条狗带离现场，甚至可以直接放在他自己的租住处，事后再处理。

把狗留在 201 一走了之，肯定不现实。余明白曾以邱妍的名义对房东说自己会搬回母亲家，照顾母亲。此时留下狗，后患无穷。

余明白只得带上两条狗，以及狗的物品，一路开车离开。

路上，余明白将那条老狗用牵引带绑上石头，沉入一个水塘。

但达尔文，是余明白的“朋友”。余明白既无法“处理”，也不能带走。

余明白决定尽可能给达尔文找一个新家。

最后终于发现有个路边饭店，各方面条件都合适。余明白将达尔文留下，连同达尔文平时用的狗垫和牵引带。

之后余明白沿途寻找，经过一条荒僻无人的河时，拆掉车牌，将邱妍的车沉入河中。

余明白销毁了宁江使用的手机卡，避免麻烦。

接下来将近两年时间里，余明白先去了曾经工作过的城市阳城，看看有没有谋生的机会。待了大半年，没找到合适的工作，只得前往平川。

余明白的女儿在平川工作，他以前也多次去过，觉得或许可以在那儿生存。

为尽量隐匿身份，余明白一直以打零工为主，避免使用身份证件。

到平川一年多，虽然与女儿保持联系，但一直未敢对女儿透露实情，也没见过女儿。

女儿始终认为余明白还在宁江工作。

直到前段时间，女儿男朋友的父母表达双方家长见面的想法，余明白才骗女儿说自己正好到平川出差，与男方家长见了个面。

大家吃了顿饭就散了。包括女儿也是。

审讯到这个环节时，余明白的一段交代给侦查员们留下了深刻印象，尤其是那位同样身为父亲的侦查员。

“杀人的事情，你有没有告诉你女儿？”

“没有。”

“真没有？”

“绝对没有。”

“那你为什么在平川待了一年多？”

“人都是感情动物。我虽然罪大恶极，也有感情。”

“你没回答我的问题。”

“我的意思是，我这辈子很失败，什么事情都做不成，到头来还发生这种事情。邱妍是我朋友，从我杀了她的那天起，我没有一天不后悔，也没有一天不恐惧，这两年可以说是生不如死。我知道自己的结局是什么。基本上是扳着手指在倒数剩下的日子。这种情况下，想离女儿近一些的心情，您能理解吗？”

“……能理解。”

“说明您很可能也是位父亲。那就更好解释，为什么我绝对不可能告诉女儿我杀了人。”

“所以你还若无其事地和未来亲家见了面。”

“对。”

“既然你根本没告诉女儿你杀人的事情，为什么她一给你打电话，你就立刻回宁江自首了？”

“审我这么长时间，你们对我的性格肯定有所了解了。我这人很细心，要不然当时也处理不了那件事情。”

“你是说，你女儿并没有在电话里给你通风报信，但你自己听出不对了？”

“我举个例子，没有冒犯您的意思。有人出于某种目的绑架了您的孩子，让孩子像平时一样给您打电话，您会受骗上当吗？何况我还是个倒数日子的亡命徒。”

“所以你一听就知道警察盯上你了？”

“对我来说，没有别的可能。”

“那你怎么不直接告诉你女儿你要……忘了，你得在女儿面前保留父亲的面子。”

“谢谢您的理解！”

“以你的智商，就没想过逃跑？”

“累了。杀人偿命，我一无所有，只能以命抵命了。”

根据余明白供述的抛尸地点，警方对嫌疑人分批丢弃的尸块进行寻找。

绝大部分因时间久远，都找不到了。

但至关重要、足以定性的一部分，奇迹般存留了下来。

余明白在宁江那些年，没什么朋友，空闲时间喜欢到荒郊野外去散心，无意中结识了一个盗墓贼。

余明白懂些天文地理，两人聊得投机。那人为证明自己是高手，带余明白看过一个盗洞。是个民间小墓，一般人根本看不出来。

抛尸时，余明白将最容易暴露的头颅弃于这个盗洞。

两年过去了，这颗头颅和过去的墓主尸骨一起沉睡于墓中。

警方带余明白去现场指认，引起附近村民围观。有一条小道消息传播开来，不知真伪。

据称，就在余明白抛尸后那个夏天，另有一个盗墓贼找到了这个墓。虽然看出已被“前辈”下过手，还是不甘心，便进去查看，结果发现了墓主之外多出的那个头颅。

那时候头颅还比较新鲜。

盗墓贼没敢报警，还因此大病一场，后来洗手不干了。

无论如何，警方对这个余明白指认为邱妍的头颅进行各项技术鉴定，确认是邱妍无疑。

马一路他们从好再来饭店找回的狗垫、牵引带上获得的另一个无名DNA 样本，也确认属于余明白。

陈奇峰提供的录音中，那一句“达尔文”，经鉴定为余明白的声音。

寻找邱妍那辆汽车费了不少时间。沉车时间是深夜，余明白对具体地点的记忆稍有偏差，加上水流及泥沙影响，汽车在水底产生了移位。

但还是找到了。

没有车牌。从发动机串号确认是邱妍的车。只是无法再进行生物取样。

结合嫌疑人本人供述、证人提供的录音、被害人遗骸、证人证言以及所有生物样本，整个案件已形成完整证据链。

余明白杀人分尸案侦查工作进入材料整理总结阶段。

很快，案件将被移交检察院进行审查并将提起公诉。

第四章
一个女儿

扫一扫
听本节

1

余明白投案自首后，专案组的工作进行得一路顺利。

三人小组不是专案组成员，所以之前手头所有材料都得转交专案组。案件侦查基本没遇到什么障碍，三人小组算是闲下来了。

彭大勇经历了上次“庆功酒”的尴尬，吸取教训，决定等法院判决出来后再喝这顿酒。不过以他的世故，很快察觉到一种微妙的气氛。

先是发现马一路的情绪不对头。

如果说之前的704碎尸案、李雪案，马一路还算捡了狗屎运，沾了江小流和普克的光，这次余明白的案子，马一路实实在在立了功。

这一点，连所里的周到都不得不服气。

按说以马一路的性格，再怎么谦虚低调，像现在这样一点儿都不嘚瑟，不太合情理。

无论夸他、赞他、激将他，他就回一句。

“案子正查呢……”有两次彭大勇听见马一路后半句的嘀咕，“就怕没那么简单……”

案件相关材料转交专案组没几天，马一路突然跑到彭大勇的办公室。

先是东拉西扯和彭大勇闲聊，迅速被彭大勇识破，让他有话直说。

马一路还是很婉转地向彭大勇打听，余明白投案那天凌晨，从平川赶回来的侦查员放给他们听的那段录音，能不能帮忙“弄”一份回来。

“弄？”彭大勇目光如炬，盯着马一路，“说清楚了，明着弄，还是暗着弄?”

“当然得合理合法……”马一路用词严谨，但语气透着心虚。

“弄不了。”彭大勇说，“现在都是物证了，你懂的。”

马一路也没坚持，叹了口气，明显失望地准备走。彭大勇叫住他。

“情绪不对呀。”彭大勇直说了，“‘弄’录音的事儿，不是你一个人的想法吧?”

“他俩可没这么说。”马一路到底老实，尤其在彭大勇面前，“再说，问问也不违规，对不对?”

“意思是他俩没这么说，但他俩也有这想法。也有这想法，意思是他俩对这案子的态度也和你一样，对不对?”彭大勇可没那么容易被糊弄。

马一路犹豫再三，决定不再遮遮掩掩。

“彭所，实话实说，我们三个都觉得余明白的自首有点儿反常。”

“普克也这么觉得?”

“对。”

“那他怎么没告诉我?”

“他说他还没想清楚，又知道你性子急，想等我们把思路理顺了，再跟您……汇报。”

“汇报……”彭大勇盯着马一路，“普克对我一辈子也不会用这个词儿。”

“您在普克心目中永远是第一位!”

彭大勇真想踹这小子一脚。

换了以前，至少也得骂一句：“啥本事都没有，油腔滑调全球第一!”

这回忍了。

马一路的成长，彭大勇全看在眼里。不能再随便说人家“啥本事都没有”。

只说该说的，才叫老江湖。

“今晚下班我去704，咱们再开个案情讨论会。有啥想法，大家畅所欲言。”彭大勇犹豫了一下，拍拍马一路的肩膀，“尤其是你，有话千万别憋着。”

马一路咧嘴笑了：“今晚带不带酒?”

“带个头!”彭大勇顺嘴骂完，心中一凛。他刚听说在盗洞里找到那颗头颅的事情，难免有些敏感。又正色补一句，“我带耳朵，你只管带舌头。”

晚上704的案情讨论会上，马一路遵照彭大勇的命令，首先畅谈了他的想法。

“我简单说说我的几点困惑。”

马一路很少在一个“会议”的开场发言，心里多少有些紧张。

但和江小流相处久了，紧张时想想江小流的淡定，就像酷暑天洗了个冷水澡一样顿时平静了许多。

脑子里想法太多太乱，想想江小流的“一二三四”，舌头自然而然就捋顺了。

“第一，以前普克带我们对余明白做过性格分析，这次余明白突然自首，和他的性格出现矛盾。第二，让余明白自首的那个电话，虽然很短，但怎么想都觉得奇怪。第三，余明白对整个案件的交代，太完整太细致，不符合一般重大杀人案件嫌疑人的行为特征。第四，第四……不好意思，第四一下子想不起来了。”

马一路一口气说到这儿才停，不容易。

“没事儿，下次提前做个笔记就不会忘了。”彭大勇表现得出奇耐心。

“我做了。没拿出来。”

马一路有些难为情。本想来个精彩亮相，却只成功了一半。

“讲得很好。不过我得先问一句，这完全是你个人的困惑，还是你们三人的集体困惑?”

马一路扭头看看普克，又看看江小流，转回脸诚实地看着彭大勇。

“集体困惑。”

“我就说嘛，起码第三点，不像你说的话。和我对你的了解产生了矛盾。”

“为什么?”

“那句话是一个老刑侦的经验总结。以你的阅历说不出来。”

“马一路确实意识到了这个问题，我只是根据自身经验证实了他的看法。”普克说，“事实上，这一点我们把它排在第三位，说明它的重要性次于前两点。”

“放在最前面的肯定最重要对吧？那咱们就从第一点开始聊。”彭大勇心平气和地说，“立案之前我就听过你们对余明白的性格分析。要是我没记错，余明白这人，性格本身就充满矛盾，对不对?”

“对。”普克说。

他们都记得，当初通过江小流对那段录音的记忆和信息提炼，加上马一路的“感觉”，经过讨论，普克对那个根本没露过面、只发出过三个字声音的嫌疑人，做了一个相当细致的性格分析。

嫌疑人与邱妍是旧相识，性格温和，有涵养。

嫌疑人不是蓄意谋杀邱妍，而是冲突中临时起意，杀人后产生了强烈的心理冲击。

嫌疑人短时间内克服了心理不适，开始冷静善后。温和的性格下，藏着理性的冷酷。

嫌疑人选择了残酷但有效率的分尸作为事后处理手段。性格决断，行动力极强。

嫌疑人在分尸之初，遭遇了心理障碍。经过短暂调整，继续执行计划，直至完成。冷酷决断之下，藏着更深的执着坚韧。

嫌疑人根据陈奇峰发给邱妍的信息，读出文字里隐藏的微妙内容，回复妥当。受过良好教育，具备较高的文字修养。

嫌疑人因为邱妍的狗舔食死去主人的尸体，感到极度痛苦，接近崩溃。在极度残酷下，他又有一种超越物种类别的天然的悲悯。

如果说，温和、理性、冷酷、坚韧……都可以称为性格的复杂，还不算矛盾，那么普克使用“悲悯”这个词形容嫌疑人，别说马一路和江小流，连普克自己都觉得矛盾得不可思议。

那天三人小组讨论时，彭大勇不在场。

现在为了使彭大勇有更具体的认识，江小流特地现场“回放”了最后那一节。

“悲悯?”马一路笑了，甚至怀疑普克是不是在开玩笑，“我怎么觉得这是一边吃肉一边念经。”

“这种问题我不懂。”江小流说，“不过听上去有些矛盾。”

“坦白说，我也觉得有些矛盾。即使凶手不是故意杀人，但杀人之后能够如此冷静地分尸，很难想象他的内心还能充满悲悯。”普克说，“当然，关于人性的矛盾的例子也不少见。我们可以先记下这个矛盾，以后说不定会发现其中的特别意义。”

江小流刚结束这段“回放”，彭大勇立刻信心倍增地表态。

“这不已经说明问题了？嫌疑人……现在可以明确说就是余明白，余明白这人从根儿上就是个矛盾体，不能按常人标准评判。”彭大勇继续说，“你们想想，换了你们，就算意外杀了人，谁能下得了狠手分尸抛尸？说白了，余明白可以算作反社会人格，这种人咱们正常人是理解不了的。”

“如果是反社会人格，就不会在明知风险极大的情况下，冒险为达尔文安排一个新家。”普克说。

“彭所没见过好再来饭店的老板，他绝对是余明白精心挑选出来的好人！”马一路说。

“你们的意思是余明白在一条狗的身上体现了善心。那我问你们，另一条狗呢？余明白自己交代的，他用石头绑在狗身上，将其沉水塘淹死了！”彭大勇说。

“淹死另一条狗的行为，其实补充说明了我们对嫌疑人性格的判断。”普克说，“那条狗很老了，嫌疑人从他的角度‘理性’地结束了狗的痛苦。”

“这是人的思维，不是狗的思维。”

“所以之前我们才说，嫌疑人有一种超越物种的悲悯。在他眼里，所有生命都是平等的，无关种类。”

“他真有你们幻想的那么‘善良’，就应该带上两条狗一起浪迹天涯才对。”

“他知道自己未来的日子会充满痛苦。杀死老狗是一种无奈，在能够做到的前提下，他为年轻的达尔文找了一个不错的新家。”

“痛苦啦、无奈啦，这都是小说里的词儿，”彭大勇说服不了普克，有点儿发急，“杀人碎尸的凶手，配不上这种文艺腔。”

江小流一直像事不关己似的旁观普克和彭大勇争论，这时忽然开口：“彭所觉得我文艺吗？”

彭大勇一愣：“啥意思？”

“有个词叫女文青。我是不是女文青？”

彭大勇认真想了想，摇头：“你肯定不是。”

“陈奇峰那段录音，开始有个细节我听不明白。后来普克分析嫌疑人性格，我才知道那个细节代表什么。”

“代表什么？”

“两条狗有两个食盆。嫌疑人给那条老狗倒的狗粮，老狗因为没牙了吃不动，嫌疑人特地倒了水把狗粮泡软给它吃。”江小流问，“彭所认为这代表什么？”

江小流提到这个细节时，马一路的记忆也瞬间被激活。

“还有一个细节！”马一路说，“‘好再来’老板说，嫌疑人把达尔文留在饭店后，开车走了。达尔文从饭店跑出去追车。嫌疑人发现达尔文追车后，停了车。下车后抱起达尔文一路走了几百米送回饭店。达尔文又不是个几斤重的小狗，估计得有三四十斤……我觉得这里面代表的意思，和刚才江小流说的一样。”

彭大勇愣了一会儿，搓搓脑门说：“我都让你们说迷糊了，咱们到底在讨论啥问题？”

“当初我们认为嫌疑人的性格存在矛盾，没找到原因，”普克说，“现在嫌疑人的行动再次与性格产生矛盾，仍没找到原因，咱们不能忽略这个事实。”

“性格矛盾也归咱们管?”彭大勇半开玩笑地说，“警察的担子也太重了!”

普克了解自己的老搭档，也能理解彭大勇此时的心情。

“大勇，我自从学会给自己‘洗脑’，意外得到一些新的体会。当年咱们一起办案，目标是相同的，就是高效、公正地侦破案件，得到一个正确结果。这一点无可厚非。但最近我意识到，过程和结果之间的平衡非常重要。无限关注过程，就无法高效得到结果。忽略过程的细致，可能会遗失至关重要的内容，最终将影响结果的准确和公正。”普克说，“这个平衡没有定律，很难把握，但又必须努力去把握。”

普克刚说完，马一路赶紧凑到江小流耳边，对她低声耳语：“这段回头多给我‘回放’几次，不然根本背不下来。”

“下次我‘回放’的时候，你用手机录个视频，声音画面就都有了。”

“哎呀，我怎么没想到?”

“以后你都可以这么做。但有个条件，只能你自己看，不能给别人看。”

“为什么?”

“我不想自己一次次被人盯着看，你除外。”

马一路悄悄看一眼江小流。

江小流离他只有三厘米的距离，耳垂柔软，皮肤白得透明，细细的绒毛清晰可见。

马一路赶紧把身子往后缩，以免让江小流听到他怦怦的心跳。

普克这段话，对彭大勇来说也需要一点儿时间来消化。

几分钟的沉默，正好给每个人安静思考的时间。

彭大勇的思考显然有了结果。

“说吧，你们想做什么?”彭大勇直截了当地问，“你们三个一直不用余明白替代嫌疑人这个词，难道认定嫌疑人另外有人？”

“看看什么叫老搭档……”普克笑着对马一路和江小流说，“千万别以为彭所成了彭所就离开刑侦了。”

马一路立刻凑趣地作势要鼓掌，被彭大勇一个握拳的手势，吓得又缩回了手。

“冲我来。”

普克开玩笑地冲彭大勇勾勾手指头。彭大勇把那个握起的空拳砸向普克。

两人的拳头在空中轻轻一碰。都笑了。

笑罢，神情都恢复了严肃。

“邱妍的死，余明白毫无疑问是嫌疑人。甚至私下里我们也可以称他为凶手。”普克说。

“但是……？”彭大勇听懂了普克的暗示。

“但是我们担心，给余明白戴上凶手的帽子之后，会自觉不自觉地框住我们的视线。”

“我解读一下，你看我的理解有没有跑偏。你们认为余明白肯定是杀死邱妍的凶手，但凶手……不止余明白一个？”彭大勇的微表情暴露了他的震惊。

“这倒是个新思路！”马一路一愣。

“录音里现场肯定只有一个人。一个活人。”江小流说。

“录音是从处理尸体工作开始的，冲突杀人的过程不在其中……”普克若有所思，“理论上说，这完全有可能。”

彭大勇从他们三人的对话中听明白，自己并不是跑偏，而是新开了条路。

“看来你们原来的想法并不是我刚才说的想法。”彭大勇说，“先听听你们原来的想法是什么。”

“概括地说，我们认为余明白给我们的结果，并不是案件的全部，而是局部。”普克说。

“也就是说，你们认为余明白投案自首交代的那些内容，有真有假?”彭大勇问。

“他主动说出来的部分，应该基本是真的。但交代这些真实内容的目的，可能正是为了隐藏他没交代的其他内容。”普克回答。

彭大勇正揣摩普克这话，被马一路忍不住插进来。

“我举个例子，不知道恰不恰当。小时候我特调皮，经常挨我妈打。小小年纪的我发现了一个规律，闯了祸，只要我主动对我妈认错，我妈虽然还会打我，但下手会轻。为了检验我的发现，有一次我故意同时干了三件坏事儿……”

马一路的讲述被大家同时打断了。

“你?”彭大勇不信。

“故意?”普克笑了。

“哪三件?”江小流问。

马一路保持一脸严肃，继续往下说。

“相信我，我也有过变坏的可能性。总之，那天干完坏事儿，我主动找我妈坦白交代了其中一件。以我小孩儿的理解，那件是级别最轻的。你们猜怎么着?我妈不仅没揍我，还给我买了个当时特别想要的奥特曼，根本没再追查另外两件坏事儿是谁干的。”

“另外两件事情你妈后来发现了吗?”江小流问。

“当然发现了！为了检验真理，我可是做好了牺牲的准备!”

“牺牲屁股的准备吧?”彭大勇又好气又好笑，“没准你妈以为你脑子坏掉了，不敢再刺激你……拿这事儿打比方，不合适，性质有天壤之别。”

“我部分同意大勇看法，性质确实不同，但马一路的思路是有道理的。”普克说，“杀人分尸是绝对重罪，余明白主动承认这个罪名，基本等于给自己判了死刑。与此同时，也制造了一种便利。让人误以为他事关生死都说了实话，细枝末节没必要再追究。”

“这话我接受。但你们到底发现什么细枝末节不对劲了?”彭大勇问。

马一路突然脑子一激灵，开场时缺的那个“第四点”冒了出来。

“第四，余明白的老婆哪儿去了？余明白将整个案件交代得那么完整细致，该提的人都提了，只有老婆他从来没提过。”马一路有些激动，“彭所，六一儿童节那天我就问过这问题，您没忘吧？”

“记得。但你不是这么问的。”

那天彭大勇给马一路送了份“儿童节大礼”，查到了邱妍案唯一嫌疑人的身份信息。

彭大勇清楚地记得，关于这个细节，他与马一路之间有过几句对话。

“有女儿说明有老婆。他老婆是不是在易水？”

“这个我倒没在意。户籍资料显示是已婚……你怎么知道他老婆在易水？”

“这些年他除了在宁江，就是在易水和平川。平川有他女儿，老婆应该就在易水了。”

“既然有老婆，老婆当然跟他一起。住宁江，去阳城，去平川……干吗非得在易水？”

彭大勇尽他所能，把这段内容复述给面前的三个人听，自动略去了不利于自身形象的内容。

虽然没有江小流的本事，却也得到了马一路本人的高度认可。

“没错。彭所再练练，也能当执法记录仪了！”马一路说。

“之前我们商议的时候，第四点困惑其实是关于余明白家庭生活的缺失。”普克对彭大勇说，“刚才马一路忘了第四点，本来我准备自己补上，现在他不仅想起来了，而且把家庭生活的缺失，明确为余明白妻子信息的缺失。我个人认为这样更具体，更有利于我们的调查。”

“要是审讯时我们在场就好了。信息会更全。”江小流说。

“现在审讯都全程影音记录，不过咱们不在专案组，按规定肯定看不到了。”马一路对江小流解释。

“我也没参与，只知道个大概。”彭大勇说，“目前审讯记录咱们肯定看不了。不过……”

彭大勇迟疑着。大家都耐心地等待。

彭大勇决定坦诚面对他一手建立起来的这个三人小组。

“原本想着这案子立案时已经很清楚了，就没和上面争取让你们进专案组。现在看来没那么简单，不行我再豁出老脸去协调协调……”

“和李雪案一样，让我们当编外的就行！”马一路忍不住插话。

“大勇，你的顾虑虽然没说出来，但我都能理解。我们三个之所以能关注到这些，是因为我们进入的时间、角度和专案组不同，绝无质疑的意思。”普克说，“不过这些事情你比我懂，只要你愿意支持我们，我就放心了。”

“那还有啥好说的？”彭大勇说，“撸起袖子加油干。”

扫一扫
听本节

2

关于余明白，三人小组的每个成员都提出了他们各自的疑问。

没能和余明白本人对话，是一个不利之处。

但按普克的世界观来说，一个“不利”的另一面，必然是“有利”。

余明白有较强的文化修养和语言能力。这一点通过他处理与邱妍房东的“谈判”可见一斑。

不和余明白直接对话，就不易受到他的语言干扰。

至少在有充分的把握之前。

在此基础上，三人小组根据他们现有的素材、信息，提出的所有疑问都相对客观。

目前对于各种疑问，难分主次、顺序和层级，暂时将所有问题罗列如下：

余明白在录音中表现出明显的矛盾性格，这种性格是天生如此，还是后天因故造成？

余明白接到女儿那个不到一分钟的电话之后，是否还有别的外因，促使他连夜赶回宁江投案自首？

投案自首的嫌疑人，的确会主动讲述案情。但像余明白这样，“想警方之所想，满足办案之所需”，将案件链条供述得如此完整，究竟是他的诚意所致，还是另有企图？

余明白处理了邱妍的尸体及第一现场后，开车带狗离开宁江，他的首要目的地是哪里？

宁江不是余明白的户籍所在地，他在宁江也无亲属。2011 年余明白来宁江之前，没有在宁江读书、工作及长期生活的经历，他为什么会来宁江？

余明白受过高等教育，是国家包分配的最后一批大学生，毕业分配到阳城一家大型国企工作。2004 年辞职回到经济水平远低于阳城的易水，是否为了照顾他在易水的家庭？

余明白的户籍信息显示他的妻子名叫谢丽娟，无业。余明白在交代中未曾提及谢丽娟，目前他们的婚姻是否仍然存续？

余明白的女儿名叫余思，在平川一家医院当护士。余明白和余思的父女关系如何？

如果说父女关系好，余明白杀人后离开宁江，先去阳城待了大半年才去平川。去平川后，为什么一直不和余思见面，只在余思男友父母的要求下，双方才见了一面？

如果父女关系不好，余明白又为什么一直留在平川，靠打零工度日？

余明白从录音中一个虚幻的影子，变成真实的嫌疑人，暴露他的就是他在平川登记并使用多年的一个手机号码。余明白杀人前并不在平川生活居住，为什么总是保留一个平川的手机号码？

余明白 2004 年从阳城的单位辞职，离开阳城后一直没回过阳城。杀死邱妍后，为什么去的第一个地方就是阳城？

如果平川有余明白挂念的女儿余思，阳城是否另有余明白更加挂念的人？

那个人是谁？

余明白户口本上的妻子谢丽娟目前在哪儿？

会不会就在阳城？

如果阳城令余明白挂念的人是妻子谢丽娟，余明白的交代中完全没提及此人，是因为与案情无关，还是恰好相反？

余明白与妻子谢丽娟过去的夫妻关系如何？

如果婚姻仍存续，他们后来的夫妻关系如何？

如果婚姻已不存续，谢丽娟与女儿余思是否仍保持联系？

谢丽娟与女儿的母女关系如何？

余明白接到女儿余思电话后，决定投案自首，是否与谢丽娟有关？

余明白受女儿男友的父母之邀见面，谢丽娟是否在场？

如果不在场，余明白是如何向对方父母解释说明的？

余明白逃亡之前，常去的两个城市，一个是平川，一个是易水。他回易水做什么？

普克代表三人小组，将所有问题罗列出来后，对彭大勇做了个简单阐述。

“我们发现，虽然我们提问的时候排序不分先后，但问题自然而然地有了先后顺序。”普克说，“从时间看，离我们最远的是余明白 2004 年离开阳城，我们需要了解那一年余明白的状态。离我们最近的是促使余明白自首的那个电话，我们需要了解电话的内容并分析所有的相关信息。”普克说。

“先从最容易下手的开始。”彭大勇对普克说，“你说的那个电话，就是指余明白女儿打给他的那段吧？”

“对。听说不长，不到一分钟。”普克说。

“还听说什么了？”彭大勇明知故问。

“听说感觉很奇怪，”普克说，“具体怎么奇怪，我们没在场的人也很好奇。种种原因，还没弄清楚电话内容。”

彭大勇转向马一路，问话时，着重加强个别字眼的语气。

“我记得当时你在场吧？那个电话的内容‘弄’清楚了吗？”

“我不是江小流，可能‘弄’得没那么清楚……”马一路不是很自信。

“要不咱俩一起拼凑拼凑？正好也让表演大师江小流给咱们指点指点。”

“那太好了！”马一路喜出望外，“这……不违反规定吧？”

“两个表演艺术爱好者来段小剧场演出，违反啥规定？”彭大勇反问。

“那我就放心了。”马一路摩拳擦掌，准备上阵，“您看您演谁？您先挑，我都行。”

“一共三个人，我和老同事，还有你。你说我演谁？”彭大勇说，“我当然本色出演！”

“可……那个电话里也有两个角色呀。”

“你说，你叫我爸合适，还是我叫你爸合适？”彭大勇一脸严肃，“反正你叫我、我叫你，我肯定都笑场。”

“彭所刁难马一路。”江小流站出来打抱不平了，“不公平。”

“没关系，彭所考验我的应变能力呢。”别说，彭大勇这一将军，马一路真有了他的应变方案。“我呢，勉强一人分饰多角。彭所就本色出演，顺便兼一个舞台艺术总监。我哪儿演错了，台词说乱了，您负责纠正。这样行不行？”

“我看行。”彭大勇笑了。悄悄和普克交换了一个眼神。普克脸上也露出一丝微笑。

老搭档的默契尽在其中。

于是，马一路凭借难以恭维的表演水平，勉强还原了那段内容。

当然，无法和江小流的“回放”相提并论。

但在“艺术总监”彭大勇的不断提示、纠正下，不到一分钟的电话内容，基本重现。

“是我，爸。”

“我知道。打电话有事情?”

“你在哪儿?”

“你在哪儿?”

“我在医院。”

“哪个医院?”

“我在上班。爸，你还没说你在哪儿呢?”

“在平川。”

“可上次吃饭，你说你到平川出差，待两天就走的。”

“有什么事情吗?”

“你是不是有什么事情瞒着我?”

沉默。

“爸……”

“不用说了。爸爸的事情，爸爸自己处理，一向都这样。”

“爸……”

“不说了。再见。”

到这里，马一路特地停下来，给“现场观众”解释说：“通话就这么长，接下来还有几句余明白女儿和侦查员的对话，我感觉也有些怪……”

“看你演得挺来劲，我不当艺术总监了，跟你 PK 一下演技。”彭大勇主动提议，“我演我的老同事，你当然是余明白的女儿喽。”

又有了接下来两句对话。

“这就挂了?”

“嗯。”

“这反应……不对头呀。”

“开的免提，你们都听见了……到底出什么事了?”

至此，“演出”结束。

“果然奇怪。”普克说。

“爸爸怪，女儿也怪。”江小流说。

“你们觉得怪，很正常。侦查员当时就觉得不对头，要不是余明白连夜回宁江自首，这事儿肯定得往下追。”彭大勇说，“我没上心，必须打板子。尤其听你们提了那么多问题，再听这段，感觉就是两人在对暗语。”

江小流听了彭大勇这句话，瞥一眼马一路，然后立刻变身为几天前的马一路。

“我得先问问彭所能不能跟你们细说，他要能帮咱们弄到那段录音就好了……不管怎么说，反正当时我听余明白和他女儿那段电话时，感觉是两个间谍在对暗号！”

“看，你们俩心有灵犀。”江小流说。

彭大勇看看马一路，正遇到马一路的目光。

两人居然都有些不好意思。

“余明白的女儿叫余思，是医院的护士，对吧？”普克问江小流。

“对。”江小流说。

“侦查员当时觉得余思和父亲的通话不对头，有没有多问问余思？”普克问。

“我们俩聊了几句，侦查员说余思正在医院上班，不方便多问。本打算第二天再去，结果半夜余明白就投案自首了。”彭大勇说。

普克思索片刻。

“余思打给余明白的这个电话，值得咱们逐句分析。”普克说。

“我先问个问题，”江小流问普克，“之前提到他们父女，咱们一直说余明白和他女儿，为什么听完那段电话内容，你的视角变了？”

“你对信息的筛选越来越细腻了。”普克赞许地回答江小流，“余明白之所以连夜赶回宁江投案，是希望警方割断他与女儿的关联。而我希望咱们的调查，既保持这种关联，又不忽略余思作为独立个体的存在。”

“就是说，你觉得余思和余明白都是嫌疑人？”江小流问。

“至少在这段短短的通话中，两人具有同等嫌疑。”普克说，“不信咱们可以分析讨论。”

“是我，爸。”

作为女儿的开场白，勉强正常。

“我知道。打电话有事情？”

我当然知道是你，我的女儿。平时你很少给我打电话，今天打电话来，一定是有事情。

“你在哪儿？”

我不知道怎么和你说，爸爸。事情很复杂，很微妙，很……

“你在哪儿？”

为什么要问我在哪儿？这从来不是咱们之间该问的问题。你问了，这意味着什么？

“我在医院。”

虽然你知道我在医院工作，但……爸爸，你注意到我说话时与平时的不同了吗？

“哪个医院？”

当然注意到了。你想暗示我什么？无论是什么，至少我明白，你不能直接告诉我。

“我在上班。爸，你还没说你在哪儿呢？”

有人打断我上班，来问我你此刻在哪儿。爸爸，我好担心……

“在平川。”

来找你的人不会平白无故来找你，他们应该知道我在哪儿。说实话对你更安全。

“可上次吃饭，你说你到平川出差，待两天就走的。”

我是这样告诉他们的，你懂吗，爸爸？而且没想到上次你骗了我，我很难受。

“有什么事情吗？”

有什么事情，我心里已经有数了。我只想大概掌握一下事情的严重性。

“你是不是有什么事情瞒着我？”

爸爸，我必须让他们相信，不管你做了什么，我都一无所知。

沉默。

我必须尽快想出对策。让我想一想，哪怕一秒钟。

“爸……”

爸爸，他们就在我身边，无声地催我，我不知道该怎么办……

“不用说了。爸爸的事情，爸爸自己处理，一向都这样。”

我想好了。不用担心，所有的事情都由爸爸来承担。记住，以前这样，现在也这样。

“爸……”

我很难受，爸爸。但我只能接受你的安排。以前这样，现在也这样。

“不说了。再见。”

再多说，他们会起疑的。也许不能再见了，我亲爱的女儿。

“这就挂了？”

咦？我一直听着这父女俩的对话，没听到女儿给父亲通风报信的内容啊。

“嗯。”

我做了一个普通人可以做的。你不能拿我怎么样，哪怕你是警察。

“这反应……不对头呀。”

警察的经验和直觉告诉我，他俩的对话不像正常父女之间的对话，有隐情，是什么？

“开的免提，你们都听见了……到底出什么事了？”

你们拿不出证据，我就是光明正大的。现在应该是你们告诉我，我爸爸到底怎么了？

扫一扫
听本节

3

离开刑侦岗位多年，彭大勇仍和普克记忆中一样雷厉风行。

如他所说，三人小组能说服他，他就能说服领导。

何况三人小组的成立，本身就有赖于省厅领导的支持。这次的案子，又源于三人小组接受了陈奇峰的私下“报案”。

马一路如愿以偿，三人小组再次成为专案组的“编外人员”，以他们的独特方式展开对余明白一案的更深调查。

在此前提下，彭大勇为三人小组的调查创造了更多便利。

马一路和普克可以对余明白进行正式审讯。江小流因协警身份不能参加，但这本来就不是她的长项。通过审讯全部录音录像，足以弥补江小流不在场的遗憾。

对于三人小组不分主次列出的那些疑问，彭大勇充分发挥了他多年刑侦工作的特长。人在宁江，却很快挖到了阳城、易水和平川的一些相关资料。

余明白的户籍和籍贯都在易水。父母均已过世。

余明白的妻子谢丽娟是外地人，嫁给余明白后，将户口从家乡迁入易水。从此户口信息一直没再变更过。

谢丽娟比余明白小两岁，高中没读完。从身份证照片看，长得很漂亮。

结婚那年谢丽娟23岁，户口本上登记的是无业，但据旧日邻居说，谢丽娟婚后在家附近开了一个杂货店，算是个体经营户。

余明白大学毕业后，被分配到阳城一家大型国企工作。开始是技术员，2004年辞职前已经是单位的机电工程师。

从阳城原单位辞职后，余明白回到易水。第二年在易水找了个企业干老本行，但企业很快倒闭。

自此之后几年间，余明白一直在易水，但工作不断变动，始终没有起色。

这期间，谢丽娟继续经营她的杂货店。店小利薄，后来又开始受到网络平台的影响，杂货店经营惨淡。

2009年春节后，谢丽娟的杂货店正式关门停业。具体停业时间无法确定。

杂货店本来就在城乡接合部的老旧区域，很快进行了商业开发，再也无迹可寻。

余明白和谢丽娟只生了一个女儿，名叫余思。旧日邻居都说余思继承了父母的优点，从小聪明漂亮。

2004年之前，余明白在阳城工作，谢丽娟在易水开店。两地之间相隔几百公里。女儿余思户口在易水，一直留在易水生活、上学，主要由谢丽娟照看。

余明白很疼爱女儿，寒暑假常把女儿接到阳城住一阵子。

余明白辞职那年，12岁的余思正好小学毕业，暑假时照例去了阳城。余思在阳城待了多久，已无法了解。当年九月，余明白从原单位辞职，回到易水。

据一位旧日邻居说，余明白从阳城回易水后，家庭关系发生了比较大的变化。

余明白在易水的家庭住址，与谢丽娟开的杂货店距离不远，都在城乡接合部。最初谢丽娟选在那里开店，可能就是出于方便。

那片区域有一座海拔不高、面积不大的山丘。余家住的是一套靠山坡的自建老宅。和周围十几户邻居一样，都是独门独院，外面就是大片菜地，再往外百米左右才有公路。

这十几户人家，类似于一个独立的小村庄，相互之间比较熟悉，邻里关系也相对紧密。

只有余家算是个例外。

余明白父母那一辈还好，主要是从余明白开始。

余明白从小聪明，读书好，性格也比较内向。上面有两个姐姐，后来都远嫁了，极少回娘家。

余明白上大学的时候，他母亲帮他介绍了一个女朋友，就是谢丽娟。

谢丽娟是外地人，长得很漂亮。家乡是贫困地区，又重男轻女，年纪轻轻就出来打工。周围邻居对谢丽娟的印象是，颇能吃苦，嘴比余明白甜。

余明白大学一毕业，两人就结婚了。第二年，谢丽娟生了个女儿。

余明白因为在阳城工作，和谢丽娟算是两地分居，回家时间不多。加上他从小性格内向，和周围邻居也只是见面点头的关系。

后来余明白父母相继过世。城市大举开发，“小村庄”的邻居们也陆续搬离。只有余家一直在原地没挪过窝。

余明白从阳城回到易水时，老邻居已经走得差不多，只剩五六户还住着人，大部分是老人。

提供信息的这位旧日邻居，和余明白年龄相当，因先天眼疾没有视力，一直没工作，那时仍和父母住在老宅，因此对余家后来的事情也有了解。

据她说，余明白与妻子谢丽娟婚后关系一直不好。

这位邻居无法判断一个婚姻里谁对谁错，清官还难断家务事呢，何况她从来没结过婚。

但也许因为眼盲，邻居听力格外好一些。

每次余明白从阳城回家，邻居就能听到夫妻俩争执拌嘴的声音。余明白为人斯文，拌嘴声音也低。谢丽娟婚后比婚前泼辣许多，说话不顾忌。

一句话可以总结：夫妻俩彼此都对这段婚姻不满意。

至于对婚姻不满意，为什么没离婚？外人就不好评判了。

那位盲眼邻居认为，可能和余明白与谢丽娟的女儿余思有关。

余思大部分时间和母亲生活在一起，但感情上似乎与父亲余明白更亲近。

每次余明白从阳城回易水，夫妻俩吵架，余思都小声劝架。很小的时候就这样。

劝着劝着就哭了。

孩子一哭，大人也吵不下去了。

婚姻大概就是这样维持下来的。直到2004年，余明白从阳城辞职回到易水。

在盲眼邻居的耳中，余明白回来后，夫妻俩再没怎么吵过架。

肯定不是因为夫妻关系变融洽了。这一点邻居很确定。

余明白很少出声。余家只要有声音，基本就是谢丽娟的叫骂。骂丈夫，骂女儿，骂鸡骂狗骂老天……骂得非常难听。

曾经被旧邻们评价为“漂亮、嘴甜”的谢丽娟，变成了一个中年怨妇。

在这些咒骂声中，余明白和女儿余思的变化也很大。

余明白看上去越来越沉默，越来越窝囊。

原本聪明伶俐的余思，见了人就低头走，再没有小时候的活泼可爱。

余思小学时成绩很拔尖，考上了不错的中学。但初中勉强读完，高中都没上，考到外地一所护校读中专。

盲眼邻居很喜欢小时候的余思，还问过她，为什么不上高中，像她爸爸那样考大学，有个更好的未来。

邻居一直记得余思的回答。那是一个反问句。

“有什么用?”

想到余明白的处境，盲眼邻居听到余思这句反问，竟无言以对。

余思到外地上学后，好像只回来过一次。

大概是在2009年的春节，余思放寒假回到老宅。走路一点儿声音都没有，要不是轻声和盲眼邻居打了个招呼，简直像个鬼一样。

从那以后，盲眼邻居就没遇到过余思了。

事实上，那个春节之后，余家就再没发出什么声音。

当时邻居还问过父母，余家是不是搬走了？也没打个招呼。

父母都年事已高，也弄不清楚。再之后，邻居的父母也相继过世。

一个盲人在这里生活越来越不方便。隔一阵子，盲眼邻居也卖掉房子搬走了。

这些年，易水城市外扩，原来的城乡接合部都变成了市区。

余家所在位置由于靠近那片山丘，开发得相对较晚。周边的田地菜园都建起楼盘了，这边才有开发商下手。

余明白的盲眼旧邻得知旧宅区域要开发，有些后悔自家房子卖早了，错过升值。

后来又听说，那片地开发商一直没拿下来，有一家钉子户，不管开发商出什么价都不卖，拖到现在还没能拿下。

邻居好奇，特地问了是哪家，结果是余家。

“有意思吧?”彭大勇把从易水了解到的情况一五一十告诉了普克他们，“这些年余明白在外面混得像个loser，其实人家只要说个yes，几百万就到手了。”

“易水拆迁也这么贵?”马一路吓得吐舌头。

“面积大，钉子户，又是商业开发。据说拖了几年，开发计划都快黄了。”彭大勇说，“听当地派出所的说，这价在易水也是天价了，可户主咬死不肯拆。”

“户主确定就是余明白？”普克问。

“没错。”

“谢丽娟呢？”

“也在户口本上。而且民政也没有两人离婚的记录。”彭大勇说，“更有意思的是，开发商拿不下户主余明白，也试过找谢丽娟，没找着。”

“谢丽娟是从哪年开始失去消息的？”普克问。

“按那位老邻居的说法，2009 年春节之后就再没听到过余家的声音。”彭大勇又补充，“我也是听他们转述，这个没听过余家的声音，到底是你们文艺地形容，还是确确实实没听见过，得再求证。”

普克点点头。思索片刻。

“如果证实那年之后谢丽娟再没有消息，”普克意味深长地说，“那就意味着，又多了一个失踪者。”

“另一个是邱妍。”马一路说完，觉得自己的补充稍有多余，显露窘态。

“我们听懂了。”彭大勇对他夸张地点头微笑，马一路更窘了。

“马一路又没说余明白杀了谢丽娟。”江小流说。

这话一出，大家都吓了一跳。江小流轮流看看他们的表情。

“我说错了吗？”江小流问。

普克巧妙地接过江小流的问题。

“现在说对错还太早，太多信息需要进一步了解。”普克问彭大勇，“平川那边有没有什么值得一说的？”

“没什么新鲜内容，就之前侦查员了解的那些。”彭大勇说，“平川我不熟，还在找关系，看能不能再挖一挖。”

“不行我们去一趟。”停了停，普克又说，“应该说，听了他们父女那个电话后，平川咱们必须亲自去。”

“没问题，日本都去了，平川不在话下。”彭大勇随口说。

“日本?”普克有些惊讶。这件事情已不在他的记忆中。

“回头讲给你听。”江小流立刻对普克说。

“什么时候去?”马一路急着问。

不知为什么，对于外出调查，马一路有一种特殊的“迷恋”。

大概是喜欢那种“一路上有你”的感觉。

“平川肯定要去，但去之前要先做一件事情。”普克对马一路说，“我想你应该也很有兴趣。”

扫一扫
听本节

4

普克预料的没错，去平川前做的那件事情，马一路何止有兴趣，简直是梦寐以求。

他和普克一起，在看守所提审了余明白。

事先商议好，主要由普克和余明白交流，马一路除了做记录，仍是发挥他的长项：感觉。

“交流?”

以马一路对普克的了解，知道普克不会是用词不当。

“我以为到这会儿，应该是理直气壮地审讯了。”马一路说。

“从余明白投案自首的过程看，他早就做好了面对审讯的准备。再次提审，对他来说仍是打有准备之仗。我们偏偏不打仗。”普克很高兴马一路注意到两个词的内在区别。

“那我们干什么?”

“谈心。”

“谈心?!”

“从陈奇峰找到咱们，开始听那段录音到现在，你对余明白的印象是什么?”

“太复杂了……”

“给你三个词来概括。”

马一路努力、认真地想了好一会儿。

“矛盾、痛苦、坚韧。”

“不错。”普克说，“如果我选三个词，会稍有不同：矛盾、孤独、坚忍。”

“你的更准确!”马一路心悦诚服，“其实痛苦就是矛盾的一部分。”

“既痛苦又冷漠，既残酷又悲悯，余明白一直给我们留下这些矛盾的印象。”普克说，“矛盾是他的前史，坚忍是他整个犯罪行为的内在支撑，剩下的是什么?”

“孤独。”马一路隐隐明白普克的思路了，“我当社区民警的经验是，看上去孤独的人，当你跟他交心，他就很容易对你敞开心扉。”

“余明白处境不同，想要打开他的心扉可能没那么容易。”普克沉着地说，“可试试又何妨?”

普克和马一路还是第一次正式见到余明白。

审讯室里的余明白看上去比他的真实年龄显老，黑，瘦，头发花白。

与之相反的是，黑和瘦使他显得结实强健，毫无一般中年男人的不修边幅。

眼角的皱纹，花白的头发，和他的平静、淡定、松弛结合，令人不由自主忘记他的年龄。

哪怕手上戴着手铐，依然如此。

余明白在审讯椅上坐定后，马一路上前为他解开了手铐。

余明白第一反应是感到一丝意外。

作为杀人碎尸案嫌疑人，之前的提审一直戴铐，这是普克他们事先核实过的细节。

意外之后，余明白客气地对马一路点点头。

“谢谢。”

“不客气。”

马一路也回之以礼，回到桌前坐下。

接下来是普克的开场白。

“你好，余工。”

余明白第二次表露出意外。他抬头看看普克，又看看普克身边的马一路。

“我叫普克。普通的普，克服的克。我旁边的是小马，马警官。”

余明白想说什么。迟疑了一下，又咽回去，只对普克点点头。

“你本来以为我叫错了你名字，接着觉得不可能，又不想和我多说……”普克微笑地说，“我们确实不可能弄错你名字。你过去是工程师，听到‘余工’这个称呼，是不是很亲切？”

余明白犹豫了两秒钟。

“谢谢你的尊重。”他平静地回答。

“在没得到法院的最后判决之前，你只是嫌疑人，还不是罪犯。人和人的相互尊重是应该的。”普克态度平和，既不冷淡也不过分热情，“何况罪犯也有人的基本权利。你说呢？”

余明白凝视了普克两秒钟。

普克和马一路都读出了余明白眼神里的思索。

余明白将视线降低，落在审讯桌上的某一点，目光放空，不再和普克发生眼神对接。

完成这个动作后，余明白对刚才普克的问题做出回应，轻轻点点头。

“你可能有些奇怪，之前该说的都说过了，为什么今天又提审？”普克说。

“我是犯罪嫌疑人，提审是应该的。”余明白态度平静，眼神继续放空，“不管你们问什么，我知道的一定会说，不知道的就很抱歉了。”

“今天只想和你聊聊天。你不愿意说话的时候可以保持沉默，我们保证不视为抗拒审讯。”普克态度亲切。

这次余明白既没说话，也没点头。

“你女儿叫余思。很有文化内涵的名字。应该是你起的吧?”普克用闲聊的语气问。

余明白听到余思的名字，在座位上挪动了一下，立刻又克制自己，回到刚才的坐姿。

看到余明白保持沉默，普克准备继续往下“聊”，余明白却开口了。

“对。”余明白语气和表情一样平静，“我起的。”

“我就觉得是你起的名字。余，是‘我’，余思，代表你希望女儿学会思考。思考永远是个好习惯，我思故我在。”

普克语气很轻松，真像在和一个朋友闲聊。

余明白迅速扫了普克一眼，又将视线落回原来那个点。

“思也可以是思念、思想、思维……”余明白说，“随便选的一个字，没太多讲究。”

“那是我过度解读了。抱歉啊。”普克诚恳地说。

余明白勉强露出一丝微笑。没说话。

“不过不管这个‘思’如何解读，你女儿肯定没辜负你起的名字。”

余明白没看普克，没动，也没说话。仍旧凝视前方那个虚空的点。

“老邻居都说，余思从小聪明漂亮，继承了父母的优点。”

余明白沉默。

“其实不用别人评价，从余思的生活、学习轨迹就能看出来，她是个好孩子。”

余明白沉默。

“我现在是单身，听说也没生过孩子……”普克说到这里，自嘲地笑了，“这话听上去挺奇怪的，但确实是实情。我是个患有失忆症的刑警，每天早晨醒来，记忆就回到十二年前。”

余明白保持沉默。

但马一路发现，余明白又迅速地扫了普克一眼。

普克说的完全是实情。这确实是谈心。哪怕对方不用语言响应。

“那时候我没结过婚，也没生过孩子，没有做父亲的体验。不过常听同事朋友聊各自的孩子，也有些听来的经验。听说，男孩儿小时候调皮，成绩差，上中学后开窍了，成绩就上去了，女孩儿正好相反。”普克慢条斯理地继续说。

余明白仍然沉默。

“为什么我说余思没辜负她的好名字？像她这样天资聪颖的女孩儿，初中毕业只上了一所护校，想必是无奈之举。但中专毕业后，她继续读书，而且越读越好……用现在的流行词汇怎么说？”普克扭头看马一路。

“一路开挂。”马一路说。

“现在的流行语，没人帮我解释，真是弄不懂。总之，你女儿读完本科，还进了不错的医院工作。这些都说明，她一直在思考，一直在努力。”

沉默。

“你好像不太愿意和我聊你女儿的事情。”

沉默。

“我本以为，有这样一个好女儿，做父亲的应该很骄傲……不，肯定很骄傲。”

沉默。

“否则你出了事情，离开宁江后，不会大部分时间都留在平川，最后还是从平川赶回宁江自首的。虽然没和女儿在一起，但那里毕竟是离女儿最近的地方。”

沉默。

“我以俗世的眼光来看，觉得你留在平川，却不和女儿见面，也不让她知道你在平川，是一种发自内心的父爱。”

余明白继续沉默。

但普克和马一路都看到，余明白的身体不听从他的意愿，明显抽搐了一下。

“我完全能理解这份父爱。作为父亲，生活动荡，到了知天命的年龄，又成为杀人案嫌疑人，不得不亡命天涯……”普克有意停顿片刻。

余明白强迫自己沉默。

他努力控制自己的身体不要发生异动，但身体的本能背叛了他。

余明白不得不将两只手紧紧握在一起，极力减轻颤抖的幅度。

“但我还是要守候在女儿身边，默默看着她，保护她，爱她……在她需要我的时候，随时可以出现。比如，她有了不错的男朋友，男朋友的父母希望与未来的亲家见面时，我不仅要出现，而且会以体面的方式出现。”

普克不动声色地将叙述视角做了转换。

“我”就是余明白，余明白就是“我”。

而真正的余明白，在身心的高度紧张中，似乎完全没意识到这个微妙的转换。

“如果能看到她幸福，那就是我的幸福。和她生活在同一个城市，走过同一条路，看见同一扇窗，对我来说，这个城市就是我最后的家……和我曾经的那个家完全不同。”

余明白的思路一直跟随普克的轻声叙述，直到“我曾经的那个家”出现，让他一愣。

普克从刚才的叙述视角中抽离，回到自己的状态。

“左邻右舍都搬走了。开发商出的价钱不错。”普克用闲聊的语气，若无其事地问余明白，“你们父女又都没打算回去住，为什么不把老房子卖了?”

“关你什么事!”

余明白猛地站起身，被审讯椅上的挡板狠狠拦住。强大的反作用力将他推回原位，发出一连串巨响。门外两名警察急忙开门进来。

马一路也被这突发状况吓了一跳，本能地起身。

身边的普克却气定神闲，坐着不动。

马一路慢慢呼出一口气，走到两名警察身边，对他们耳语几句，便让警察出去了。

马一路走到余明白身边。

余明白俯身在审讯椅的挡板上，一声不吭。刚才巨大的撞击造成的疼痛一目了然。

“要紧吗?”马一路轻声问，“不舒服的话可以给你叫医生。”

余明白慢慢直起身子。能看出他在用意志克制疼痛，使自己看上去尽可能显得平静。

“不要紧。对不起，我有些激动……现在没事了。”余明白说。

“确实不要紧?”马一路的关切是真实的。

“确实不要紧。谢谢你。”余明白感激地看了马一路一眼。

马一路走回审讯桌前，坐回普克身边。

“普警官，马警官，不好意思，刚才太冲动，请你们原谅。”余明白开口了。“之前你们对我的平等态度让我产生了错觉，误以为自己是个自由人，冲撞了你们，特别是普警官。真的很抱歉，我不是故意的。”

“我明白，”普克语气很温和，“能理解。聊天嘛，有情绪反应很正常……”

余明白直接打断了普克。

“不对。一般人是情绪反应，而我是情绪失控。刚才那一下，也算帮你们认识到我的另一面。平时我性格比较温和，也喜欢互相尊重、其乐融融的人际关系。但有时遇事不如愿，或者一时想不通，会突然之间失去控制，做出不可理喻的事情。”余明白似乎已经决定，要对面前两位警官敞开心扉了。“比如邱妍。我们曾经是合作伙伴，也是朋友。就因为一点儿利益，我做出那样灭绝人性的事情，说实话，我自己都不敢相信。但那就是事实……”

“对不起，轮到我打断你了。”普克客气地说，仿佛这真是一场平等的聊天，而非对杀人分尸案嫌疑人的提审。“我能不能问你一个问题?”

余明白犹豫了一下。

“当然。”他不得不说。

“你和谢丽娟的婚姻那么不如意，为什么不离婚?”普克问。

余明白凝视普克。普克也凝视他。

余明白低头思索。普克给了他充足的思考时间。

余明白抬起头。

“我也问两位警官一个问题，可以吗？”

普克和马一路交换了一个眼神。

“只要我们能够回答，”普克说，“一定如实相告。”

余明白笑了笑。这笑容看上去，有种难以形容的凄凉惨淡。

“你们恨过什么人吗？”余明白轻描淡写地说，“恨之入骨的那种恨。”

普克和马一路都认真地想了想。

“年轻的时候恨过前女友。”普克诚恳地说，“但应该没到恨之入骨的程度。后来有没有再恨过别的人？已经不记得了。”

“我没有。”马一路说完，犹豫了一下，又补充，“其实也恨过的，但都是不认识的人。”

补充后面这半句时，马一路心里想的是那个饿死两个女儿的年轻妈妈。

余明白点点头。

“马警官恨过的应该都是我这样的恶人吧？”不等马一路回答，余明白迅速往下说，似乎怕自己的话一旦被打断，就再没机会说出来，“今天和二位的聊天很愉快。说实话，我这人很孤僻，很多年没怎么和人聊天，都快忘了这感觉。”

“咱们可以接着往下聊。”普克说。

余明白坐在审讯椅上，忽然伸了个长长的懒腰，伴随着一声如释重负的叹息。

“虽然聊得很愉快，但我真的累了。”余明白彬彬有礼地对普克和马一路说，“这次就到此结束吧，谢谢二位警官。”

扫一扫
听本节

5

回 704 的路上，马一路默默地开着车，不时悄悄看一眼副驾驶座上的普克。

结束对余明白的提审后，普克就一直没怎么开口。马一路多次研究普克的微表情，想确定普克的真实情绪，却始终没有把握，不敢造次。

马一路第 N 次观察普克时，后排的江小流开口了。

“普克，马一路想安慰你，又不确定你需不需要安慰。”江小流说。

普克这才从自己的思绪中惊醒，看一眼旁边的马一路。马一路的讪笑证实了江小流的描述。

“谢谢小马，”普克说，“但你为什么会认为我需要安慰？”

“因为……”马一路认真地想了一下才说，“我感觉你有些失望。”

停了停，马一路又补充说：“其实我比你还失望。满心以为那家伙就要交代了，谁知道突然来了个急刹车！”

“我在外面看监控，也以为余明白要认罪了。”江小流说，“没想到忽然就结束了。”

“我简直怀疑他在故意要咱们！”马一路的语气有些恨恨的。

普克特意侧过身，既方便和马一路说话，又可以与后排的江小流有视线交流。

“你们也有这种印象？”普克问。

“从他被你激怒开始，我就感觉他快撑不住了。”马一路说，“他问咱俩有没有恨过什么人的时候，我心里已经开始倒数读秒了。”

“我是从他大段独白开始发现不对的。”江小流说，“和前面的信息比对，明显不同。”

“你是不是指他解释自己情绪失控的那段？”马一路问。

“对。”江小流说，“之前他一直很被动，话也少，可那段话太长了。”

“而且太主动，太刻意！”马一路啪地拍了一下方向盘。

“像是不想再被你们掌控，要夺回控制权。”江小流说。

“我感觉到了，也感觉到普克感觉到了。”马一路像说绕口令。

“所以普克故意插话打断他。”江小流说。

“余明白不甘心，我们胶着了一会儿。”马一路说。

“他把马一路也拉下水了。”江小流说。

“这家伙的控制力太强了，很容易被他带着走……”马一路有一丝羞愧。

“普克逻辑那么强大，也没控制住，你不用不好意思。”江小流说。

一直到此时，普克才有机会插进来。

“刚才我一直在反思，是不是自己太主观了，误读了和余明白的整个交流过程，”普克说，“看来咱们的观点是一致的，不管是从逻辑、感觉还是数据分析的角度，都不该是目前的结果。”

可事实摆在面前。

三个人沉默了一会儿。普克凝神思索。

“你们认为，余明白想掌控什么？”普克忽然说，“我掌控的目标很明确，希望按咱们已有的证据探寻他的弱点，找到突破口。他呢？”

“防守？”马一路试探地说。

“不像。”江小流说，“他明明在主动暴露弱点。”

“我有同感。”普克说，“在他的处境，以攻为守太过冒险，不符合我们所了解的他的性格和行事风格。”

“那他到底想掌控什么？”马一路茫然了。

“我也找不到答案。”普克说，“看上去他已经踩足油门就要冲下悬崖，突然就刹车掉头，一定有我们没注意到的逻辑存在……小马，请掉头送我回专案组，我要重看余明白之前所有的审讯记录。”

将普克送回市局后，马一路和江小流本打算陪他一起重看审讯记录，被普克谢绝了。

“阅读是我目前还有能力独立完成的工作，而且我需要一个独立安静思考的空间。”普克笑着对他们说，“给你们俩放个短假，正好清理一下缓存。”

马一路还不太放心，直到普克保证，有任何发现就立刻给他打电话，又约好晚上接普克的时间，这才开车和江小流离开。

车开出一段路，马一路还和江小流嘀咕，忘了安排好普克的晚饭。

“彭所真了解你，”江小流说，“没人比你更适合当保姆。”

马一路笑了。这话如果从其他人嘴里说出来，马一路会觉得受伤。江小流这样说，马一路倒认为这是一种表扬。

“当好保姆是我必须修炼的过程，成为神探是我希望得到的结果。”马一路脱口而出，说完，忍不住夸赞自己，“我居然能说出这么睿智的话，简直不得了！”

坐在副驾驶座上的江小流看了马一路一眼，淡淡地说：“确实睿智，只是我听着有些耳熟。”

“难道我以前就说过这话？”

“看来你真的忘了。”江小流想了想，“找个人少的地方，帮你清一下缓存。”

人少的地方，是指一个城墙边上的小公园。

护城河沿着古城墙安静地流淌，临近黄昏，游人散去，广场舞大妈们还没有出现。夕阳下，只有风吹树叶的声响。

江小流站在河边栏杆前，面对马一路。

“那天我对你说，以后我给你回放的内容，你可以用手机录下来。”江小流说，“今天有空，你想录哪段我就回放哪段。”

江小流“回放”的第一段，是刚才她“听着耳熟”的那一段。

“大勇，自从学会给自己‘洗脑’，我意外得到一些新的体会。当年咱们一起办案，目标是相同的，就是高效、公正地侦破案件，得到一个正确结果。这一点无可厚非。但最近我意识到，过程和结果之间的平衡非常重要。无限关注过程，就无法高效得到结果。忽略过程的细致，可能会遗失至关重要的内容，最终将影响结果的准确和公正。这个平衡没有定律，很难把握但又必须努力去把握。”

在江小流“回放”的过程中，马一路的记忆已提前跳到了后半部分。

他清楚地记得，江小流对他说，“我不想自己一次次被人盯着看，你除外”时，他不得不极力隐藏的怦怦心跳。

江小流结束这段“回放”，对着马一路的手机镜头说：“纠正一下刚才我的说法。普克说得好，你也很睿智。”

马一路看着手机屏幕上的江小流，笑着说：“这句赞美我也录下来了。”

江小流直视镜头，目光在马一路的手机屏幕中，与马一路的目光相遇。

江小流嘴角轻轻翘起，脸上绽出一个淡淡的、真实的微笑。

只是短短一瞬。马一路暗自庆幸，他录下了这个笑容。这次不需要江小流解释，他也明白这笑容为他而生。

“还想让我回放哪段?”江小流吝啬地收起笑容，“随便点播。”

马一路按下停止键，仔细地将这段视频内容保存好，再次回到准备拍摄状态。

“那就来一段……”马一路想了想，硬着头皮说，“那天我妈勇闯704的回放吧。”

江小流根本不需要情绪过渡，直接在马一路的手机镜头前重现了那天的场景。所有人的所有细节，无一错漏。

很长的一段，马一路眼看着屏幕上的背景随着天色逐渐暗下来，而一人分饰多角的江小流，却自带舞台追光效果，耀眼夺目。

马一路不得不按下停止键，因为他的手机提示电量即将耗尽。

天色已晚，两人沿着河边一条小路慢慢溜达。对岸城墙下，广场舞已经陆续开场。各种不同风格的音乐，在五光十色的射灯中混合碰撞，营造了一种奇异的梦幻效果。

马一路早就饿了，但江小流不想离开，所以他再饿也要忍着。

“你会游泳吗?”江小流忽然问马一路。

“马马虎虎会一点儿，”马一路故意轻描淡写地说，“上警官学院的时候，破过学院自由游200米纪录。可惜第二年纪录又被别人破了。”

“我不会游泳。”江小流似乎没听出马一路的重点，“小时候学游泳呛过水，再下水就记起那感觉，可能永远也学不会了。”

“那是留下心理阴影了，”马一路同情地说，“别人还能忘掉，你又忘不掉。”

“有一年暑假，我们家去毛里求斯度假。你去过毛里求斯吗?”江小流问。

马一路忽然觉得心跳加速。他没去过毛里求斯，但知道那是个美丽的印度洋岛国。

“没去过。但我看过宣传片，风景太美了。”马一路克制自己的声音，谨慎地选择用词，避免透露内心的紧张。

“是很美。整个岛都被珊瑚礁围着，印度洋的风浪进不来。”江小流的语气和平时没什么两样，“我们去的那次，正好碰到圆月。月亮从海面上升起来，照得海水像面镜子，一丝水波都没有。我从来没见过那么大、那么亮的月亮，天上一个，水里一个。”

马一路迟疑了一下，拿不准自己应该当一个顺从的听众，还是抓住时机探求他一直想要了解的真相。

江小流解决了马一路的难题。她忽然停下，背靠栏杆，仰头望着马一路。

“问你个问题。”江小流盯着马一路的眼睛，“你现在是马一路还是警察?”

马一路一愣。

“有件事情我只想对马一路说，不想对警察说。”江小流说。

马一路认真思考了一下，拿出手机看看上面的时间，已经快八点了。

“现在我是下班后的警察。”马一路说。

江小流凝视马一路，似乎在思索这个回答究竟是狡猾还是巧妙。

马一路感觉自己被江小流灼灼的目光凝视炙烤了好久，后背的汗都淌下来了。

江小流终于开口了：“你一直很想知道我17岁那年发生了什么。”

马一路只敢轻轻地哼了一声：“嗯。”

“我是和爸爸妈妈一起去的毛里求斯。”

“嗯。”

“是我妈妈提出来去那里度假的。”

“嗯。”

“他们经常吵架，吵了又和好，过几天又吵。”

“因为……”

“因为爸爸出轨。不止一次。”

“唉……”

“我让妈妈和爸爸离婚。他们听了都很生气，都不愿意离。我只能继续看着他们互相折磨，没完没了。”

“你……太难了！”

“然后妈妈提出一起去度假。去毛里求斯度假。”

“你愿意吗？你不会游泳，而且应该是……怕水的。”

“我妈妈也不会游泳，一点儿都不会。爸爸说我是遗传了妈妈。”

“你妈妈也不会？你们俩都不会游泳，她还提议你们一家去毛里求斯度假？”

“妈妈说她看了很多宣传，说那里很美。和你一样。”

“可我……不提我了，你继续。虽然你不会游泳，你妈妈也不会游泳，但你妈妈提出全家一起去那儿度假，你为了全家开心，答应去了。”

“后面的内容是你加的。”

“加的对不对？”

“对。”

“然后呢？”

“前几天，全家都很开心。那时候我和现在不一样，那时候我也会开心、害怕、焦虑……和所有人一样。”

“我明白。就是那次事故之后，你才变得……与众不同了。”

“不是因为事故。”

“那是因为……什么？”

江小流忽然停了下来，凝神思索。轮到马一路凝视她，他大气都不敢出，生怕惊扰了她的回忆。等了足有两分钟，江小流并没开口，而是转过身去望着栏杆下的护城河。

马一路实在忍不住了，追问：“江小流，当时到底发生了什么？”

江小流又沉默了一会儿。

“普克问余明白，他和谢丽娟的婚姻那么不如意，为什么不离婚？那也是我的困惑。”江小流转过身来，平静地说：“该去接普克了，看看他有什么收获。”

马一路明白，这次的机会已经结束，江小流不打算再告诉他真相了。

不管出于什么原因。

同时马一路也意识到，的的确确有一个真相，潜藏在那个“事故”之下。

马一路原以为自己会有些生气。江小流的举动放在别人身上，马一路会怀疑自己被耍了。但江小流这样做，马一路只体会到隐隐的心疼，以及深深的遗憾。

开车去接普克的路上，马一路一直没怎么说话，却没忘记半路停下来给普克买了份快餐。以他对普克的了解，有很大把握普克会忽略晚饭。

果然，普克上车后，什么也顾不上说，狼吞虎咽吃光了马一路给他买的快餐。看上去是饿狠了。

“马一路猜到你会忘记吃晚饭，本来我还不信。”江小流对普克说。

“一直在看余明白的讯问记录，确实忘了。”吃饱后的普克看上去心情颇为愉快，“谢谢你，小马，简直救了我的命。”

“这是一个全职保姆的基本职责，”马一路观察普克的表情，“有什么新收获吗？”

“有。”普克语气确定，“我知道余明白想掌控的是什么了。”

马一路和江小流同时问普克是什么。

“节奏。”普克回答，“不出意外的话，咱们很快就会和余明白再次会面。”

“咱们要再审余明白？”马一路问。

“普克说的是咱们很快会和余明白再次会面，”江小流纠正马一路，“和你的说法不同。”

“可我还是没明白，余明白想掌控什么节奏？”马一路说。

“是不是交代的节奏？”江小流隐隐悟到了，问普克，“你认为不是咱们要再审余明白，而是他会主动找咱们交代？”

“对。”普克微笑点头。

“为什么？”马一路恨不得踩一脚油门，追上普克和江小流的速度，“如果他打算交代，为什么还要兜这样一个圈子？”

“刚才江小流说你猜到我会忘记吃晚饭，你是怎么猜到的？”普克反问马一路。

“应该不算猜，是根据对你的了解，总结出的规律。”马一路如实回答。

“普克重看了审讯记录，也总结出了余明白交代的规律。”江小流说，“普克看过的我们也都看过，现在我发现规律了。余明白所有的交代中，那些他希望我们接收的信息，总是说得格外多，格外细，而且带有感情色彩。”

“比如今天他对我们描述他的情绪失控，还有对谢丽娟的恨？”马一路问。

“非常正确！”普克赞许地点头，“重看所有审讯记录会发现，这种规律更鲜明了。”

“但这和余明白想要掌控交代节奏有什么关系？”江小流问。

“余明白太聪明、太严谨了，”普克耐心地解释，“而且他绝不会停留在固有的经验上行事，会根据现实的发展不断调整节奏。他早就做好了自首的准备，但要根据他的需要安排节奏。他发现警方注意到他第一次自首反应过快，他必须给第二次自首设置一个盘旋空间，使得这次自首变得更真实可信。”

“他真有这么神?”马一路有些半信半疑，“咱们会不会太高估他了?”

“在杀死邱妍后，他所有的行动都证实了他的能力。”普克说，“如果说他还有弱点，那就只有一个。”

“我知道是什么。”江小流说，“感情。”

“今天回看之前的审讯记录，有句话给我留下了深刻印象。”普克说，“侦查员盘问余明白有没有告诉过女儿杀人的事情，他用了很大篇幅解释他没有。他说……”

“人都是感情动物。我虽然罪大恶极，也有感情。”江小流替普克逐字说完。

马一路默默思考了一会儿。

“我同意你们的观点了，”马一路说，“我也大胆预测一下，余明白的第二次自首应该不会晚于明天上班之前。”

“为什么?”江小流问。

“如果余明白不希望咱们去平川打扰他女儿……”

马一路的话说到一半时，手机响了。是彭大勇打来的电话。马一路简单地接完电话，将车减速，然后掉头。

“专案组让彭所通知咱们，余明白精神崩溃了，主动表示要和今天那位得了失忆症的普警官谈心。”马一路按捺得意的心情说，“虽然他没提到我，但我肯定不会错过这么好的学习机会，对吧?”

6

扫一扫
听本节

在余明白的第二次自首中，他如此解释他为什么杀死妻子谢丽娟。

谢丽娟是余明白母亲指定的“儿媳”。

余明白是个孝子。

两个姐姐都远嫁，使余明白的母亲很受伤，也很担忧未来无人为他们两口子养老送终。

最终在母亲定夺下，余明白接受了并无感情基础的谢丽娟。

余明白也毫不讳言，那时候他还很年轻，没谈过恋爱，更不懂什么叫婚姻。

那时候谢丽娟也很年轻，很漂亮，嘴甜，从贫困地区来，对余明白充满崇拜。

旧时代也有白头偕老的包办婚姻，新时代为什么就不能有？

余明白用这个理由说服自己，走进与谢丽娟的婚姻。

一进去就发现，这场婚姻根本不是围城。

围城至多是城外有敌军虎视眈眈，而余明白的婚姻中，城内的硝烟更令人窒息。

余明白没讲述太多婚姻的细节，只用了一句话来总结他与谢丽娟的婚姻。

“杀了她，对她是解脱，对我是放生。”余明白说，“活一个，比两个都死要强。”

当然，余明白也承认自己极度自私、灭绝人性。

这一点，在坦白杀死邱妍并分尸、抛尸的过程中，余明白就一再强调过。

“说到底，我就是个恶人。是野兽。罪不可恕。”余明白这样定义过自己。

余明白还交代了作案的大概经过。

之所以是大概，是因为时间久远，比邱妍案更久远，细节实在记不清了。

“只记得当时过年，女儿也从学校回来了。本该一家人高高兴兴过个团圆年，结果谢丽娟又开始找我麻烦，我们就吵起来了。我要面子，女儿大了，不想让她看见父母总这样，也怕影响她以后的婚姻观，就催她先回学校。没想到女儿一走，谢丽娟更疯狂了，不仅侮辱我的人格，连我过世父母也连带着侮辱。我就失控了。当时正在厨房准备年夜饭，手里拿着菜刀，随手甩过去，就……没法回头了。”

余明白特地将自己杀死谢丽娟与邱妍两案做了对比。

“形式上看，我杀谢丽娟和杀邱妍，都是冲动的后果。但逃亡的这两年，我反复思考，觉得两者之间有本质差别。”余明白用讨论学术问题的态度说，“杀邱妍完全是意外，没有任何主观故意，之后也非常后悔，非常愧疚。但杀谢丽娟，是潜意识里埋藏很久的念头，或者说是计划，所以可以算是故意谋杀。”

虽然余明白将两次杀人定义为不同性质，但也坦承，有了第一次的经验，第二次就“从容”多了。

谢丽娟死后，余明白并未选择分尸。余家老宅独门独户的院子，为埋尸提供了天然便利。

老宅的邻居们陆续搬离，更减少了余明白的担忧。

但理工科出身的余明白，仍然保持着基本的谨慎。多年来，虽然在外漂泊打工，每年总要抽时间回易水，看看老宅，看看谢丽娟是否“安然无恙”。

证实一切“安好”，余明白才会放心离开。

除了生活上的不便，余明白绝不会再住进老宅，原因不必解释。

直到开发商盯上那个地块，余明白才重新紧张起来。

余明白考虑过，找一个更合适的地方，将“谢丽娟”悄悄转移安顿。

这个想法看似简单，但在当下这个时代，实现起来并不容易。

余家成了唯一的钉子户，开发商特地派人住在余家隔壁，余明白一回老宅，就被人盯着谈判，彻底失去了转移尸骨的机会。

一拖再拖，就拖到邱妍的惨剧发生。

余明白再也腾不出精力去照管“谢丽娟”了。

院子里的秘密迟早会被发现。

也许是因为和普克、马一路的谈心真的很愉快，余明白甚至还和他们开了句玩笑。

“我这人天生不会做生意，没想到因为杀了谢丽娟，差点儿被我做成一桩大生意。”余明白轻松地说，“开发商为了拔掉我这个钉子户，将价越出越高。有些老邻居听说了，都后悔房子卖早了，应该跟我一起和开发商血战到底，可以发笔横财。”

余明白顺便咨询了一下普克。那套老宅是他名下的私产。以他目前的状况，能否与开发商达成交易？

余明白知道自己肯定会被判死刑，两起人命加分尸，属于“案情极其严重、影响极其恶劣”的那一类。

“我死了，谢丽娟也死了，唯一的继承人能否合法继承那套老宅？”余明白问，“女儿当然不会去住了，但卖房的钱还是应该归她的，对吧？”

对余明白这个问题，当时普克也认真回答了。

“实事求是地说，继承法我不太熟，但我可以帮你请教一下律师。”普克说，“我也顺便问一下，你现在还没请律师，是否需要我帮你介绍擅长刑案的律师？”

“谢谢，不用了。”余明白说，“我这种人，不值得再浪费一分一毫，不管是时间、金钱，还是感情。”

“你是哪种人？”普克问。

余明白怔了一会儿，轻声回答了普克的问题。

“罪人。”

7

扫一扫
听本节

有了余明白近乎事无巨细的交代，专案组下一步的行动方案变得相当简洁。

带余明白去易水余家老宅指认埋尸地点，挖地掘土，搜寻谢丽娟的遗骨。

一挖一个准。

寻找这片老房子的旧邻居，了解更多案件的相关细节，获取人证、物证。

与此同时，专案组的“编外人员”三人小组，则有了他们自己的安排。

彭大勇作为三人小组的“灵魂人物”，再次被召唤到704，共同商讨行动方案。

普克开门见山，直奔主题。

“大勇，能不能发挥一下你的特长，悄悄安排两个人去一趟阳城？”

“安排人去阳城没问题，”彭大勇看了马一路一眼，“要是算上马一路，两个人也没问题。”

“我们三个要去平川呢。”马一路忙说。

“我知道你不想跟他们分开，”不知是彭大勇故意，还是马一路的错觉，“他们”两个字的重音主要放在前面，听上去像“Ta”，“可所里整天忙成那样，一个萝卜一个坑……”

“我们可是三人小组，不能分开。”马一路找了个冠冕堂皇的理由，“再说您也知道，他俩都是……我得认真履行保姆的职责！”

马一路的话虽然藏着他的小心思，但却戳中了彭大勇的软肋。

“我和江小流两个人也没问题，”普克说，“尤其是现在我也能给自己‘洗脑’了。”

“以前‘洗脑’也不是马一路的工作，是我的。”江小流说。

大家都听懂了。江小流希望三人小组一起去平川，不分开。

马一路的愿望可以往后放，毕竟他皮实，自愈能力强。但江小流开口了，不能不重视。

“不行到上面借人?”普克说。

“在想法没明朗之前，先不惊动上面，以免误伤无辜。”彭大勇想了想，咬牙说，“豁出去了，我带周到跑一趟。重温一下刑警生活也挺好。”

马一路发自内心想赞美彭大勇，硬是忍住了。他用另一种方式表现自己的成熟。

“彭所说在想法没明朗之前……指的是什么想法?”马一路问。

彭大勇看一眼普克。普克点点头。

“我先声明，这是普克的想法，我行动上支持但不代表我完全认同。”彭大勇说，“估计你俩听了也得吓一跳。”

“我动不动就跳的，想让江小流跳，可没那么容易。”马一路说。

“我自己说吧，万一错了，最多我不录进录音笔，第二天就忘了尴尬。”普克半开玩笑半认真，对马一路和江小流说，“事先没和你们透露，因为目前没有任何支持的证据。现在要出发了，必须说了。我怀疑杀谢丽娟的不是余明白，而是余思。”

听了普克这话，马一路没跳，江小流“跳”了。

不是行动上的跳。

江小流坐在那儿没动，可整个人的表情都呆了。

马一路没被普克吓一跳，倒被江小流吓着了。

“你怎么了?”他轻声问。

江小流眼珠一转，看着马一路。但马一路发现，江小流其实没在看他，不知看向何处。

马一路真有些紧张了，看看普克和彭大勇。

彭大勇恰好凑近普克耳边，两人正耳语什么，没注意江小流的反常。

马一路迟疑一下，伸手轻轻碰了碰江小流的肩膀。

江小流像是忽然从梦中惊醒，打了个激灵，将眼神收回来。

“你没事儿吧？”马一路轻声问。

“没事儿。”江小流伸手将耳边一绺碎发轻轻拢到耳后，转脸看着普克，“余明白想救余思，这点很清楚。可凭什么认为余思是凶手？”

“余明白为什么要救余思？”普克问。

“余思可能是知情人，”江小流说，“知情不报也是包庇罪。”

“2009 年余思才 17 岁，还是未成年，仅仅是包庇，基本不会对她追究刑责。”

“再严重一些，也许余思给爸爸帮了忙……”江小流说，“最多是从犯。”

“和余明白‘谈心’时，我有种强烈感觉，余明白在极力求死。”普克问江小流，“不知你看出来没有？”

“余明白解释了，他是个罪人，罪不可恕。”

“任何人都有求生的本能。余明白和邱妍是朋友，意外杀死邱妍后充满愧疚，但也并没有立刻求死，而是选择了分尸后逃亡。”

“也许是因为他想去平川照顾他的女儿。”

“在平川一年多，余明白只见过女儿一面。”

“因为他知道自己犯了死罪，不想过多牵连女儿。”

“这正是余明白提供给我们的逻辑。”

“难道因为是余明白提供的，即便是合理的逻辑，我们也不能接受？”

江小流的咄咄逼人已经很明显了。马一路实在忍不住，试图调节气氛。

“普克的意思是……”

说了一半，又不知道怎么往下说，只好用眼神向彭大勇求助。

“讨论是好事儿，观点不同才能激发灵感，找到突破口。”彭大勇甩给马一路一句，“你别打岔。”

马一路有些讪讪的。好在普克完全不介意江小流的“挑衅”。

“既然有分歧，我们就从分歧产生的节点开始讨论。”普克将目光投向江小流，“余明白想救女儿，这一点你也认同，对吗？”

“对。”江小流显然控制了自己的情绪。

“他有过两次‘救’女儿的动作。第一次是接到余思的电话，立刻赶回宁江自首。”

“对。”

“第二次是发现我们将余思和他家的老宅以及谢丽娟联系起来，他努力掌控节奏，目的仍是自首。”

“对。”

“两次作案，都是激情杀人。但对作案动机及过程的交代，第一次是客观陈述，第二次带有大量主观情绪渲染？”

江小流没有马上回答，凝神思索。

显然，她在自己永不遗失的记忆库中翻捡到了相关细节。

“两次确实不一样，”江小流说，“这能说明什么？”

“说明余明白在第一次自首时，潜意识里仍在求生。而等到第二次自首，则是彻底地求死。”

“就算这样，又说明什么？”

“有一种心理学现象叫‘镜像’效应，”普克说，“在余明白身上发生了二次‘镜像’……”

“我不懂什么叫‘镜像’。”江小流打断普克。

“简单地说，‘镜像’是通过别人看自己，余明白是通过自己看余思。”普克说，“余明白内心深处知道，女儿罪行严重，只有通过自己的彻底牺牲才可能挽救女儿。”

江小流沉默了。

“老实说，这点我也有些怀疑。余明白和谢丽娟的婚姻再怎么失败，也轮不着女儿出手。”彭大勇说完，转向马一路，“你怎么看？”

面对如此严肃的问题，马一路不敢造次，认真想了一会儿才开口。

“普克和余明白‘谈心’的时候，我就想过一个问题。余明白一直说他和谢丽娟的关系很糟糕，但从来没正面提过女儿在这个家庭中的状态……”马一路说。

“提过。”

这次江小流打断了马一路。把她从监控中看到的余明白那段坦白完整“回放”：

“只记得当时过年，女儿也从学校回来了。本该一家人高高兴兴过个团圆年，结果谢丽娟又开始找我麻烦，我们就吵起来了。我要面子，女儿大了，不想让她看见父母总这样，也怕影响她以后的婚姻观，就催她先回学校。没想到女儿一走，谢丽娟更疯狂了，不仅侮辱我的人格，连我过世父母也连带着侮辱。我就失控了。当时正在厨房准备年夜饭，手里拿着菜刀，随手甩过去，就……没法回头了。”

“看，规律又出现了。”马一路说，“之前余明白一直不谈细节，不谈女儿，这一段却谈得特别仔细。”

“因为这是案件必不可少的环节。”普克说。

“他将这个环节描述清楚，才能让我们相信，余思和母亲的死毫无关系。”马一路说。

“对咱们说清楚有什么用?”江小流说，“余思又不知道余明白怎么说的。”

“也许他们父女间早就有约定。也许除了咱们知道的那个电话，他们还有过别的联系方式。”普克说，“总之，有很多疑点需要寻找答案。人是社会关系的总和。余思在平川学习生活多年，总能找到了解她的人，得到我们需要的信息。”

“我负责阳城。”彭大勇说，“要是没记错，应该重点了解 2004 年余明白为什么从原单位辞职，以及邱妍死后那半年，余明白再去阳城到底想做什么和做了什么。”

“我们在平川着重考虑的时间节点是 2009 年。那年春节，余思从护校回家过年。按余明白的说法，余思提前返校，对父亲杀死母亲一事毫不知情。”普克说，“一个 17 岁的女孩儿，想藏住真实的情绪并不那么容易，也许这就是我们的入手点。”

普克说到这里，马一路和彭大勇都下意识地看了一眼江小流。

江小流看上去和平时一样，眼神冷淡，面色苍白。她没再发言。

普克注意到他们的反应，但不明白原因。

“我是不是漏掉了什么内容？”普克问。

马一路和彭大勇又下意识地互相看了一眼。

“没有……”他们异口同声地回答，“没有，没有。”

说完，都没敢再看江小流。

商定了方案后，兵分两路。

彭大勇亲自带所里的侦查员周到去了阳城，三人小组开车直奔平川。

开的当然还是江小流的车。几百公里的长途，就没开特斯拉，换了另一辆奔驰。

“我记忆里，这还是第一次坐奔驰出差。”普克说。

“下次江小流没准会让咱们坐私人飞机，”马一路边开车，边响应普克的玩笑，“那我得赶紧考个飞行执照。”

江小流没说话。

马一路悄悄从后视镜里看了一眼后排的江小流。

江小流侧脸看着车窗外。看不到她的脸。

这一路江小流都没再开口。

有一次马一路甚至试着轻轻哼唱《我的太阳》，也像雨水落进大海，没引起任何反应。

就这样一路开到平川，江小流才开口说了全程第一句话。

“酒店我订好了，我把信息给你。”她低头翻手机，但显然是对马一路说话，“直接去酒店，先把行李放下。”

到了酒店，仍是江小流一贯的风格：五星级，每人单独一间房，江小流刷自己的卡。

在前台办手续时，普克趁江小流刷卡签字，把马一路拉到旁边。

"她怎么了?"普克低声问。

马一路不知道怎么回答。

"路上我反思了一下，还是不太清楚。"普克轻声说，"如果是别的女孩儿，我不奇怪，但江小流今天的情绪波动相当明显。"

"你也知道她……"马一路含蓄地问。

"录音笔里有。"普克说，"但不可能事无巨细，只能记录要点。"

"说实话我也不太清楚，肯定有原因，但……"马一路说到一半，看见江小流办完手续，赶紧说，"她来了。这件事情说来话长，回宁江再告诉你。"

江小流拿着房卡走回他们面前，将房卡分别给了两人。

仍和从前三人出差一样，普克住在中间，马一路和江小流一左一右各一间。

分头放下行李后，三人一起到普克房间开会。要根据已获得的信息，初步确定下一步的调查方案。

思路很简单，一切调查围绕余思展开。

线索其实也很简单。

余思 2008 年从易水考到平川一所中专护校，三年后从中专毕业。

恰逢护校升级扩招，余思考上升级后的大专。读了一年大专后改为专升本，并以优秀的本科成绩毕业，之后进入易水最好的三甲医院当护士。

因为一直在平川就读、工作、生活，余思的社会关系比较容易寻找。

相对复杂的，倒是如何在调查中做好保密工作，以免惊动余思本人。

接下来两三天的调查中，一直没用上从前三人小组常用的"角色扮演"方式。

每天三人小组在调查结束后，都会在普克房间，与在阳城调查的彭大勇视频通话，交换信息。

第一天彭大勇就告诉他们，余家老宅院子里挖到的遗骨，经与老宅中谢丽娟个人物品上获得的 DNA 样本比对，证实是谢丽娟。

此外彭大勇已查知，2004 年之前，余明白在原单位的工作一切正常。因专业能力强，为人踏实勤勉，还多次被评为先进个人，提前从技术员变成工程师。

因此对于2004 年余明白突然辞职的事，原单位多位前同事都印象深刻，只是不明白个中原因。这是接下来彭大勇将继续深挖的内容。

普克则代表三人小组告诉彭大勇，余思 2008 年到平川上学后，给同学老师留下的印象有一个明确的分水岭。

第一学期，善良、内向、胆怯、沉默、极度不自信，是大家对余思不约而同的评价。

2009 年春节后第二学期，余思的性格开始发生明显改变。坚强、开朗、自信、执着、乐于助人成为她的新形象。

为什么会有如此明显的性格改变？他们尝试在调查中提出这个疑问。

回答不一，众说纷纭。

有老师说，孩子长大了，自然会变得成熟，但坚强开朗从何而来？这位老师不能回答。

有同学说，可能因为余思的成绩提升，让她找到了自信。随即又自我否定了这个回答，因为发现弄错了因果顺序。余思的性格首先发生改变，之后以全新面貌投入新学期的学习，才带来了成绩的提升。

有一个男同学的讲述，引起了三个人的注意。

“我觉得余思肯定有心理问题。”这个男同学曾和余思做过一学期的同桌，“可惜那时候不像现在，现在学校就配了心理咨询师。”

“什么心理问题？”普克问。

“PTSD。”

“创伤后应激障碍？”普克追问。

“对。”

“你是指从第二个学期开始吗？”

“不是，是第一个学期，我就有这种感觉。”这位男同学现在仍在医院工作，但不是余思那家医院。“当然，那时候我不懂，后来学了心理学，回头对照才这么认为。”

普克听了有一丝意外。思忖片刻。

“有人认为第一学期的余思更像是抑郁症的表现。”普克谨慎地说。

“我知道抑郁症是什么样子，我自己就得过。要不然后来我也不会自学心理学。”同学坦然地说，“我说余思更像 PTSD 而不像抑郁症，是因为在我们同桌期间，PTSD 的三种核心症状她都有充分表现。”

“能不能具体说明一下？”

“比如说，我和她同桌，难免身体会有接触。每次碰到她，哪怕是冬天穿着棉衣，她的反应都很激烈。我指的是情绪激烈，事实上她又非常压抑，绝不表现出来。但那种高度警觉，相信我，和抑郁症不一样。”

“你的意思是，余思对异性接触很敏感？”

“说反感可能更合适。所以第二学期我坚决要求老师给我换了座位。”同学说，“我可不想整天被同桌当成强奸犯。”

调查的第二晚，彭大勇在视频里显得有些激动。

彭大勇告诉三人小组，也许他们已经找到了当年余明白突然辞职离开阳城的原因。

这个原因，很可能和余明白杀死邱妍并处理尸体后，先到阳城待了大半年有关联。

2004 年余明白辞职前，曾与一个名叫严峻的男同事打过一架。

严峻比余明白早工作几年。与其说是余明白的同事，不如说是余明白当年的师傅、密友。两人交往非常密切。

严峻是阳城当地人，余明白家在易水，与谢丽娟婚姻不合，回家时间很少，平时住在单位宿舍，周末、节假日常去严峻家做客。

余明白的女儿寒暑假到阳城时，父女俩也经常去严峻家。

严峻和妻子也有个女儿，比余思大两岁，现在已经结婚有孩子了。

余思小学三年级之后去阳城时，不方便再住父亲的宿舍，就住在严峻家中，不少同事都了解这个情况。

余明白与严峻打架那次，只有一个同事亲眼看见，但不明白打架的原因。

“感觉余明白要把严峻往死里揍，那么忠厚的一个人，从来没见他那样过。”同事这样描述，“问他怎么回事儿，一个字也不肯说。”

当时如果不是同事死命拉架，没准真会出事儿。

事后同事也借安慰的名义，想从严峻嘴里套出缘由，严峻敷衍了几句，完全不符合大家对余明白的印象以及生活常识，同事认为严峻肯定是在胡扯。

之后余明白很快辞职。

余明白离开阳城后，直到2016年夏天之前，再没回来过。

但在2016年夏天，有另外不止一个前同事在阳城见到过余明白。

其中有一个前同事，曾经看见余明白，却不敢直接相认。

他是去一个小区看朋友时遇到余明白的。当时余明白身穿清洁工的衣服，正在这个小区打扫卫生。看样子已经干得挺熟练，不像临时做好事。

2017年春节前，一直在原企业发展顺利的严峻突然传出死讯，并且死得颇为离奇。

严峻是在一个小区的高层坠楼身亡的。那个小区并非严峻家所住的小区。

阳城警方当时对此事做过调查，查出严峻在这个小区租住了一套房子，已有数年之久，但家人对此毫不知情。

经现场勘查，没发现严峻的坠楼有外力强迫迹象。

从物业及邻居那里零星得知，严峻定期来此，每次待的时间不长。每次严峻来之后，都会有一个中年女人随即赶到。让邻居奇怪的是，每次中年女人来都会带着一个小女孩儿。

最初邻居猜测这套房子是严峻的“小公馆”，而那个中年女人带来的可能是严峻的私生女。

很快邻居纠正了自己的看法，因为从猫眼中看到，女孩儿不是同一个。有时看上去十四五岁，有时看上去年龄更小。

在严峻坠楼身亡后，小区一度传出流言，严峻是在这套租来的房子里进行不法勾当。中年女人是一个淫媒。

还有一个更可怕的说法。中年女人最早带来的是自己的未成年女儿，后来女儿长大了，就开始带来另外的小女孩儿。

警方也听到了传闻，准备深入调查时，严峻的家人却提供了严峻患有抑郁症的证据。

由于证据充分，严峻坠楼又无外力强迫迹象，最终阳城警方将严峻的死定为自杀。

至于中年女人及小女孩儿的传闻，没有任何人出面指证，而严峻本人已死，只得不了了之。

为尊重死者家属的请求，警方对外未将严峻之死与小区私下的流言挂钩。此事很快平息了。

那位没敢和清洁工余明白相识的前同事，因此并不了解严峻之死的细节。如果了解，说不定会知道他并没认错人。

因为他当时遇到余明白的小区，正是严峻坠楼身亡的小区。

“我现在有种感觉，严峻的死极可能和余明白有关。”彭大勇说，“今天我们还和严峻的妻子通了电话，隔着电话我都能感觉到不对劲。那种情绪，不是丈夫自杀身亡后的正常情绪，倒像是……”

彭大勇一时找不到准确的形容。

“是不是羞耻感？”普克问。

彭大勇一拍脑袋，视频里都能听到他对自己下手之狠。

“就是这个词！”

“如果这个词用得准确，如果你的感觉准确，大勇，那么我现在有个残酷的猜测要分享给大家。”普克对彭大勇说，也是对身边的马一路和江小流说，“确实很残酷。”

马一路觉得透不过气来。虽然普克还没说出他的残酷猜测，但他已有了自己的“感觉”。

“你是不是怀疑当年严峻侵犯了余明白的女儿？”

彭大勇不自觉压低声音，仿佛余明白的女儿就在附近，怕被她听到，又成为一种侵犯。

普克没说话，只是点点头。

“你们是说2004年？”江小流问。

普克点头。

“2004年，余思才12岁。”江小流说。

没人接话。

那一刻，房间里静得能听见每个人的呼吸声。

好一会儿，彭大勇才努力打破这种沉寂。

“你们今天有什么收获？”

“我们联系到一个余思在护校时的同学和室友，是本地人。”马一路说，“她和余思关系比较好，有一年余思回易水过年，没两天又回来了。学校放假没法住，就住在她家。电话里不方便说太细，明天我们准备去找她了解一下情况。”

“不会打草惊……”彭大勇说了一半，忽然改口调整了说法，“不会惊动余思本人吧？”

“应该不会。她和余思好几年没联系了，我们也是绕了一大圈才找到她。”马一路说。

“那就行。”停了停，彭大勇叹气，“其实现在可以直接找余思了。毕竟是个小姑娘，不会像她父亲那么……有经验。”

“我们还是想尽可能保持谨慎。”普克说，“即使刚才的猜测成立，里面还是有个矛盾无法解释。余明白恨严峻、杀严峻都可以理解，但谢丽娟的死……到底是为什么？”

“是不是谢丽娟知道了女儿被……伤害的事情？”马一路问。

“如果谢丽娟知道这件事情，作为母亲，应该心疼女儿，保护女儿，”彭大勇说，“那样的话，余思怎么可能杀了谢丽娟？”

“咱们还没证明这一点。”江小流面无表情地说。

“对对对，你提醒得对！”彭大勇急忙说，“有了阳城这个新情况，原来的猜测搞不好得推翻重来。老实说，本来我就不太相信……”

“或者说不太愿意相信。”普克说，“其实我们都一样。现在尤其如此。”

房间里再次陷入沉寂。

扫一扫
听本节

8

这一晚，大家似乎都格外疲倦，谁也没有继续讨论案情的兴致。

早早收工，各回各的房间休息。

虽然提前上床，身心都很疲倦，马一路却翻腾了大半夜，怎么也睡不踏实。

来平川之前，马一路和普克持相近的观点，怀疑杀死谢丽娟的不是余明白而是余思。余明白之所以自首，完全是为了保护女儿。

事实上，这两天的调查走向，越来越趋近于他们的观点。

目前严峻的真实死因尚不能确定，但与现有证据链的重要节点形成鲜明呼应。

余明白当年突然辞职离开阳城，意外杀死邱妍后再次返回阳城，很可能都是为了严峻。

严峻离奇坠楼身亡后，余明白便离开阳城前往平川，从此一直与女儿余思生活在同一座城市，却从不让女儿知晓他的存在。

为什么这样做？

余思在护校第一学期的性格表现，让很多人都以为是内向、不自信所致。

只有将这种性格表现与整个证据链对照，才会明白，那根本不是性格本身，而是余思旧日同桌认为的PTSD！

创伤应激障碍。

余思很可能在12岁的时候，遭受了她视之为亲人的伤害。

不是一般的伤害，而是性侵。

不是一般的亲人，是她父亲余明白的同事、朋友，是她心目中值得信赖的长辈。

而那个长辈，也有一个女儿，是余思的小姐姐，她们常常亲密地住在一起，一起玩，一起笑，一起分享彼此的情感和秘密。

如果这样的经历还不算创伤，对一个12岁的女孩儿来说，什么才算创伤？

这个创伤没有随着时间的流逝而自愈。直到女孩儿长大，伤疤仍在，并且更深更疼。

这一切，作为父亲的余明白都看在眼里。

余明白当年没能保护女儿，使年幼的余思受到毁灭性的伤害，这对一个疼爱女儿的父亲来说，该是何等的懊恼和自责？

这种懊恼和自责，使余明白以求死之心来保护女儿，无论从逻辑还是情感来看都足以成立。

至少对马一路来说，是绝对如此。

但是，在这条已经相当清晰的逻辑链中，还有一个难以解释的空缺。

谢丽娟被埋尸于老宅小院。杀谢丽娟的人，为什么会是她的亲生女儿余思？

都说母女连心呀。

可不也有饿死两个女儿的年轻妈妈，真实存在于现实世界？

那位盲眼邻居亲耳听到谢丽娟“骂丈夫，骂女儿，骂鸡骂狗骂老天……骂得非常难听”。

骂丈夫可以理解，为什么会骂余思？12岁的余思才是那个真正受伤害的人。

12岁。

一想到这个年龄，马一路的心就揪成一团，痛得不行。

翻腾到后半夜，马一路终于坠入一个逻辑混乱的噩梦。

梦里马一路不再是一名警察，而成为一个疯狂的杀人凶手。时而是凶手的视角，时而又像俯瞰梦中世界的上帝。

醒来的那一刻，马一路多么庆幸这只是一个噩梦。同时一个声音忽然闪现脑海。

“如果我是余明白，如果我意外杀死了邱妍，”马一路听见自己内心的声音，“我大概也会用余生去做自己最想做的事情，然后才能死而无憾。”

什么事情是余明白最想做的？

杀死那个侵犯女儿的罪犯，为女儿报仇雪恨。

第二天，按前一天的约定，三人小组去见了余思在护校时的同学。姓陈。

小陈从护校毕业后，直接就改行了。上个月刚做了妈妈，在家休产假，不方便出门。前一天得知马一路他们的身份后，将见面地点约在家里。

小陈是个很和善的年轻姑娘。对客人的唯一要求是“小声点儿”，怕吵到刚满月的儿子。

因此，整个谈话过程都像在说悄悄话。

当然没告诉小陈找她的真正原因。马一路编了一个合情合理又不算欺骗的借口。

谈及2009年那个春节，小陈不仅有印象，而且记忆非常清晰。

小陈清楚地记得，大年初一她出门去亲戚家拜年，经过学校附近，发现余思坐在学校围墙外，看上去整个人都冻僵了。

小陈很惊讶，问余思为什么不在家过年，余思除了发抖，一句解释都没有。

那时候她们同学同舍已经半年，小陈知道余思平时话就特别少，但人很善良。当时看余思快被冻死了，小陈就直接把余思带回自己家。

余思在小陈家住了几天。

那几天，余思也没怎么说话，只是不停地帮她家做各种事情。弄得来家里拜年的亲戚都以为，余思是小陈家新来的小保姆。

晚上余思就和小陈挤一张床睡觉。一共睡了四个晚上。

第一晚小陈知道余思根本没睡着过。

第二晚也是。

第三个晚上，余思大概太累了，不仅睡着了，而且睡得很沉。

半夜时，余思突然叫了一声，把小陈吵醒了。

小陈迷迷糊糊中看见余思坐起来，就问余思是不是想上厕所。

“我把她杀了。”余思说。

小陈被吓得一激灵，彻底醒了，赶紧打开灯也坐起来。

当时余思的眼睛是睁着的，但看上去又像丢了魂似的，不知道究竟是醒着还是睡着。

小陈有些害怕，怀疑余思是在梦游。听说梦游的人不能惊动，她只伸手轻轻碰了碰余思，结果余思的反应很强烈，一甩手，狠狠地打在小陈身上。

小陈疼得叫了一声。

余思像是彻底醒了，呆呆地看了小陈一会儿。

然后像被抽了筋似的，眼睛一闭，倒下就睡着了。

第二天睡醒，小陈问余思晚上做了什么梦，余思说不记得了。小陈把夜里的事情讲给余思听，余思听的时候，脸上很茫然。

看上去真不记得了。

这之后，余思又在小陈家住了一晚。年初五，余思接到一个电话后就走了。

小陈担心余思是不是怕打扰她才走的，还去学校附近的旅馆找过余思，发现余思确实住在那儿。而且房间里还有满满两个大行李箱，全是余思的东西。

余思解释，是她爸爸从家里带来的。还说父母可能要离婚，爸爸让她暂时不要回家去，免得受干扰。

余思还请小陈为她父母要离婚的事情保密。小陈答应了，并且从来没对任何人说过。

寒假之后开学，小陈和余思虽然仍是同班同宿舍，但距离却慢慢拉开了。

主要是因为余思有些变化。

护校的前途大家都知道。以前余思成绩也一般，和大家一样，对学习就是完成任务。

新学期的余思，用现在的说法就是“开了挂”。

一方面她确实比所有人都努力，另一方面，似乎连智商都跃升了一个层次。

整个人的性格也变了。如果说第一学期时余思是一个电池的负级，在那个春节之后，余思就变成了电池的正极，而且是满格电源。

小陈特别解释，她不知道这个形容对不对，就是想表达那样一个意思。

总之，“开挂”后的余思开始了一种全新的生活状态。小陈当时还想过，原来父母离婚还有这样的作用，简直令人羡慕。

有一次小陈实在没忍住，问过余思，她父母“怎么样了”。

余思平静地告诉小陈，他们分开了。

“分开了”肯定意味着不在一起了，离还是没离，小陈没好意思继续追问。

小陈毕业后没当护士。家里托关系给她找了一份清闲的工作。

原来的同学有的去医院当了护士，有些也转行了。

小陈听医院的同学说，余思读完本科后，也到平川最好的医院当了护士。

“有些同学笑话余思，多读那么几年，居然还是当护士，有什么意思?”小陈说，“我觉得她们是吃不着葡萄说葡萄酸。余思以后肯定不会只当护士，本科护理可以当护士长，还可以转药房什么的。反正从那年春节以后，我就觉得她的人生会和我们不一样。好像她天生就应该有更好的前途，只是不知道半道被什么耽搁了。”

小陈还告诉他们，虽然好几年没见过余思了，但陆续听到过一些关于她的消息。

女生最关心的总是和感情有关的八卦。

“上护校那会儿，余思肯定是没谈过恋爱的，这我敢肯定。”小陈说，“连男老师都离得越远越好，去校长办公室一定得拉个女同学陪着。”

有同学告诉过小陈一个八卦，小陈半信半疑。

余思读专升本时，有个男生狂追她。两人接触了几个月，后来就不交往了。

“那男的不怎么样，放话出来，说余思根本不能碰，碰一下就跟要杀她似的……”小陈说，“现在这些男的，好像谈恋爱就必须滚床单，不愿意滚倒成了变态。我只想对他们说一个字，滚！”

不过小陈生孩子住院时，听说余思已经有男朋友了，是个不错的小伙子。小陈还准备等孩子办满月酒的时候，请余思和男朋友一起来喝杯酒。

“这样她结婚的时候，我才有理由去喝她的喜酒呀。”小陈笑着说。

扫一扫
听本节

9

本打算直接去医院找余思谈。到了医院一问，余思当天值大夜班，白天不在医院。

余思科里的护士长，一眼看出三个人不是本地的，问他们找余思有什么事情。

马一路不想惊动更多人，硬着头皮撒谎，说是余思家的亲戚。

护士长一下子就识破了。

“他俩我不敢说，但你脸上写着两个字：警察。”护士长用快刀斩乱麻的爽利对马一路说，“是为余思她爸的事儿吧？我得说句公道话，余思是余思，她爸是她爸。余思可是个少有的好姑娘，我还指望以后她接我班呢。”

果然好事不出门，坏事传万里。

马一路尴尬得不行，心里又有种说不出的滋味。

“真的，你们要认识余思就知道了。干我们这行的心肠都硬，余思不这样……”护士长犹豫了一下，压低声音，“你们调查她爸的事情，最好别在病区，对她影响不好。”

马一路趁机问护士长，是否知道余思在哪儿。

护士长给了他们一个地址，说是余思目前租住的地方。

“她和小黄快结婚了，你们注意点儿方式。”护士长补充说。

“小黄是……”

“黄远辉，她男朋友。特别好的一个小伙子。跟余思天生一对。”护士长压低声音，语气却相当犀利，“别你们查完了，拍屁股走了，给余思留一堆闲话……你们当警察的也多为人家考虑考虑！”

三人按护士长给的地址，找到余思租住的小区。

护士长的话如警钟一样在马一路脑海里盘旋。

“咱们把车停外面吧。省得保安问东问西。”

普克和江小流都同意。

于是在小区外找了停车的地方。虽然停车麻烦，还要交费，但马一路也心甘情愿。

下车往小区走。正要进小区门，里面有一男一女两个年轻人，手拉手，有说有笑地从里面出来。

“是余思。”江小流说。

他们有余思的身份信息。马一路知道，江小流不会认错。

“怎么办？”马一路忽然有些紧张，低声问，“那个应该就是她男朋友吧……”

余思和黄远辉从他们身边经过，从他们脸上只能看见恋爱中的耀眼神采。

“先跟着吧。”普克轻声说，“尽量单独谈。”

三人装作若无其事，远远跟着余思和黄远辉。

两人先是手拉手到小区外的一家餐馆吃饭。

就坐在窗边的座位。

隔着玻璃窗，远远地看着他们拿菜单点菜、交谈、边吃边聊。

只有画面，没有声音。

余思话不多，黄远辉看上去更健谈。

三个人像在看默片。那扇窗就是小小的人间荧幕。

隔着桌子，黄远辉时不时伸手握住余思的手，余思对他微笑。

江小流看着这一幕，忽然说：“你们饿了吗？我饿了。”

马一路一愣，问江小流：“你意思是……”

“他们吃他们的，咱们吃咱们的。”江小流说，“他们又不认识咱们。”

马一路有些拿不准，扭头看看普克。普克想了想，看看江小流。

“除了吃饭，有没有别的计划？”普克问，“比如顺便听听他们聊些什么。”

江小流点点头，说：“被你看穿了。说不定还可以多搜集一些证据。”

马一路急忙说：“但我和护士长保证过……”

“放心，绝对不会当着黄远辉的面拆穿余思，”江小流截住马一路的话，“我没那么缺德。”

似乎没有反对的理由了。何况他们也确实该吃午饭了。于是三个人一起走进餐馆，江小流走在最前面，径直走向余思和黄远辉的餐桌旁。

马一路正吃惊，江小流已经在一张餐桌前停下，拉开椅子坐下。餐桌离余思和黄远辉的桌子只有几米远，江小流选择了面对那张餐桌的座位。坐在她的位置，正好可以面对面看见余思。

事先已经简单商议过，他们不打算让余思注意到他们的存在，但万一被注意，他们就按上次去查邱妍租住处的方式，由江小流和马一路假扮一对小情侣，普克则演马一路的哥哥。

看到江小流选的座位，马一路犹豫着，不知该和江小流并肩坐下，还是与普克一起坐在江小流对面。

江小流用命令的语气对马一路说："你坐对面。"

马一路心里又吃了一惊。江小流平时说话冷淡，但此时的语气不是冷淡，而是霸道。

但马一路太习惯于听从江小流了。他老老实实地在普克身边坐下。在这个位置，他们只能看见江小流，看不见背后的余思。

三人坐定，江小流主动叫来服务员点菜。在马一路的记忆里，江小流对吃什么从来不感兴趣，总是让马一路点菜，反正她自己吃得很少。

江小流一口气点了七八个菜，马一路不得不开口阻止她。

"够了够了，咱们吃不了那么多。"马一路小声说。

"你说够就够？我都快饿死了，又不让你花钱，小气鬼！"江小流嗓门远比平时高。

马一路呆住了。普克也注意到江小流不同寻常的态度。但他们背后不远就是余思和黄远辉的桌子，此时那个方向很安静，不知是两人恰好没说话，还是已经注意到这一桌的存在，停下来观察他们。

马一路和普克都不便回头，以免引起不必要的麻烦。更不能开口询问江小流，她的反常表现到底意味着什么。

餐馆生意平平，客人不多，所以菜上得很快。江小流点的菜陆续都上来了，相当丰盛。但胃口向来很好的马一路却食不知味，因为基本不动筷子的江小流一直以各种方式挑剔他、抱怨他、数落他。

马一路很清楚，这不是江小流，而是江小流记忆库里的某位"怨妇"。不清楚的是，江小流这样做的目的是什么，接下来会发生什么。

马一路不敢争辩，也不能争辩。普克几次试图以哥哥的身份劝阻江小流，但不奏效。

最过分的一次是，江小流瞪了马一路和普克身后一眼，大声问："看什么看？没看过两口子吵架！”

马一路立刻明白，江小流的态度已经引起了别人的反感。虽然不便回头查证，他仍有很大把握认定，所谓别人，就是余思。

果然，马一路听到身后余思那一桌的方向传来一个年轻女性的声音。

“服务员，买单！”

应该是余思。语气中透出压不住的厌烦。那厌烦显然不是冲着服务员来的。

隐约还听到一个男性用低低的声音说：“吃饱了吗？要不咱们换张桌子？”

马一路看见桌对面的江小流拿起筷子，夹了一个鹌鹑蛋送入口中。但他将注意力全放在身后，竖着耳朵倾听余思、黄远辉的低声交谈。

“算了，不想吃了，买单走吧。”

“是够烦人的……”

“服务员怎么还不过来？我去……”

“你坐着，我去收银台买单。”

身后椅子一阵响，有人起身从马一路身边经过，走向收银台。确实是黄远辉。

桌对面的江小流忽然咳起来。马一路从黄远辉身上收回视线，发现江小流伸手捂着胸口，不停地咳，脸越来越红。

“你怎么了？”普克先站起来，“是不是呛到了？”

马一路急忙起身，撞得桌子稀里哗啦一通乱响。他冲到江小流身边，发现之前一直牢骚不断的江小流此时完全说不出话来，不断咳喘，脸色由红转白。

“鹌鹑蛋！鹌鹑蛋！鹌鹑蛋！”马一路一连串地嚷着。

普克也绕过桌子，跑到江小流身边。江小流的窒息症状已经非常明显。马一路和普克想把江小流呛住的食物弄出来，一通手忙脚乱却没成功。

这时，马一路听见刚才那个年轻的女声说：“海姆立克！”

马一路茫然地抬头，看见余思冷静地站在他们面前。

“什么克?”马一路头脑一片空白。

余思瞥了他一眼，说：“把她抱起来，站好。”

马一路急忙抱起瘫软的江小流。余思绕到他们身侧，指挥马一路，“让开，交给我。”

马一路不放心，抱着江小流不敢放，余思伸手插到江小流的后背处。

“别担心，我是护士。”余思声音柔和了许多，轻声说，“放手好了。”

马一路非常小心地将江小流交给余思。余思从后面抱住江小流，拳头放在江小流上腹部，快速用力挤压，同时还对马一路露出一个安慰的笑容。

江小流狠狠咳了一下，一个完整的鹌鹑蛋从她嘴里喷出来，滚出老远。

黄远辉也听到动静，从收银台跑过来，正看见这一幕。

余思没等黄远辉开口，轻松地说：“没事了。买过单了？咱们走吧。”

马一路和普克急忙向余思道谢。马一路谢了又谢，恨不得抓住余思的手狠狠握几下。

黄远辉看到马一路眼圈都红了，像是了解他的心情，对他笑笑，说：“小事情。她就是这样的人。”

黄远辉拉起余思的手要走，余思想了想，停下，转脸看江小流。

江小流脸色苍白，弯着腰，两手支在膝盖上，还在大口地喘息。

“你怎么样?”余思问江小流，态度平和，就像在医院里对待病人一样，“好些了吗?”

江小流仰起脸，看着余思。迟疑片刻，对余思点点头，想说什么，没说出来。

余思盯着江小流看了两秒钟，也迟疑了一下。然后轻声对江小流说：“一份感情不容易。好好珍惜。”

说完，余思转身走开，和黄远辉手拉手离开了餐馆。

确定他们出去后，江小流走回马一路和普克面前，看上去已经恢复了平静。

“我没事儿了。接下来怎么办?”江小流问。

“真没事儿了?”马一路仍有些不安。

“真的。”江小流看着普克,“还要继续跟吗?他们回小区了。”

普克看着江小流,凝神思索片刻,说:“继续吧。但要格外小心,他们已经认识咱们了。”

江小流点点头,说:“我去买单。”

知道余思和黄远辉又回到了小区,为避免麻烦,他们没进小区,就在小区门外的车里等。

三个人上车后,刚坐定,江小流就开口了。

“你们可以批评我。我就是想看看她是什么样的人。”

马一路的担心被证实了,他看看普克。普克的表情说明他也猜到了。马一路有些生气,又不知道怎么批评江小流,毕竟她已经用她的方式认错了,而且没造成什么后果。

“太危险了!”马一路发自内心地说。

江小流看着窗外小区大门的方向,不吭声。

“刚才你是真的被卡住了?”普克问江小流。

江小流点点头,仍然不出声。

马一路忍不住替江小流向普克解释:“她不会装的。她肯定有过被卡的经历。”

江小流转过脸来,瞥了马一路一眼,说:“小时候被鹌鹑蛋卡过一次。”停了停,又说,“你们不觉得她是个好人?她那么讨厌我,还是救了我。”

马一路和普克都陷入了沉默。

几个小时后,余思和黄远辉驾车从小区里出来,三个人远远地跟着。

黄远辉直接送余思到了工作的医院。余思下车和黄远辉挥手道别,走进住院部大楼。黄远辉驾车离开。

马一路将车停在楼下，护士长的警告再次在他脑海鸣响。

“你们俩先下车追余思，最好能在外面谈，别到她科里。”马一路匆匆地说，“我到前面停好车就来找你们。”

普克答应了，和江小流一起下车，在余思进电梯前追上了她。

“余思！”江小流直接叫出余思的名字。

余思停下，回头看见江小流和普克，微微一愣，显然认出了他们。

普克正想说话，江小流上前一步，抢先开口：“他叫普克，是名警察。我叫江小流，是名协警。我们从宁江来。”

余思又是一愣，脸上若有所思。

“给你讲个小故事。有个17岁的女孩儿，爸爸经常出轨，妈妈很抓狂。全家人去一个海岛度假，租了一条小船去看珊瑚。妈妈抱着女孩儿一起跳海，她们都不会游泳。爸爸救起女儿，已经没力气了。后来被别人救起来，变成了植物人，已经在医院躺了五年多。妈妈想杀死女儿，最后却杀了自己。女孩儿活下来了，但性格变得很奇怪。医生说女孩儿的脑子里有个小黑屋，痛苦恐惧都关在那儿。这样活着，才不会生不如死。”

江小流把这个“小故事”讲得又快又流畅，像是提前演练了很多次。

普克震惊地看着江小流。这个情节完全在他的意料之外。

余思起初也很震惊。

听着听着，余思平静下来，一直听完了江小流的故事。

“对不起，今晚我值大夜班，病区离不开人。”余思礼貌地对普克和江小流说，“等我明早交过班再和你们谈。”

普克正要说话，马一路停好车，一路小跑着过来了。

余思看看马一路，忽然笑了。

“你也是警察吧？”余思笑着对马一路说，“从餐馆出来我男朋友就这么怀疑了。”

说完，余思又对三人礼貌地点点头，走向电梯。正好电梯门打开，她直接进去了。

马一路不明就里，看看普克和江小流。

普克和江小流的表情看上去都和平时不一样。

“什么情况？”马一路意识到什么，有些不安，“这么快就谈完了？”

“还没来得及谈……”普克说。

“我给余思讲了个小故事。”江小流说。

马一路一愣：“什么故事？”

“你问普克吧。”江小流若无其事地说。

马一路转脸看看普克，等他说。

普克若有所思，既不看江小流，也不看马一路，也不说话。

“到底……怎么回事儿？”马一路感觉到一种微妙而凝重的气氛，想用轻松的方式化解，“我这保姆才离开三分钟，你们俩就想谋反啦？”

普克又沉默了片刻，看看天色。夕阳已经沉落。

“余思说她明早交过班再和咱们谈。”普克平静地说，“我想我们就相信她的承诺，明天再谈吧。”

“我同意。”江小流说。

“可……”马一路有些犹豫，想了想，还是说，“好吧。明天咱们最好起个大早，到这儿等他们交班。”

三人在外面快餐店随便应付了晚饭，回到酒店，照例到普克房间，与彭大勇交换情况。

视频中，彭大勇神情凝重，三言两语告诉他们今天的进展。

他们见到了严峻的妻子，得到一些新的证据，基本可以确定严峻的“自杀”另有隐情。

详情彭大勇不愿在电话里多说，只说要带着证据回宁江，找专案组汇报后再做安排。

“简单总结一句吧，那家伙是个畜生，死有余辜。”彭大勇在视频中对三个人说，然后问，“今天你们和余思谈了吗？”

“见到了，还没能细谈。”普克说，“约好了明早在她交班之后见。”

“你们对那小姑娘……尽量客气些。”

说完，彭大勇情不自禁地长叹了一声。

“好。你放心。”普克说。

马一路和江小流都没说话。彭大勇居然也没太注意。

“今儿真累，要是没啥事儿，我现在想倒头就睡。”彭大勇看上去身心俱疲，“忘了这污浊的世界。”

“我没什么要说的了，”普克回头看看马一路，又看看江小流，“你们还有什么要和彭所交流的？”

“我没有。”江小流说。

“我……也没有。”马一路说。

“那就这样吧。任何事情都等明天再说。”普克说。

挂断电话。三人简单商量了一下明天去医院的时间，以及和余思谈话的方式。

“你们先回去休息，我再想想怎么和她谈更合适。”普克说，“江小流说的对，她是个好人，可……”

普克没说完，轻轻叹了一声，然后和马一路、江小流道了声晚安。

两人离开普克房间，一左一右，各回各的房间。

马一路走到自己房间门口，拿出房卡准备刷卡时，在门外愣了一会儿。

傍晚在医院，因为去停车晚到了几分钟，马一路知道自己一定错过了什么重要信息，而不仅仅是一个“小故事”。

马一路已经很了解江小流了。

江小流不会平白无故给别人“讲故事”，更别说给他们目前的调查对象“讲故事”。

何况这个调查对象是余思。

何况还发生了餐馆里的插曲。

和马一路不同，出发来平川之前，江小流只知道余思身上藏着秘密，却不相信余思可能是杀死谢丽娟的凶手。

与其说不相信，不如说不愿相信，无法接受。

这几天，马一路从未直接问过江小流的感受。

当然不是因为不关心，而是太关心。

江小流曾对马一路讲过前男友的故事。故事开始的那句话，让马一路记忆犹新。

“我有过一个前男友，”江小流说，“我把他杀了。”

事实上，前男友是个恋童癖的衣冠禽兽，江小流在情感上杀死了前男友。

当余思的过往越来越清晰地呈现在三人小组面前，马一路就越来越能想象江小流对余思的感同身受。

感同身受，一直是马一路的长项。感同身受，就会产生“同情”。

江小流会因为同情，给余思讲一个什么样的“小故事”？

江小流不肯直接告诉马一路，让马一路问普克，当时普克也不肯说。

马一路从未如此确信自己的感觉。他感觉这个小故事背后一定藏着另一个故事。

怀揣这样的念头，马一路走到普克的房间外，敲响普克的房门。

片刻，门开了，普克手里拿着他的古董录音笔，显然正在做他的每日信息总结。

看见门外的是马一路，普克轻轻一怔，拿录音笔的那只手，下意识地放到背后。

马一路敏感地捕捉到这个细节。普克的目光追随马一路的视线，发现那视线的落点，又是一怔。

普克随即反应过来，手从背后抽回，把录音笔亮给马一路看。

“完全是本能，别多心。”普克微笑着解释，“我正在整理信息。有事儿吗？”

“你不止一次告诉我，感觉背后往往藏着逻辑。”马一路没头没脑地说。

“对。”普克说，“只是有时候我们还没把逻辑理顺。”

“今天我错过了江小流给余思讲的小故事，我感觉有些不对头。”马一路说，“江小流让我问你，现在你能不能告诉我？”

普克没有马上回答。马一路看出他在努力思索。

足足思考了两分钟，普克才开口。

“你的感觉很准确。”普克说，“但我现在还不能告诉你。”

“为什么？”

“你知道我在录音里给你和江小流的标签是什么？”

“不知道。”

“搭档。”普克说，“对我来说这意味着绝对的信任。我必须信任你，也信任江小流。所以在彻底弄明白这件事情的意义之前，我不能贸然告诉你江小流讲的那个故事。否则就是……”

普克没说完，但马一路听懂了。

“就是对江小流的背叛，对吗？”

“对。”普克有些担心地问，“你不会误解我的意思吧？”

“这意思要是还不明白，我也不配给你们俩当‘保姆’了。”马一路如释重负，“有你这话我就踏实了，现在我可以放心睡觉了。”

这一夜，马一路果然睡得比前几天沉。

直到被敲门声惊醒。

看看时间，才五点一刻。他们约定六点出发，马一路定的五点半的闹钟还没响。

敲门声在继续。

马一路迷迷糊糊走到门口，拉开门一看，是江小流和普克。

“你们这么早？”马一路揉着眼睛问。

“睡不着就起了。”江小流说，“早起早出发。”

马一路匆匆穿衣洗漱完后，三人开车去余思的医院。路上还简单讨论了一下该怎么和余思谈，余思会有怎样的反应，他们又该如何应对。

谈着谈着，马一路隐隐有了一种奇怪的感觉。

却始终拿不准那感觉究竟是什么内容。

直到车进了医院停下那一瞬间，马一路突然明白自己的感觉是什么了。

马一路感觉，普克的情绪和昨天不太一样。

今天的普克，和以往马一路心中印象接近，温和、理性、冷静。

而昨天的普克，情绪比今天凝重的多。

“普克，今天你‘洗脑’了吗？”马一路不知怎么，脱口问了普克一句。

“当然。”普克说。

“哦……”

马一路说完就觉得自己太神经过敏。如果没洗脑，普克根本不会认识他，一路上更不可能和他们讨论案情，以及将如何与余思面谈。

“是不是我漏了什么信息？”普克却没忽略马一路的问题。

“也没有，就是感觉……”马一路笑了，“你知道我这人的特点。”

“什么特点？”普克问，看上去很认真，完全不像在开玩笑，“江小流没告诉我。”

马一路的笑容凝结在脸上。

他从后视镜里看了一下，江小流正准备推开车门，所以看不到她的脸。

不知是因为想到什么，还是听到马一路与普克的对话，江小流又缩回手，转过脸。

马一路的目光在后视镜中与江小流相遇。

“今早是江小流给你‘洗脑’的吗？”马一路问普克。

“是呀。”普克说，“否则我怎么会认识你？”

马一路思索片刻。决定用开玩笑的语气，问出他重视的问题。

“我还以为自从你学会用录音笔给自己‘洗脑’，已经不用我们照顾了呢。”

“录音笔？”普克有些茫然，“你是说陈奇峰找我们报案的那支录音笔？”

马一路脑子里轰地一下。

“你自己的录音笔，你的古董录音笔，十二年前那支!”马一路说，“最近你一直随身带着，每天晚上用来做记录的。”

“那支录音笔啊，我记得!”普克恍然大悟，接着更困惑了，“你们帮我找到了?”

马一路不说话了。他实在不知该说什么，脑子里乱哄哄的。

再看看后视镜，江小流却已经推开车门，走下车去。

“怎么了?”普克看出马一路的异样，“有什么不对头吗?”

马一路正要开口，却看见余思从楼里走出来。已经下车的江小流迎着余思走过去。

马一路顾不上解释，急忙下车，普克也跟着下了车。

余思看上去有些疲倦，但显得很平静，主动和他们打招呼。

“早上好，你们提前来了。”余思说，“还好我也提前把工作安排好了。本想先回去收拾一下，再来和你们碰面……这样也好，走吧。”

“去哪儿?”江小流问。

“跟你们回宁江呀。”余思坦然地说，“或者去易水? 我不太懂这些。”

“我们想和你聊聊，”江小流抢着说，“随便找个安静的地方就行。”

马一路忍不住转脸看看江小流。江小流的注意力全在余思那里，无暇顾及其他。

马一路从江小流的目光中读出焦灼。

“为什么你认为要跟我们去宁江?”马一路下意识地靠近余思一步，“或者去易水?”

余思看看江小流，又看看马一路。然后她的目光不再犹疑，停留在马一路脸上。

“因为是我杀了谢丽娟。”余思平静地说，“不是我爸爸。”

停了两秒钟，看到面前的三个人都没说话，余思像是忽然想起了什么，从身上背着的斜挎包中掏出一件小小的东西。

大小和一支唇膏差不多，外形也像。

“我爸爸是不是说谢丽娟是他杀的?”余思拧开那个“唇膏”的盖子，从里面倒出一样东西，摊在掌心给他们看。“爸爸不知道我留下了这个。”

马一路看见余思的掌心躺着一节小小的指骨。无法确定是哪根手指的哪个指节。

“大年三十，我们一起准备年夜饭。我和谢丽娟在客厅做萝卜圆子，手里都有刀，爸爸在厨房。

“谢丽娟又开始骂我，我不知怎么了，忽然就把手里的刀剁下去，剁掉了谢丽娟一根手指。

“她手上冒着血，抓起一把菜刀要砍我，我把手里的刀扔过去，刀插进她胸口。她低头看了一眼，吓坏了，哭着冲厨房喊救命。

“爸爸冲出来，谢丽娟已经倒下了。爸爸让我立刻穿上衣服离开家，回学校去。

“我听爸爸的话回了学校，在围墙外坐了一夜。第二天碰到一个同学，带我回她家住了几天。

“大年初五，爸爸来找我，给我在学校旁边的酒店开了房间，他把我的东西都带来了，让我以后不要再回家。爸爸告诉我，人生只要记得最重要的事情就可以了，别的都忘掉。

“爸爸走后，我觉得棉鞋有些硌脚。检查了一下才发现，谢丽娟那根砍断的手指居然飞进我的棉鞋里，我踩着那根手指走来走去好几天都不知道。

“后来我用药水处理了那根手指头。这些年我一直将经带在身边，每次想起过去，就拿出来看看。知道谢丽娟已经死了，我就不再害怕，就可以继续往前走。”

余思一口气说完，面对面前沉默的三人小组，露出一个无比轻松的笑容。

扫一扫
听本节

10

带余思回宁江的路上，几百公里车程，车上四个人几乎都没开口说过话。

快进入宁江时，车驶过宁江大桥，余思忽然紧贴车窗往外看。

像对三人小组说，又像自言自语。

“宁江好漂亮。其实13岁的时候我来过一次宁江。”余思望着滚滚江水，轻声说，“我被人强奸了，谢丽娟知道后，天天骂我，还骂爸爸……我实在受不了，有一天从她店里偷了几百元钱，想把钱花完就去死。”

马一路开车，无法回头。透过后视镜，他看见江小流转脸凝视余思。

余思一直望着大桥下的滚滚江水。江水无尽地向前翻涌。

“我坐火车到了宁江，玩了好几天，真的很开心……钱快花完时，我去药店买了几瓶治头疼的药，一口气全吃了。沿着大桥走啊走，还没找到跳桥的地方就睡着了……醒来竟看见爸爸。我一辈子忘不了当时爸爸的眼神。”

车驶过了大桥。

余思离开车窗，往后一靠，看了看与她并排而坐的江小流，正遇到江小流的目光。

余思对江小流微微一笑。

“我知道，”余思轻声说，“爸爸很爱我。”

副驾驶座上的普克沉默了一会儿。

“那不是你的错。”普克说。

“有什么用?”余思苦涩地笑笑。

“她为什么要那样对你?”江小流问，“我是说你妈妈。”

“我也想知道。小时候不敢问，”余思低声说，“后来我长大了，却永远不会得到答案了。”

马一路从后视镜中看到江小流转脸望向车窗外。窗外的光影在她脸上不停地变换。

他看见一个小小的光斑从江小流眼角滚落。

如同清晨荷叶上的一颗露珠。

尾声
一个倒影

扫一扫
听本节

1

余明白离开宁江后，直奔曾经工作多年的阳城。

他潜伏在这座城市，用了大半年的时间追踪昔日的同事、朋友、师傅严峻。

他改头换面，以一种卑微的身份，近距离地观察、审视他记忆中那个熟悉的人。

不，是魔鬼。

至少对余明白来说，对余思来说，严峻是不折不扣的魔鬼。

余明白原本只想简单地杀掉严峻完成复仇。后来余明白发现了严峻租来的那套房子，便改变了计划。

严峻差不多每周都会去那个地方，每次都会“见”不同的女孩儿。

都是未成年。严峻喜欢年龄小的。越小越喜欢。

“小区清洁工”余明白摸清严峻的行动规律后，借助身份便利，轻易地进入那套房子，安装了隐藏监控探头，拍摄了足够多的证据。

专案组并没有看到那些视频，都被人毁掉了。

毁掉证据的是严峻的妻子。因为只要还留着那些画面，就会令她发疯。

严峻在一个陌生小区的高楼坠楼身亡后，严峻的妻子和女儿都非常痛苦，也很困惑。母女俩不明白，严峻为什么会在一个她们完全陌生的地方莫名死去。

直到快递小哥送来那份神秘的快递。

快递里有一个移动硬盘，硬盘里有很多文件。每个文件名都像是同一个系列的不同章节：罪行1，罪行2，罪行3……对应不同的日期，差不多每周一次，持续到严峻死亡之前。

唯一不同的文件名，简明扼要地写着“真实死因”。

严峻的妻子不太懂电脑，在女儿帮助下，怀着急切的心情，首先打开了这个文件。

是一段手机录制的视频。视频中，严峻面对镜头，坐在椅子上。没有被捆绑，但浑身瘫软，大汗淋漓。

一个平静、沉着的声音正与面对镜头的严峻对话。

“想和她们说点儿什么？”

严峻摇头。

“还是说几句吧，算是个告别。”

严峻还是摇头，一脸的心如死灰。

“一句话都不留，她们不清楚你为什么死，会一直想念你，一直痛苦下去。”

严峻颤抖起来。哭了。

“你骗了她们一辈子，到这个时候，总该为她们做点儿什么吧，多少弥补一下。”

严峻呜呜地哭出声，看不出是因为悔恨还是恐惧。

“如果你不说，只好由我说了。”那个声音听上去并无威胁之意，富有耐性，但很坚决，“你知道这一天我等了多少年？等我开口，听到真相的就不只是她们，而是全世界。”

严峻像是终于接受了现实，停止一切挣扎，平静下来，第一次开口。

“能不能别让我女儿知道？”

“当年你给女儿喂安眠药，好强奸我女儿的时候，也是这样想的吧？”

严峻低下头。无法再直视镜头。

严峻沉默了一会儿，用死人一样的声音匆匆说出了告别语。

“老婆，孩子，我对不起你们。就当我用自己的命偿债了。用不着想我，好好过你们的日子。”

“真实死因”的视频到这里就结束了。接下来发生了什么，不得而知。

能确定的就是严峻死了，从高楼坠下，当场身亡。

审讯室里的余明白对此也不愿做出详细说明。

“总之，他跳了，人死了。”余明白只是简单地交代，“如果不跳，还是得死。死得更难看。”

严峻的妻子女儿经过商议，决定不再要求警方追查严峻的真实死因，并提供了严峻患有抑郁症的各种证明，以应对外界的纷扰传闻。

母女俩彻底删除了那些文件名为“罪行”的系列视频。严峻的妻子没告诉彭大勇那些视频的具体内容，只对彭大勇做了这样一个总结。

“看了那些视频，我特别感谢小余。”当年余明白叫她嫂子，她叫余明白小余，“要是让我发现真相，说不定我会自己动手杀掉严峻。”

扫一扫
听本节

2

从平川带余思返回宁江的那天晚上，一直忙到深夜，马一路才和普克一起返回704。

江小流没和他们一起去市局，一到宁江就下车回家了，带着她自己的行李。

马一路和普克将余思送到了看守所。余明白也被关在同一个看守所。

父女俩当然无法相见。

回到704时，两人都很疲倦了。普克看马一路要出门，问他是不是打算回家休息。

马一路迟疑了一下，还是如实告诉普克，他准备到楼下604去找江小流。

“是啊，你去安慰她一下也好，”普克说，“看得出来，她对余思很同情。”

马一路没说话，直接下楼，到604敲门。

刚敲了一下，门就开了，仿佛门内的人正等着他来。

马一路看着开门的江小流，鼓起勇气。

“现在我是个警察，”马一路看着江小流的眼睛说，“我想和你谈谈。”

江小流没出声，直接把手伸到马一路面前，摊开手掌。

普克丢失的那支录音笔躺在她手中。

马一路呆呆地看看录音笔，又看看江小流。

“拿去吧。”江小流这才说，“答案都在里面。”

“什么答案？”马一路晕乎乎地问。

“听了就知道了。”江小流说，“这世上我最不想骗的人就是你。”

马一路从江小流手中接过录音笔。江小流准备关门，被马一路忙伸手挡住。

“我……我该怎么做？”马一路问。

“随便你。”江小流平静地说，“我都无所谓。”

说完，江小流关上了房门。

马一路拿着那支录音笔，昏头昏脑上楼，回到了704。普克还没睡，正在桌前用纸笔整理一天的工作要点。

“江小流睡了？”普克问，“这么快就回来了。”

马一路走到普克对面坐下，看见普克面前的纸上一条一条写了不少内容。虽然是倒着的，仍能认出其中有余明白的名字。

“你相信余明白真是意外杀死邱妍的吗？”马一路问。

“早上江小流是这样告诉我的。”这个早上普克的录音笔失踪了，是江小流一大早去普克房间给他“洗脑”的。“现在我觉得，要看怎么定义

‘意外’这个词了。”

“我没听懂……”

“余思说爸爸很爱她，你认为呢？”

“这是肯定的。”

“余明白发现女儿被强奸的那年，自毁心理就生根了。他的潜意识在等待一个机会，让他可以彻底摧毁自己的生活，然后他才能理直气壮地为女儿复仇。”

“所以他一杀了邱妍，立刻就去了阳城？”

“就像一个死囚，不知死期何时到来，占据他内心的是无尽的恐慌和焦虑。一旦确定死期，眼前的世界顿时就不一样了。突破生死的界限，内心不再恐惧，只剩下自由。”

“难怪……”

“难怪什么？”

“邻居印象中的余明白、‘好再来’老板眼里的余明白，还有咱们在审讯室见到的余明白，好像不是同一个余明白。”

“咱们在审讯室见过余明白了？”普克已经忘了。

“见了，你还和他谈了心。”马一路说，“所以他崩溃了。”

普克轻轻叹了口气。马一路从普克眼里看到一丝歉疚。

“当警察也有不好受的时候吧？”马一路问。

“是呀。”普克说，“尤其是想当一名好警察。”

“可我还是想当个好警察。”

“你就是个好警察。”

马一路沉默了一会儿，从兜里掏出普克那支古董录音笔，放在普克面前。

普克眼睛一亮，一下子就认出来了。但他已经忘记这中间发生的那些波折。

马一路简单地给普克讲述了关于录音笔的事情、餐馆的插曲，以及前一天在医院楼下，他错过的江小流讲给余思听的“小故事”。

“江小流说，答案都在里面。”马一路盯着那支录音笔，“我想来想去，还是不打算听了。你说过，你给我和江小流的标签是‘搭档’，我觉得你肯定能处理好这件事情。”

马一路说完，把录音笔留在桌上，起身走回自己的房间，关上了房门。

片刻之后，马一路的房间里传出响亮的音乐声。

是帕瓦罗蒂的男高音，《我的太阳》。

普克打开他记忆中熟悉的录音笔，逐一播放他自己录制的那些音频文件。

最后一段录音，普克反复听了几次。

“傍晚我们去医院找余思，江小流在马一路没到之前给余思讲了一个小故事。我怀疑这是江小流自己的亲身经历，她在用这个故事暗示余思，余明白愿意用自己的生命换取女儿的平安，余思只需封存记忆保持沉默。这是一个非常严厉的指控，需要严谨求证。在此之前我必须保持对搭档的信任，不对任何人透露。”

再一次听完，普克放下录音笔，凝神沉思。

马一路房间里的歌声已经换成了欢快的《祝酒歌》。

普克做出了他的决定。

他拿起录音笔，再次播放关于江小流的那段录音，同时选择了删除键。

录音暂停，屏幕上显示文字，警告他删除操作将导致该文件永久不可恢复，询问是否继续。

普克没有迟疑，选择了继续。文件删除成功。

普克重新建立了一个文件，稍加思索，对着录音笔开始录音。

“今早去医院找余思，在我们表明来意之前，余思主动自首，承认当年是她意外杀死了她的母亲谢丽娟。”

经历了一段沉默后，普克又补充了一句话。

“杀死母亲后，余思才得到了新生。”

普克按下停止键，结束录音。

马一路的房间里，传出帕瓦罗蒂唱的《今夜无人入睡》。

普克收起录音笔，收起桌上摊着的纸笔，关掉客厅的灯，回到自己的房间睡觉。

明天，又将是新的一天。